무정 1

수능대비 한국문학 필독서 02
무정 1

지은이 이광수
엮은이 송창현
펴낸이 임상진
펴낸곳 (주)넥서스

초판 발행 2013년 3월 25일

2판 1쇄 인쇄 2018년 7월 15일
2판 1쇄 발행 2018년 7월 20일

출판신고 1992년 4월 3일 제311-2002-2호
주소 10880 경기도 파주시 지목로 5
전화 (02)330-5500 팩스 (02)330-5555

ISBN 979-11-6165-432-4 44810

가격은 뒤표지에 있습니다.
잘못 만들어진 책은 구입처에서 바꾸어 드립니다.

이 도서의 국립중앙도서관 출판예정도서목록(CIP)은
서지정보유통지원시스템 홈페이지(http://seoji.nl.go.kr)와
국가자료공동목록시스템(http://www.nl.go.kr/kolisnet)에서
이용하실 수 있습니다.
(CIP제어번호 : CIP2018020554)

www.nexusbook.com

수능대비 한국문학 필독서
02

무정 1

이광수

송창현 엮음·해설

넥서스

* 일러두기

1. 시대 분위기와 작가의 개성이 드러나는 문장이나 방언, 속어, 고어 등은 원문 표기를 따랐다.

2. 원본 한자는 한글로 바꾸고 작품의 이해에 필요한 경우에만 한자를 병기하였다.

3. 독자들의 이해를 높이기 위해 필요한 경우 괄호 속에 뜻풀이를 달았다.

이광수 대표 장편 소설 해설

무정 1

이광수[李光洙, 1892. 3. 4. ~ 1950. 10. 25.]

호는 춘원(春園). 평북 정주 출신으로 1892년 전주 이 씨 양반 가문에서 태어났으나 가세가 기울어 가난한 생활을 했고, 11세가 되던 해에 부모가 모두 콜레라로 사망하며 외가에서 청소년기를 보냈다.

1907년 일본으로 건너가 톨스토이에 심취했고, 1909년에는 단편 소설 〈사랑인가〉를 발표하여 유학생 사이에 차츰 이름이 알려지기 시작했다. 1910년 일본 명치학원을 졸업하고, 오산학교 교원으로 있다가, 1916년 일본 와세다 대학 철학과에 입학했다.

1917년 우리나라 최초의 근대 장편소설 《무정》을 《매일신보》에 연재하였고, 그해 단편소설 〈소년의 비애〉, 〈어린 벗에게〉를 《청춘》에 발표하고 《개척자》를 《매일신보》에 연재했다. 1919년에는 동경에서 2·8 독립 선언서를 작성하고 상해로 탈출, 도산 안창호의 흥사단 이념에 감명받아 임시 정부 기관지 독립 신문사의 사장 겸 편집국장에 취임했다. 1922년에는 논문 〈민족개조론〉을

《개벽》에 발표하고 《허생전》, 《재생》, 《마의 태자》 등의 작품을 계속 발표했다.

1937년 '수양 동우회' 사건으로 안창호 등과 함께 수감되었다가 반년 만에 병보석으로 풀려났다. 그 후 조선문인협회 회장이 되고, 가야마 미쓰로(香山光郎)로 창씨개명을 해 친일 행위를 시작하였다. 1950년 6·25 전쟁 중에 납북된 후 1950년 10월 폐결핵으로 사망했다.

이광수는 이상주의에 바탕을 둔 계몽적 민족의식을 표방하며 작품 세계를 펼쳐 나갔다. 그는 문체 확립, 실험적 인물 묘사, 현대적 주제 설정 등을 작품에 적용하며 현대 문학 선구자로서의 문학사적 위치를 차지하였다. 또한 그는 많은 논설을 통해서 자신의 사상을 주장했다. 그는 기존의 도덕과 윤리를 강렬하게 비판하였으며, 진화론적 사고에 토대를 둔 근대적이고 새로운 가치관과 세계관을 역설하였다. 그는 일제 강점기 하의 억압과 현실의 부조리, 구사상과 새로운 서구 민주주의 사상과의 갈등, 유교적 가치관과 기독교 사상의 대립 등을 작품에 투영하였다.

그가 남긴 저서로 장편 소설 《무정》, 《개척자》, 《재생》, 《마의 태자》, 《단종애사》, 《이순신》, 《흙》, 《그 여자의 일생》, 《유정》, 《사랑》, 《꿈》, 《원효대사》 등이 있고, 단편 소설 〈무정〉, 〈소년의 비애〉, 〈방황〉, 〈무명〉 등이 있다.

무정 1

◆ 작품 개관

1917년 1월 1일부터 그해 6월 14일까지 총 126회 걸쳐 《매일신보》에 연재된 한국 최초의 근대 장편소설이다. 허구적 작품이지만 고아로 자라 대학을 졸업하고 교사가 된 작가의 자전적 소설이기도 하다. 식민지 조선의 지식인들이 나아가야 할 방향을 제시하여 큰 호응을 얻었다.

◆ 주요 등장인물

이형식 경성학교 영어 교사이다. 어린 시절 부모를 여의고 우국지사이자 선각자인 박 진사의 도움으로 동경 유학을 다녀온 조선의 지식인이다. 7년 만에 다시 만난 박영채에 대한 의무감과 김선형에 대한 사랑 사이에서 갈등하다 결국 김선형과의 결혼을 선택한다. 삼각 관계의 갈등을 민족적 개화, 계몽으로 극복한다.

박영채 우국지사인 박 진사의 딸이다. 집안이 몰락한 후 모진 시련을 겪고 기생이 된다. 어린 시절 아버지가 맺어 준 이형식을 자신의 정혼자로 생각하며 그를 찾지만 자신의 모습이 부끄러운 데다가 겁탈까지 당하자 현재의 처지를 비관해 자살을 결심한다. 그러나 자살하려는 과정에서 김병욱을 만나 새로운 가치관과 희망을 발견하고 동경 유학의 길을 떠난다.

김선형 김 장로의 딸로 미국 유학을 준비하며 이형식에게 영어 과외를 받다가 그와 약혼한다. 박영채로 인해 갈등하는 이형식을 보며 질투심을 느끼지만 삼랑진 수해에서 이형식의 민족애를 보며 갈등을 극복한다.

신우선 이형식의 동경 유학 친구로 신문 기자이다. 기생인 박영채에게 이형식의 존재를 알려 주며, 박영채가 겁탈당할 때 이형식을 도와 그녀를 구출한다. 또한 이형식이 박영채를 찾아 평양으로 갈 때 그를 돕는다.

배명식 경성학교에서 학감을 맡고 있는 인물로 교육적이지 못한 처사로 학생들로부터 비난을 받는다. 경성학교주 김 남작의 아들인 김현수와 함께 박영채를 겁탈한다.

김병욱 동경 유학생이며 음악을 전공하는 황주의 부잣집 딸이다. 자살하려는 영채를 설득하여 새로운 가치관을 심어 준다. 삼랑진 수해에서 영채와 선형을 이끌고 자선 음악회를 성공적으로 개최

하는 적극적인 근대 여성이다.

◆ **줄거리**

경성학교 영어 교사인 이형식은 김 장로의 부탁으로 미국 유학을 준비하는 그의 딸 선형의 영어 과외를 맡는다. 수업을 마치고 집으로 돌아온 형식은 자신을 찾아온 우국지사 박 진사의 딸인 영채를 만나 박 진사의 내력과 집안의 몰락 과정을 전해 듣는다. 영채의 이야기를 듣던 형식은 영채의 모진 삶에 탄식하며 영채에 대한 의무감으로 그녀를 사랑하겠다고 마음먹지만 기생이 된 영채의 현재 처지로 인해 갈등한다. 영채는 자신의 처지를 형식이 이해하지 못할 것으로 생각하고 자신의 집으로 돌아간다.

영채는 집안이 몰락한 후 외가댁에 기거하며 갖은 수모와 고난을 겪다 도망 나온다. 영채는 갖은 고초를 겪으며 가까스로 아버지와 오빠가 잡혀 있는 평양에 도착하나 힘 없는 아버지를 보고 실망감과 슬픔에 빠진다. 그러다 우연히 감옥 대합실에서 만난 사람을 따라가고 아버지와 오빠를 구하기 위해 기생이 되고자 결심한다. 그러나 영채가 기생이 되었다는 소식을 듣고 박 진사는 자결하고, 영채는 자신의 몸값을 다른 이에게 가로채인다.

영채는 형식만을 생각하며 정절을 지켜왔으나 그가 자신을 구원해 줄 힘이 없는 것을 알고 죽을 결심을 한다. 형식은 영채를 살려야겠다는 마음먹고 영채를 만나기 위해 기생집을 찾는다. 형식은 영채가 청량리로 손님을 모시고 갔다는 말을 듣고 그를 쫓아간다. 가는 중에 친구인 신문 기자 신우선을 만나 함께 동행한다. 청량사에 도착한 그들은 김현수와 배 학감이 영채를 겁탈하는 장면을 목격하고 그녀를 구해 낸다.

형식과 함께 집으로 돌아온 영채는 죽을 결심을 하고 다음날 주인 노파에게 편지를 남기고 평양으로 떠나간다. 선형과 영채 사이에서 갈등하던 형식은 영채의 집을 찾지만 영채는 이미 평양으로 간 이후이다. 형식은 영채가 남긴 편지와 물건을 통해 영채의 마음을 확인하고 그녀를 쫓아 평양으로 간다. 박 진사의 무덤에도 그녀가 오지 않았음을 안 형식은 그녀가 죽었을 것이라 생각하고 서울행 기차를 탄다.

학교로 돌아온 형식은 기생을 따라 평양에 갔다는 이유로 학생들과 배 학감에게 모멸을 받고 학교를 떠난다. 중이 되고자 하는 마음과 영채를 찾고자 하는 마음 사이에서 갈등하던 형식은 목사를 통해 김선형과의 약혼 이야기를 전해 듣는다. 형식은 선형과의 결혼을 승낙하고 그녀와 미국으로 유학을 가기로 한다.

평양으로 가는 기차 안에서 영채는 동경 유학생인 김병욱을 만난다. 영채는 병욱의 설득으로 새로운 삶을 살기로 결심하고 함께 병욱의 집으로 간다. 영채는 병욱의 오빠인 김병국을 마음에 두지만 결혼한 병국이 자신과 함께할 수 없음을 깨닫고, 병욱과 함께 일본 유학의 길을 떠난다.

한편 김 장로 내외는 형식이 기생집에 다닌다는 소문을 듣고 형식에 대해서 불쾌하게 생각한다. 선형은 형식의 진심에 대해 고민하나 그로부터 사랑 고백을 듣고 그의 사랑을 받아들이기로 한다.

영채와 병욱이 탄 기차는 남대문에 도착한다. 그곳에서 병욱은 선형이 결혼을 하고 미국 유학을 간다는 소식을 듣고 그의 남편이 형식임을 알게 된다. 형식은 선형을 통해 영채가 같은 기차에 탄 것을 알게 되고 선형에게 영채와 있었던 그간의 사연을 이야기하고 영채를 만나러 간다. 영채를 만난 형식은 자신의 잘못에 대한 용서를 구하고 선형과의 약혼을 파하려고 하나 우선이 그의 그런 결심을 만류한다.

삼랑진역에 도착한 기차는 홍수로 인해 선로가 파손되어 더 이상 갈 수가 없다. 아침 식사를 하고 돌아오던 형식 일행은 수해로 집을 잃은 산모가 고통스러워하는 것을 보고 그녀를 돕는다. 그 후 병욱은 경찰서를 찾아 수재민을 위한 자선 음악회를 열 수 있도록 부탁하고 세 처녀는 음악회를 성공적으로 마친다. 형식은 수재민들의 모습을 보고 조선에 문명의 힘이 필요하며 그것은 바로 자신들이 해야 할 일임을 일행에게 역설한다. 일행은 모두 각자 무엇을 할지를 정하고 유학의 길에 오른다.

◆ **작가와 작품**

작가의 자전적 소설

《무정》은 문학사적으로도 큰 의미가 있지만 작가 자신에게도 기념비적인 작품이다. 이 작품이 춘원 이광수의 26년간의 생애를 그대로 투영하기 때문이다. 이광수가 《무정》을 쓸 당시 그는 동경 와세다 대학교의 학생이었다. 그는 육당 최남선의 신문관에서 지사적 계몽주의 그룹에 속했고, 조선 연구회 회원이었으며, 총독부 기관지인 《매일신보》의 가장 유력한 기고자 중 한 명이었다. 이러한 그의 생애는 작품 속 이형식과 박영채라는 인물에 상당 부분 반영되었다.

이형식은 일찍 부모를 여의고 박 진사의 집에서 새로운 학문을 배운다. 형식은 그곳에서 박 진사의 딸인 박영채를 만난다. 실제 이광수는 11세에 부모를 콜레라로 여의고 외가와 재종(6촌 형제) 집에서 지냈다. 그러다 12세에 동학에 입도하여 박찬명 대령의 집에서 기숙하며 심부름꾼으로 지냈다. 박찬명 대령에게는 예옥이라는 딸이 있었는데, 작가는 그녀를 사랑했으나 그 사랑을 이루지 못했다고 그의 자서전에서 밝히고 있다. 박찬명 대령은 일본 헌병대에 끌려가 죽었고, 예옥과 그녀의 어머니도 헌병에게 농락되는 운명을 겪었다. 이는 작품 속 박 진사의 몰락과 연결 지을 수 있는 부분이다.

또한 이형식은 동경 유학을 다녀온 후 경성학교 교원으로 학생들을 가르치고 선형과 결혼한 후 미국으로 떠난다. 실제 이광수는 11세 때 동학당에 구제를 받고 손병희의 도움으로 동경 유학을 떠났다가 귀국 후 19세부터 4년간 오산학교 교원으로 지내다가 24세 되던 해에 다시 일본 와세다 대학에 편입하였다.

박영채는 매우 기구한 운명을 지닌 여인이다. 실제 박영채의 삶에는 이광수의 어린 시절의 경험이 고스란히 투영되어 있다. 작가는 4세에 한글을 깨치고 5, 6세에 《대학》을 읽었을 정도로 똑똑했으나 부모를 여의고 의지할 곳이 없어 사람들의 천대와 멸시를 받았다. 고아가 된 작가는 한동안 외가와 재종(6촌 형제) 집에서 기거하나 삼종제(8촌 동생)인 이학수의 총명함에 가려 행복한 생활을 하지 못한다. 이광수는 재종 집에 있던 불구의 삼종 누나를 통해 많은 고소설 등의 이야기 책을 접하게 되고 여인의 한을 알게 된다. 이러한 작가의 경험은 박영채가 기생이 되기까지의 힘든 삶에 그대로 반영되었다.

◆ **작품의 구조**

《무정》의 시간 구조를 통해 본 작가 의식

《무정》의 작품 속 시간은 한 달 남짓이다. 형식이 선형에게 영어 교습을 하고 며칠 만에 약혼하며 미국으로 유학을 떠나는 시간까지 한 달 남짓한 시간이 걸린 것이다. 물론 그 사이에 형식은 영채를 만나고 그녀를 찾아 평양에 다녀오기도 한다.

이러한 시간과 작품의 분량을 연결해 보면 다음과 같다. 선형과 영채를 동시에 만나는 첫날의 사건이 17회분, 영채의 정절이 훼손되는 데까지 27회분, 평양에 가서 영채를 찾다가 돌아오는 데까지 20회분, 떠나는 당일이 23회분이다. 이러한 작품의 분량은 작가의 의식과 연결해서 생각해 볼 수 있다.

우선 영채의 정절이 훼손되는 부분에 많은 분량이 할애되고 있다. 이는 일제 강점기라는 현실에서 예부터 지켜 오던 전통적 가치관이 훼손되는 것을 상징적으로 보여 준다.

이광수는 개화기 지식인으로 인습과 사회 윤리의 모순에 대해 극렬하게 비판했다. 그는 새로운 시대 정신에 걸맞은 개혁을 통해 조선을 건설하고자 했다. 그렇기 때문에 영채가 배 학감과 김현수로 대표되는 친일적 파렴치한에게 정절을 훼손당하는 것은 어찌 보면 당연한 결과이다.

하지만 단순히 전통적 가치관을 훼손시키는 데만 목적이 있다고 볼 수는 없다. 그 까닭은 영채와 선형이 유학을 떠나는 부분이 그 다음으로 많은 분량을 차지하고 있다는 점을 통해 알수 있다. 작가는 영채로 대변되는 전통적 가치관을 가진 인물이 새로운 가치관을 지닌 사람으로 재탄생되기를 바랐다. 이는 영채가 죽음을 선택하려 할 때 병욱을 통해 새로운 가치관을 얻고 그와 함께 유학을 떠나는 모습으로 표현된다. 작품을 쓸 당시 이광수는 낙관적인 진화 사상을 가지고 있었다. 그가 신문에 기고한 여러 논설에서 이러한 사상을 확인할 수 있는데, 이러한 그의 사상은 영채의 변화를 통해 드러난다.

결국 시간과 관련된 작품 분량을 통해 작가가 말하고자 하는 바를 일부 확인할 수 있다. 작가는 전통적으로 내려오던 과거의 인습이나 모순에서 벗어나 새로운 가치관을 획득해야만 이상적인 미래를 만들 수 있다고 믿었다. 문명 개화를 통해 일제의 지배에서 벗어날 수 있다는 작가의 생각은 영채의 변화를 통해 엿볼 수 있다.

◆ 작품의 감상과 수용

최초의 근대 장편소설로서 가지는 의의와 한계

《무정》은 한국 최초의 근대 장편소설로 평가받는다. 서술의 구체화, 근대적 의식의 반영, 권선징악 구조의 탈피, 구어체로의 접근, 인물의 심리 묘사 상세화, 플롯을 중심으로 한 사건 전개 등이 있기 때문이다. 하지만 우연적 요소에 의한 사건 전개, 민중에 대한 시혜적 성격, 과다한 계몽성, 주제를 서술하는 점 등은 작품이 가지는 한계다.

《무정》은 문어체, 서술체에서 탈피해 구어체로 접근하고 인물의 심리 묘사를 상세화한 서술의 구체화를 보여 준다. 소설 1회에 나타나는 대화와 심리 묘사를 통해 이를 확인할 수 있다.

또 고전소설이 가지고 있던 권선징악의 구조에서 벗어나 플롯 중심으로 사건을 전개한다. 《무정》에서 선과 악의 대립이 전혀 없는 것은 아니지만 이것이 소설의 중심축을 형성하는 것은 아니다. 또한 단순히 스토리를 전달하려는 데 목적이 있는 것이 아니라 인과 관계의 형성을 위해 시간을 다양하게 역전시켜 설명하는 모습을 보여 준다. 현재 시점에서 영채의 과거를 서술하고 영채나 형식 각각의 입장에서 사건을 전개해 나가는 등 다양한 인물의 이야기를 다양한 사건 중심으로 서술한다.

《무정》이 가진 한계 중 가장 두드러지는 것은 작가가 가진 과도한 계몽성과 민중에 대한 시혜적 성격이라고 할 수 있다. 《무정》에는 작가가 가지는 민족 개조론과 계몽사상 등이 직접적으로 서술되는 부분이 많다. 이러한 부분은 이형식을 통해 또는 서술자의 서술을 통해 다양하게 드러난다. 하지만 이런 한계에도 불구하고 《무정》이 지니는 소설적 의의는 매우 크다.

◆ 작품에 반영된 현실

전통적 가치관과 새로운 가치관의 대립과 갈등

《무정》에는 세 가지 가치관이 나타난다. 첫 번째 가치관은 박영채로 대표되는 전통적 가치관이며, 두 번째는 배 학감과 김현수로 대표되는 훼손된 가치관이며, 세 번째는 이형식으로 대표되는 미정형의 가치관이다. 이러한 세 가치관의 모습은 1910년대 일제 강점기 하의 조선이라고 할 수 있다.

첫 번째 가치관인 박영채로 대표되는 전통적 가치관에는 대부분 몰락한 선비와 서민 계층이 속한다. 작품 속에 등장하는 박영채의 아버지 역시 첫 번째 가치관에 속한다고 할 수 있다. 다만 그는 조선의 선비로서 청국에 유람 갔다가 상해에서 서적을 수입하여 신문화 운동을 벌이던 민족의 선각자라고 할 수 있다. 하지만 그는 결국 교육 사업의 재정난으로 인한 제자의 강도짓으로 감옥에 가고, 딸이 기생이 되었다는 소식에 자결한다. 박 진사의 딸 영채 역시 기생이 되기는 했지만 7년 동안 정절을 지키며 이형식과의 만남을 기다린다. 하지만 박영채는 배 학감과 김현수로 대표되는 훼손된 가치관에 의해 겁탈당하는데, 이는 당대 전통적 가치관이 하락하는 현상을 상징적으로 보여 준다고 할 수 있다.

두 번째 가치관은 배 학감과 김현수로 대표되는 훼손된 가치관이다. 배 학감은 파렴치한 교육자이며, 김현수는 경성학교주의 아들이자 친일파이다. 이들은 변화하는 시대의 부정적인 가치관의 소유자다. 이들은 조선 지식인으로서 스스로의 책무를 다하지 못하고 외부에서 들여온 가치관을 잘못 받아들인 인물이라고 할 수 있다. 작가는 이런 인물들을 동맹 휴학을 통한 학생들의 비판 행위와 겁탈 장면에서의 이형식의 비판을 통해 드러낸다.

세 번째 가치관은 이형식으로 대표되는 미정형의 가치관이다. 이형식은 일본 유학을 다녀온 신지식인이다. 작품 속에서 이형식은 스스로를 학생들을 선도하고 일깨우는 선각자로 자부한다. 그러나 이형식은 박영채가 정절을 지켜 온 것을 알고 내적 갈등을 겪는다. 그러나 그는 박영채가 배 학감과 김현수에게 겁탈당하는 것을 막지 못하는 무기력함을 보이며, 결국 학교에서 쫓겨나는 운명에 처한다. 그는 전통적 가치관을 고수하지 못하고 파렴치한 친일파가 되지도 못하는 미정형의 상태에 놓여 있다. 이러한 갈등 속에서 이형식은 일본식 문명 개화를 통해 학생들과 이 나라를 개조해 나가고자 하는 의지를 보이지만 이 또한 일제 강점기라는 현실적 제한과 배 학감과 김현수로 대변되는 일제 강점기 하의 훼손된 가치관을 가진 인물들과의 갈등에서 나약하게 져버리는 한계를 보인다. 이러한 모습은 결국 작가인 이광수가 향후 친일 행위를 하게 되는 이유를 설명해 주는 부분이기도 하다.

1

경성학교 영어 교사 이형식은 오후 두 시 사 년급 영어 시간을 마치고 내리쪼이는 유월 볕에 땀을 흘리면서 안동 김 장로의 집으로 간다. 김 장로의 딸 선형이 명년 미국 유학을 가기 위하여 영어를 준비할 차로 이형식을 매일 한 시간씩 가정 교사로 초빙하여 오늘 오후 세 시부터 수업을 시작하게 되었음이다.

이형식은 아직 독신이라, 남의 여자와 가까이 교제하여 본 적이 없고 이렇게 순결한 청년이 흔히 그러한 모양으로 젊은 여자를 대하면 자연 수줍은 생각이 나서 얼굴이 확확 날며 고개가 저절로 숙여진다. 남자로 생겨나서 이러함이 못생겼다면 못생겼다고도 하려니와, 여자를 보면 아무러한 핑계를 얻어서라도 가까이 가려 하고, 말 한마디라도 하여 보려 하는 잘난 사람들보다는 나으리라.

형식은 여러 가지 생각을 한다. 우선 처음 만나서 어떻게 인사를 할까. 남자 남자 간에 하는 모양으로, '처음 보입니다. 저는 이형식이올시다.' 이렇게 할까. 그러나 잠시라도 나는 가르치는 자요, 저는 배우는 자라, 그러면 미상불 무슨 차별이 있지나 아니할까. 저편에서 먼저 내게 인사를 하거든 그제야 나도 인사를 하는 것이 마땅하지 아니할까. 그것은 그러려니와 교수하는 방법은 어떻게나 할는지…….

어제 김 장로에게 그 청탁을 들은 뒤로 지금껏 생각하건마는 무슨 묘방이 아니 생긴다. 가운데 책상을 하나 놓고, 거기 마주 앉아서 가르칠까. 그러면 입김과 입김이 서로 마주치렷다. 혹 저편 히사시가미(양 갈래로 따은 머릿단)가 내 이마에 스칠 때도 있으렷다. 책상 아래에서 무릎과 무릎이 가만히 마주 닿기도 하렷다.

이렇게 생각하고 형식은 얼굴이 붉어지며 혼자 빙긋 웃었다. 아니 아니, 그러다가 만일 마음으로라도 죄를 범하게 되면 어찌하게. 옳다, 될 수 있는 대로 책상에서 멀리 떠나 앉겠다. 만일 저편 무릎이 내게 닿거든 깜짝 놀라며 내 무릎을 치우리라. 그러나 내 입에서 무슨 냄새가 나면 여자에게 대하여 실례라, 점심 후에는 아직 담배는 아니 먹었건마는, 하고 손으로 입을 가리고 입김을 후 내어 불어 본다. 그 입김이 손바닥에 반사되어 코로 들어가면 냄새의 유무를 시험할 수 있음이라.

형식은, 아뿔싸! 내가 어찌하여 이러한 생각을 하는가? 내 마음이 이렇게 약하던가 하면서 두 주먹을 불끈 쥐고 전신에 힘을 주어 이러한 약한 생각을 떼어 버리려 하나, 가슴속에는 이상하게 불길이 확확 일어난다. 이때에,

"미스터 리, 어디로 가는가?"

하는 소리에 깜짝 놀라 고개를 들었다.

쾌활하기로 동류 간에 유명한 신우선이 대팻밥모자를 제껴 쓰고 활개를 치며 내려온다. 형식은 자기 마음속을 꿰뚫어보지나 아니한가 하여 두 뺨이 한 번 더 후끈하는 것을 겨우 참고 지어서 쾌활하게 웃으면서,

"오래 막혔구려."

하고 손을 잡아 흔들었다.

"오래 막혔구려는 무슨 막혔구려야. 일전 허교하기로 약속하지 않았는가."

형식은 얼마큼 마음에 부끄러운 생각이 나서 고개를 돌리며,

"아직 그런 말에 익숙지를 못해서……."

하고 말끝을 못 맺는다.

"대관절 어디로 가는 길인가? 급하지 않거든 점심이나 하세그려."

"점심은 먹었는걸."

"그러면 맥주나 한 잔 먹지."

"내가 술을 먹는가."

"그만두게. 사나이가 맥주 한 잔도 못 먹으면 어떡한단 말인가. 자 잡말 말고 가세."

하고 손을 끌고 안동 파출소 앞 청국 요릿집으로 들어간다.

"아닐세. 다른 날 같으면 사양도 아니하겠네마는."

하고 다른 날이란 말이 이상하게나 아니 들렸는가 하여 가슴이 뛰면서,

"오늘은 좀 일이 있어."

"일? 무슨 일? 무슨 술 못 먹을 일이 있단 말인가."

다른 사람 같으면 이러한 경우에 다만 '급히 좀 볼일이 있어.' 하면 그만이려니와 워낙 정직하고 나약한 형식이라, 조금이라도 거짓말을 못하여 한참 주저주저하다가,

"세 시부터 개인 교수가 있어."

"영어?"

"응."

"어떤 사람인데 개인 교수를 받어?"

형식은 말이 막혔다.

우선은 남의 폐간을 꿰뚫어볼 듯한 두 눈으로 형식의 얼굴을 유심하게 들여다본다. 형식은 눈이 부신 듯이 고개를 숙인다.

"응, 어떤 사람인데 말을 못 하고 얼굴이 붉어지나, 응?"

형식은 민망하여 손으로 목을 쓸어 만지고 하염없이 웃으며,

"여자야."

"아, 축하하네. 약혼한 사람이 있나 보네그려. 음, 그렇군. 그러구도 내게는 아무 말도 없단 말이야. 에, 여보게."

하고 손을 후려친다.

형식은 하도 심란하여 구두로 땅을 파면서,

"아니야. 저, 자네는 모르겠네. 김 장로라고 있느니……."

"옳지, 김 장로의 딸일세그려? 응. 저, 옳지, 작년이지. 정신여학교를 우등으로 졸업하고 명년 미국 간다는 그 처녀로구먼. 베리 굿."

"자네 어떻게 아는가?"

"그것 모르겠나. 적어도 신문 기자가. 그런데 언제 엥게지먼트를 하였는가?"

"아니오. 준비를 한다고 날더러 매일 한 시간씩 와 날라기에 오늘 처음 가는 길일세."

"아따, 나를 속이면 어쩔 터인가."

"엑."

"히히, 그가 유명한 미인이라데. 자네 힘에 웬걸 되겠나마는 잘 얼러 보게. 그러면 또 보세."

하고 대팻밥 모자를 벗어 활활 부채를 하며 교동 골목으로 내려간다. 형식은 이때껏 그의 너무 방탕함을 허물하더니 오늘은 도리어 그 파탈하고 쾌활함이 부러운 듯하다.

2

미인이라는 말도 듣기 싫지 아니하거니와 약혼, 엥게지먼트라는 말이 이상하게 기쁘게 들린다. 그러나 '자네 힘에 웬걸 되겠는가.' 하였다. 과연 형식은 아무 힘도 없다. 황금시대에 황금의 힘도 없고, 지식시대에 남이 우러러볼 만한 지식의 힘도 없고, 예수 믿는 지는 오래나 워낙 교회에 뜻이 없으며 교회 내의 신용조차 그리 크지 못하다. 아무 지식도 없고, 아무 덕행도 없는 아이들이 목사나 장로의 집에 자주 다니며 알른알른하는 덕에 집사도 되고, 사찰도 되어 교회 내에서 젠체하는 꼴을 볼 때마다 형식은 구역이 나게 생각하였다. 실로 형식에게는 시체 하이칼라 처자의 애정을 끌 만한 아무 힘도 없다.

이런 생각을 하고 형식은 자연히 낙심스럽기도 하고, 비감스럽기도 하였다.

이럴 즈음에 김광현이라는 문패 붙은 집 대문에 다다랐다.

비록 두 벌 옷도 가지지 말라는 예수의 사도연마는 그도 개명하면 땅도 사고, 수십 인 하인도 부리는 것이다. 김 장로는 서울 예수교회 중에도 양반이요 재산가로 두셋째에 꼽히는 사람이다. 집도 꽤 크고 줄행랑조차 십여 칸이 늘어 있다. 형식은 지위와 재산의 압박을 받는 듯한, 일변 무섭기도 하고 불쾌하기도 하면서 소리를 가다듬어,

"이리 오너라."

하였다. 그러나 그 목소리는 아무리 하여도 뚝 자리가 잡히지 못하고, 시골 사람이 처음 서울 와서 부르는 소리와 같이 어리고 떨리는 맛이 있다.

"안으로 들어오시랍니다."

하는 어멈의 말을 따라 새삼스럽게 가슴을 두근거리면서 중문을 지나 안대청에 올랐다.

전 같으면 외객이 중문 안에를 들어설 리가 없건마는 그만하여도 옛날 습관을 많이 고친 것이다. 대청에는 반양식으로 유리문도 하여 달고 가운데는 무늬 있는 책상보 덮은 테이블과 네다섯 개 홍모전 교의가 있고, 북편 벽에 길이나 되는 책상에 신구

서적이 쌓였다.

김 장로가 웃으면서 툇마루에 나와 형식이 구두끈 끄르기를 기다려 손을 잡아 인도한다. 형식은 다시 온공하게 국궁례를 드린 후에 권하는 대로 교의에 앉았다. 김 장로는 이제 사십오륙 세 되는 깨끗한 중노인이다. 일찍 국장도 지내고 감사도 지낸 양반으로서 십여 년 전부터 예수교회에 들어가 작년에 장로가 되었다. 김 장로가 형식에게 부채를 권하며,

"매우 덥구려. 자, 부채를 부치시오."

"네, 금년 두고 처음인가 봅니다."

하고 부채를 들어 두어 번 부치고 책상 위에 놓았다. 장로가 책상 위에 놓인 초인종을 두어 번 울리니 건넌방으로부터,

"네."

하고 열너덧 살 된 예쁜 계집아이가 소반에 유리 대접과 은으로 만든 서양 숟가락을 놓아 내어다가 형식의 앞에 놓는다. 보기만 해도 시원한 복숭아화채에 한 줌이나 될 얼음을 띄웠다. 손이 오기를 기다리고 미리 만들어 두었던 모양이다.

"자, 더운 데 이것이나 마시오."

하고 장로가 친히 숟가락을 들어 형식을 준다. 형식은 사양할 필요도 없다 하여 연해 십여 술을 마셨다. 마음 같아서는 두 손으로 치어들고 죽 들이켜고 싶건마는 혹 남 보기에 체면 없어

보일까 저어하여 더 먹고 싶은 것을 참고 술을 놓았다. 그만하여도 얼마큼 속이 뚫리고 땀이 걷히고 정신이 쇄락하여진다. 장로는,

"일전에도 말씀하였거니와 내 딸을 위하여 좀 수고를 하셔야 하겠소. 분주하신 줄도 알지마는 달리 청할 사람이 없소그려. 영어를 아는 사람이야 많겠지오마는 그렇게…… 어…… 말하자면…… 노형 같은 이가 드무시니까."

하고 잠시 말을 끊고 '너는 신용할 놈이지?' 하는 듯이 형식을 본다.

형식은 남이 젊은 딸을 제게 맡기도록 제 인격을 신용하여 주는 것이 한껏 기쁘고, 자랑스러우면서도, 아까 입에 손을 대고 냄새나는 것을 시험하던 생각을 하면 부끄럽고 죄송스러운 마음이 복받쳐 올라온다.

그러나 기실 장로는 여러 사람의 말도 듣고 친히 보기도 하여 형식의 인격을 아주 신용하므로 이번 계약을 맺은 것이다. 여간 잘 알아보지 아니하고야 미국까지 보내려는 귀한 딸을 젊은 교사에게 다만 매일 한 시간씩이라도 맡길 리가 없는 것이다.

장로는 다시 말을 이어,

"하니까 노형께서 맡아서 일 년 동안에 무엇을 좀 알도록 가르쳐 주시오."

"제가 아는 것이 없어서 그것이 민망합니다."

"천만에. 영어뿐 아니라 노형의 학식은 내가 들어 아는 바요."

하고 다시 초인종을 울리니, 아까 나왔던 계집아이가 나온다.

"얘, 이것(화채 그릇) 들여가고 마님께 아씨 데리고 이리 나옵시사고 여쭈어라."

"네."

하고 소반을 들고 들어가더니, 저편 방에서 소곤소곤하는 소리가 들린다.

형식은 장차 일생에 처음 당하는 무슨 큰일을 기다리는 듯이 속이 자못 덜렁덜렁하며 가슴이 뛰고 두 뺨이 후끈후끈한다.

형식은 장로의 눈에 아니 띄우리 만큼 가만가만히 옷깃을 바르고, 몸을 바르고, 눈과 얼굴에 아무쪼록 젊지 아니한 위엄을 보이려 한다.

이윽고 건넌방 발이 들리며 나이 사십이 될락 말락한 부인이 연옥색 모시 적삼, 모시 치마에 그와 같이 차린 여학생을 뒤세우고 테이블 곁으로 온다.

형식은 반쯤 고개를 숙이고 일어나서 공손하게 읍하였다. 부인과 여학생도 읍하고, 장로의 가리키는 교의에 걸터앉는다. 형식도 앉았다.

3

장로가 형식을 가리키며,

"이 어른이 내가 매양 말하던 이형식 씨요. 젊으시지마는 학식이 도저하고 또 문필도 유명한 어른이오. 선형에게 영어를 가르쳐 줍소사 하고 내가 청하였더니, 분주하심도 헤아리지 아니시고 이처럼 허락하여 주셨소. 이제부터 매일 오실 터이니까 내가 출입하고 없더라도 부인께서 잘 접대를 하셔야 하겠소."

하고 다시 형식을 향하여,

"이가 내 아내요, 저 애가 내 딸이오. 이름은 선형인데 작년에 정신학교라고 졸업은 하였지마는 아무것도 모르는 어린애요."

형식은 누구를 향하는지 모르게 고개를 숙였다. 부인과 선형이도 답례를 한다.

부인은 형식을 보며,

"제 자식을 위하여 수고를 하신다니 감사하올시다. 젊으신 이가 언제 그렇게 공부를 많이 하셨는지, 참 은혜 많이 받으셨삽니다."

"천만에 말씀이올시다."

하고 형식은 잠깐 고개를 들어 부인을 보는 듯 선형을 보았다.

선형은 한 걸음쯤 그 모친의 뒤에 피하여 한편 귀와 몸의 반편이 그 모친에게 가리웠다. 고개를 숙여 눈은 보이지 아니하나 난 대로 내어 버린 검은 눈썹이 하얗게 널찍한 이마에 뚜렷이 춘산을 그리고 기름도 아니 바른 까만 머리는 언제 빗었는지 흐트러진 두어 올이 불그레한 복숭아꽃 같은 두 뺨을 가리어 바람이 부는 대로 하느적하느적 꼭 다문 입술을 때리고, 깃 좁은 가는 모시 적삼으로 혈색 좋은 고운 살이 몽롱하게 비치며, 무릎 위에 걸어 놓은 두 손은 옥으로 깎은 듯 불빛에 대면 투명할 듯하다.

그 부인은 원래 평양 명기 부용이라는 인물 좋고 글 잘하고 가무에 빼어나 평양 춘향이라는 별명 듣던 사람이러니, 이십여 년 전 김 장로의 부친이 평양에 감사로 있을 때에 당시 이십여 세 풍류남아이던 책방 도령 이 도령 – 김 도령의 눈에 들어 십여 년 전 김 장로의 소실로 있다가 본부인이 별세하자 정실로 승차하였다.

양반의 가문에 기생 정실이 망령이거니와, 김 장로가 예수를 믿은 후로 첩 둠을 후회하나 자녀까지 낳고 십여 년 동거하던 자를 버림도 도리에 그르다 하여 매우 양심에 괴롭게 지내다가, 행인지 불행인지 정실이 별세하므로 재취하라는 일가와 붕우의 권유함도 물리치고 단연히 이 부인을 정실로 삼았음이다. 부인은 사십이 넘어서 눈꼬리에 가는 주름이 약간 보이건마는, 옛날 장부의 간장을 녹이던 아리땁고 얌전한 모양을 지금도 볼 수 있다.

선형의 눈썹과 입 언저리는 그 모친과 추호 불차니, 이 눈썹과 입만 가지고도 족히 미인 노릇을 할 수가 있으리라. 형식은 선형을 자기의 누이라고 생각하였다. 이는 형식이 남의 처녀를 대할 때마다 생각하는 버릇이니, 형식은 처녀를 대할 때에 누이라고밖에 더 생각할 줄을 모르는 사람이다.

그러면서도 알 수 없는 것은, 가슴속에 이상한 불길이 일어남이니, 이는 청년 남녀가 가까이 접할 때에 마치 음전과 양전이 가까워지기가 무섭게 서로 감응하여 불꽃을 일리는 것과 같이 면치 못할 일이며, 하늘이 만물을 내실 때에 정한 일이라, 다만 사회의 질서를 유지하기 위하여 도덕과 수양의 힘으로 제어할 뿐이다.

형식이 말없이 앉았는 양을 보고 장로가 선형더러,

"얘, 지금 곧 공부를 시작하지. 아차, 순애는 어디 갔느냐. 그 애도 같이 배워라. 나도 틈 있는 대로는 배울란다."

"네."

하고 선형이 일어나 저편 방으로 가더니 책과 연필을 가지고 나온다. 그 뒤로 선형과 동년배 되는 처녀가 그 역시 책과 연필을 들고 나와 공순하게 읍한다. 장로가,

"이 애가 순애인데 내 딸의 친구요. 부모도 없고 집도 없는 불쌍한 아이요."

하는 말을 듣고 형식은 자기와 자기의 누이의 신세를 생각하고 다시금 순애의 얼굴을 보았다.

의복 머리를 선형과 꼭 같이 하였으니 두 사람의 정의를 가히 알려니와, 다만 속이지 못할 것은 어려서부터 세상 풍파에 부대낀 빛이 얼굴에 박혔음이다. 그 빛은 형식이 거울에 자기 얼굴을 볼 때 있는 것이요, 불쌍한 자기 누이를 볼 때에 있는 것이다.

형식은 순애를 보매 지금껏 가슴에 설렁거리던 것이 다 스러지고 새롭게 무거운 듯한 감정이 생겨 부지불각에 동정의 한숨이 나오며 또 한 번 순애를 보았다. 순애도 형식을 본다.

장로와 부인은 저편 방으로 들어가고 형식과 두 처녀가 마주 앉았다. 형식은 힘써 침착하게,

"이전에 영어를 배우셨습니까?"

하고, 이에 처음 두 처녀의 목소리를 듣게 되었다. 그러나 두 처녀는 고개를 숙이고 아무 대답이 없다.

형식도 어이없이 앉았다가 다시,

"이전에 좀 배우셨는가요?"

그제야 선형이 고개를 들어 그 추수같이 맑은 눈으로 형식을 보며,

"아주 처음이올시다. 이 순애는 좀 알지마는."

"아니올시다. 저도 처음입니다."

"그러면 에이, 비, 시, 디도……? 그것은 물론 아실 터이지요마는."

여자의 마음이라 모른다기는 참 부끄러운 것이라, 선형은 가지나 붉은 뺨이 더 붉어지며,

"이전에는 외웠더니 다 잊었습니다."

"그러면 에이, 비, 시, 디부터 시작하리까요?"

"네."

하고 둘이 함께 대답한다.

"그러면, 그 공책과 연필을 주십시오. 제가 에이, 비, 시, 디를 써 드릴 것이니."

선형이 두 손으로 공책에다 연필을 받쳐 형식을 준다. 형식은 공책을 펴놓고 연필 끝을 조사한 뒤에 똑똑하게 a, b, c, d를 쓰고, 그 밑에 국문으로 '에이, 비, 시' 하고 발음을 달아 두 손으로 선형에게 주고 다시 순애의 공책을 당기어 그대로 하였다.

"그러면 오늘은 글자만 외기로 하고 내일부터 글을 배우시지요. 자 한 번 읽읍시다. 에이."

그래도 두 학생은 가만히 있다.

"저 읽는 대로 한 번 따라 읽으십시오. 자, 에이, 크게 읽으셔

요. 에이."

형식은 기가 막혀 우두커니 앉았다. 선형은 웃음을 참느라고 입술을 꼭 물고, 순애도 웃음을 참으면서 선형의 낯을 쳐다본다. 형식은 부끄럽기도 하고 답답하기도 하여 당장 일어나서 나가고 싶은 생각이 난다.

이때에 장로가 나오면서,

"읽으려무나, 못생긴 것. 선생님 시키시는 대로 읽지 않고."

그제야 웃음을 그치고 책을 본다. 형식은 하릴없이 또 한 번,

"에이."

"에이."

"비."

"비."

"시."

"시."

이 모양으로 '와이, 제트'까지 삼사 차를 같이 읽은 후에 내일까지 음과 글씨를 다 외우기로 하고 서로 경례하고 학과를 폐하였다.

4

형식은 김 장로 집에서 나와서 바로 교동 자기 객주로 돌아왔다. 마치 술 취한 사람 모양으로 아무 생각도 없이, 어디로 가는지도 모르고, 다만 일 년 넘어 다니던 습관으로 집에 왔다. 말하자면 형식이 온 것이 아니요, 형식의 발이 형식을 끌고 온 모양이다.

주인 노파가 저녁상을 차리다가 치마로 손을 씻으면서,

"이 선생 웬일이시오?"

하고 이상하게 웃는다. 형식은 눈이 둥글하여지며,

"왜요?"

"아니, 그처럼 놀라실 것은 없지마는……."

"왜 무슨 일이 생겼어요?"

하고 우뚝 서서 노파를 본다. 노파는 그 시치미 떼고 놀라는 양이 우스워서 혼자 깔깔 웃더니,

"아까 석 점쯤 해서 어떤 어여쁜 아가씨가 선생을 찾아오셨는데 머리는 여학생 모양으로 하였으나 아무리 보아도 기생 같습디다. 선생님도 그런 친구를 사귀는지."

"어떤 아가씨? 기생?"

하고 형식은 고개를 기웃기웃하며 구두끈을 끄르고 마루에 올

라서면서,

“서울 안에는 나를 찾아올 여자가 한 사람도 없는데, 아마 잘못 알고 왔던 게로구려.”

“에그, 저것 보아. 아주 모르는 체하시지. 평양서 오신 이형식 씨라고, 똑똑히 그러던데.”

형식은 멍하니 하늘만 쳐다보고 앉았더니,

“암만해도 모르는 일이외다. 그래 무슨 말은 없어요?”

“이따가 저녁에 또 온다고 하고 매우 섭섭해서 갑데다.”

“그래 나를 아노라고 그래요?”

“에그, 모르는 이를 왜 찾을꼬. 자 들어가셔서 저녁이나 잡수시고 기다리십시오. 밥맛이 달으시겠습니다.”

형식에게는 그런 말이 귀에 들어오지도 아니한다. 과연 형식을 찾을 여자가 있을 리가 없다. 장차 김선형이나 윤순애가 형식을 찾아오게 될는지는 모르거니와 지금 어느 여자가 형식을 찾으리오. 하물며 기생인 듯한 여자가.

형식은 밥상을 앞에 놓고 아무리 생각하여도 알 수 없어 좀 지나면 온다 하였으니 그때가 되면 알리라 하고 저녁을 먹었다. 저녁을 먹고 나서 신문을 볼 즈음에 대문 밖에 찾는 사람이 있다. 노파가,

“이것 보시오.”

하고 눈을 꿈쩍하고 나간다.

"선생님 돌아오셨어요?"

하는 말소리가 들리더니 노파의 뒤를 따라 어떤 젊은 여자가 들어온다. 아까 노파의 말과 같이 모시 치마 저고리에 머리도 여학생 모양으로 쪽쪘다. 형식도 말이 없고 여자도 말이 없고 노파도 어인 영문을 모르고 우두커니 섰다.

여자가 잠깐 형식을 보더니, 노파더러,

"이 선생 계셔요?"

"저 어른이 이 선생이시외다."

하고 노파도 매우 수상해한다.

"네, 내가 이형식이오. 누구시오니까?"

여자는 깜짝 놀라는 듯이 몸을 흠칫하고 한 걸음 물러서며 고개를 폭 숙인다. 해가 벌써 넘어가고 집집 장명등이 반짝반짝 눈을 뜬다.

형식은 무슨 까닭이 있음을 알고, 얼른 일어나 램프에 불을 켜고 마루에 담요를 내어 깐 뒤에,

"아무려나 이리 올라오십시오. 아까도 오셨더라는데 마침 집에 없어서 실례하였습니다."

여자는 고개를 들었다. 눈에는 눈물이 고였다.

"저 같은 계집이 찾아와 선생님의 명예에 상관이 아니되겠습

니까?"

"천만의 말씀이올시다. 우선 올라오십시오. 무슨 일이신지……."

여자는 은근하게 '네.' 하고 올라온다. 데리고 온 계집아이도 올라앉는다. 형식도 앉았다. 노파는 건넌방에서 불도 아니 켜고 담배를 피우면서 이 광경을 본다.

형식은 불빛에 파래 보이는 여자의 얼굴을 이윽히 보더니, 무슨 생각나는 일이 있는지 고개를 기울이고 눈을 감는다.

"저를 모르시겠습니까?"

"글쎄올시다. 얼굴이 혹 뵈온 듯도 합니다마는."

"박응진을 기억하시겠습니까?"

"에? 박응진?"

하고 형식은 눈이 둥글하고 말이 막힌다. 여자도 그만 책상 위에 쓰러져 운다. 형식의 눈에서도 굵은 눈물이 뚝뚝 떨어진다.

형식은 비창한 목소리로,

"아아, 영채 씨로구려. 영채 씨로구려. 고맙소이다. 나같이 은혜 모르는 놈을 찾아 주시니 고맙소이다. 아아."

두 사람은 한참 동안 말이 없고 여자의 흑흑 느끼는 소리뿐이로다. 따라온 계집아이도 주인의 손에 매어달려 운다.

5

벌써 십여 년 전이로다. 평안남도 안주읍에서 남으로 십여 리 되는 동네에 박 진사라는 사람이 있었다. 사십여 년을 학자로 지내어 인근 읍에 그 이름을 모르는 사람이 없었다.

원래 일가가 수십여 호 되고, 양반이요 재산가로 고래로 안주 일읍에 유세력자러니, 신미년 난 역적의 혐의로 일문이 혹독한 참살을 당하고, 어찌어찌하여 이 박 진사의 집만 살아남았다. 하더니 거금 십오륙 년 전에 청국 지방으로 유람을 갔다가 상해서 출판된 신서적을 수십 종 사 가지고 돌아왔다. 이에 서양의 사정과 일본의 형편을 짐작하고 조선도 이대로 가지 못할 줄을 알고 새로운 문명 운동을 시작하려 하였다.

우선 자기 사랑에 젊은 사람을 모아들이고 상해서 사 온 책을 읽히며 틈틈이 새로운 사상을 강설하였다. 그러나 당시 사람의 귀에는 철도나 윤선이라는 말이 들어가지 아니하여 박 진사를 가리켜 미친 사람이라 하고, 사랑에 모였던 선배들도 하나씩 하나씩 헤어지고 말았다. 이에 박 진사는 공부하려도 학자 없어 못하는 불쌍한 아이들을 하나둘 데려다가 공부시키기를 시작하였다.

이러한 지 삼사 년 후에는 그의 교육을 받은 학생이 이삼십

명이나 되게 되었고, 그동안 그 이삼십 명의 의식과 지필묵은 온통 자담하였다. 그러할 즈음에 평안도에 새로운 운동이 일어나고 각처에 학교가 울흥하며 눈물 흘리는 사람이 많게 되었다.

박 진사는 즉시 머리를 깎고 검은 옷을 입고 아들 둘도 그렇게 시켰다. 머리 깎고 검은 옷 입는 것이 그때치고는 대대적 대용단이다. 이는 사천여 년 내려오던 굳은 습관을 다 깨뜨려 버리고 온전히 새것을 취하여 나아간다는 표다.

인해 집 곁에 학교를 짓고 서울에 가서 교사를 연빙하며 학교 소용 제구를 구하여 왔다. 일변 동네 사람을 권유하며, 일변 아이들과 청년들을 달래어 학교에 와 배우도록 하였다. 일 년이 지나매 이삼십 명 학생이 모이고, 교사도 두 사람을 더 연빙하였다. 학생은 삼십 이하, 칠팔 세 이상이었다.

이렇게 학교 경비를 전담하는 외에도 여전히 십여 명 청년을 길렀다. 이형식도 그 십여 명 중의 하나이다. 그때 형식은 부모를 여의고 의지 가지 없이 돌아다니다가 박 진사가 공부시킨다는 말을 듣고 찾아갔던 것이다. 마침 형식은 사람도 영리하고 마음이 곧고 재주가 있고, 또 형식의 부친은 이전에 박 진사와 동년지우이므로 특별히 박 진사의 사랑을 받았다. 그때 박 진사의 아들 형제는 다 형식보다 사오 세 위로되 학력은 형식에게 밀리고 더구나 산술과 일어는 형식에게 배우는 처지였다.

그러므로 동창들은 형식이 장차 박 선생의 사위가 되리라 하여 농담 삼아, 시기 삼아 조롱하였다. 대개 우리 소견에 박 선생이라 하면 전국에 제일가는 선생인 줄 알았음이다. 그때 박 진사의 딸 영채의 나이 열 살이니 지금 꼭 열아홉 살일 것이다.

박 진사는 남이 웃는 것도 생각지 아니하고 영채를 학교에 보내며 학교에서 돌아온 뒤에는《소학》,《열녀전》같은 것을 가르치고 열두 살 되던 여름에는 시전도 가르쳤다. 박 진사의 위인이 점잖고 인자하고 근엄하고도 쾌활하여 어린 사람들도 무서운 선생으로 아는 동시에 정다운 친구로 알았었다. 그는 세상을 위하여 재산을 바치고 집을 바치고 몸과 마음을 다 바치고 목숨까지라도 바치려 하였다. 그러나 그 동네 사람들은 그의 성력을 감사하기는커녕 도리어 미친 사람이라고 비웃었다.

이러한 지 육칠 년에 원래 그리 많지 못하던 재산도 다 없어지고 조석까지 말유하게 되니, 학교를 경영할 방책이 만무하다. 이에 진사는 읍내 모모 재산가를 몸소 방문도 하고 사람도 보내어 자기 경영하는 학교를 맡아 주기를 간청하였다.

그는 오직 세상을 위하여 자기의 온 재산과 온 성력을 다 들인 학교를 남에게 내어맡기려 하건마는 어느 누가 '내가 맡으마.' 하고 나서는 이는 없고 도리어 '제가 먹을 것이 없어 저런다.' 하고 비웃었다.

육십이 다 못된 박 진사는 거의 백발이 되었다. 먹을 것이 없으매 사랑에 모여 있던 학생들도 사방으로 흩어지고 제일 나이 많은 홍모와 제일 나이 어린 이형식만 남았다. 형식은 그때 열여섯 살이었다.

그해 가을에 거기서 십여 리 되는 어느 부잣집에 강도가 들어 주인의 옆구리를 칼로 찌르고 현금 오백여 원을 늑탈한 사건이 일어났다. 그 강도는 박 진사 집 사랑에 있는 홍모라, 자기의 은인인 박 진사의 곤고함을 보다 못하여, 처음에는 좀 위협이나 하고 돈을 떼어 올 차로 갔더니 하도 주인이 무례하고 또 헌병대에 고소하겠노라 하기로 죽이고 왔노라 하고 돈 오백 원을 내어놓는다. 박 진사는 깜짝 놀라며,

"이 사람아, 왜 이러한 일을 하였는가. 부지런히 일하는 자에게 하늘이 먹고 입을 것을 주나니…… 아아, 왜 이러한 일을 하였는가."

하고 돈을 도로 가지고 가서 즉시 사죄를 하고 오라 하였더니, 중도에서 포박을 당하고 강도, 살인, 교사 급 공범 혐의로 박 진사의 삼부자는 그날 아침으로 포박을 당하였다.

박 진사의 집에 남은 것은 두 며느리와 영채와 형식뿐, 영채의 모친은 영채를 낳고 두 달이 못되어 별세하였었다.

그 후에 박 진사의 사랑에 있던 학생도 몇 사람 붙들리고 형

식도 증거인으로 불려갔었으나 이틀 만에 놓였다.

두어 달 후에 홍모와 박 진사는 징역 종신, 박 진사의 아들 형제는 징역 십오 년, 기타는 혹 칠 년 혹 오 년의 징역의 선고를 받고 평양 감옥에 들어갔다.

인해 하릴없이 두 며느리는 각각 친정으로 가고, 영채는 외가로 가고, 형식은 다시 의지를 잃고 적막한 천지에 부평같이 표류하였다. 그 후 형식은 두어 번 평양 감옥으로 편지를 하였으나 편지도 아니 돌아오고 회답도 없었다.

작년 하기에 안주를 갔더니 박 진사의 집에는 낯모를 사람들이 장기를 두며 웃고 있었다. 이제 칠 년 만에 서로 만난 것이다.

6

형식은 번개같이 이러한 생각을 하다가 눈물을 거두고 그 앞에 엎드려 우는 영채를 보았다. 그때, 십 년 전에 상긋상긋 웃으면서 어깨에도 매어달리고 손도 잡아끌며 오빠 오빠 하던 계집아이가 벌써 이렇게 어른이 되었다.

그동안 칠팔 년에 어떠한 풍상을 겪었나. 형식은 남자로되 지난 칠팔 년을 고생과 눈물로 지냈거든 하물며 연약한 어린 여자로 오죽 아프고 쓰렸으랴.

형식은 그동안 지낸 일을 알고 싶어, 우는 영채의 어깨를 흔들며,

"울지 말으시오. 자, 말씀이나 들읍시다. 네, 일어 앉으세요."

울지 말라 하는 형식이도 아니 울 수가 없거든 영채의 우는 것은 마땅한 일이다.

"자, 일어나시오."

"네, 자연히 눈물이 납니다그려."

"……."

"선생을 뵈오니 돌아가신 아버님과 오라버님들을 함께 뵈온 것 같습니다."

하고 또 울며 쓰러진다.

'돌아가신……?' 박 진사 삼부자는 마침내 죽었는가.

집을 없이 하고, 재산을 없이 하고, 마침내 몸을 없이 하였는가. 불쌍한 나를 구원하여 주던 복 있는 집 딸이 복 있던 지 사오 년이 못하여 또 불쌍한 사람이 되었는가. 세상일을 어찌 믿으랴. 젊은 사람의 생명도 믿을 수 없거든 하물며 물거품 같은 돈과 지위랴. 박 진사가 죽었다 하면 옥중에서 죽었을지니, 같은 옥중에 있으면서 아들들이나 만나 보았는가. 누가 임종에 물 한 술을 떠 넣었으며, 누가 눈이나 감겼으리요. 외롭게 죽은 몸이

섬거적에 묶이어 까마귀밥이 된단 말인가. 그가 죽으매 슬퍼할 이 뉘뇨. 막막하게 북망으로 돌아갈 때에 누가 눈물을 흘렸으리요. 그가 위하여 눈물 흘리던 세상은 다시 그를 생각함이 없고, 도리어 그의 혈육을 핍박하고 회롱하도다. 하늘이 뜻이 있다 하면 무정함이 원망스럽고, 하늘이 뜻이 없다 하면 인생을 못 믿으리로다.

"돌아가시다니, 선생님께서 돌아가셨어요?"

"네, 옥에 가신 지 이태 만에 아버님께서 돌아가시고, 아버님 돌아가신 지 보름 만에 오라버니 두 분께서도 함께 돌아가셨습니다."

"어떻게……, 그렇게?"

"자세한 말은 알 수 없으나 옥에서는 병에 죽었다 하고 어떤 간수의 말에는, 처음에 아버님께서 굶어 돌아가시고 그다음에 맏오라버님께서 또 굶어 돌아가시고, 맏오라버님 돌아가신 날 작은오라버님은 목을 매어 돌아가셨다고 합데다."
하고 말끝에 울음이 복받쳐 나온다. 형식도 부지불식간에 소리를 내어 운다.

주인 노파는 처음에는 이형식을 후리려고 나오는 추한 계집으로만 여겼더니 차차 이야기를 들어 보니 본래 양가 여자인 듯하고, 또 신세가 가엾은지라, 자기 방에서 혼자 울다가 거리에 나아가 빙수와 배를 사 가지고 들어와 영채를 흔든다.

"여보, 일어나 빙수나 한 잔 자시오. 좀 속이 시원하여질 테니. 이제 울으시면 어짜요? 다 팔자로 알고 참아야지. 나도 젊어서 과부 되고 다 자란 자식 죽이고……. 그러고도 이렇게 사오. 부모 없는 것이 남편 없는 것에 비기면 우스운 일이랍니다. 이제 청춘에 전정이 구만 리 같은데 왜 걱정을 하겠소. 자, 어서 울음 그치고 빙수나 자시오. 배도 자시구."

하며 분주히 부엌에 가서 녹슨 식칼을 가져다가 배를 깎으면서,

"여봅시오, 선생께서 좀 위로를 하시는 것이 아니라 당신이 더 울으시니……."

"가슴이 터져 오는 것을 아니 울면 어찌하오. 이가 내 사오 년간 양육받은 은인의 따님이오그려. 그런데 그 은인은 애매한 죄로 옥에서 죽고, 그의 아들 형제는 아버지를 좇아 죽고, 천지간에 은인의 혈육이라고는 이분네 하나뿐이오그려. 칠팔 년 동안이나 생사를 모르다가 이렇게 만나니 왜 슬프지 아니하겠소."

"슬프나 울면 어찌하나요."

하고 배를 깎아 들고 영채를 한 팔로 안아 일으키면서,

"초년 고락은 낙의 본입니다. 너무 설워 말으시고 이 배나 하나 자시오."

영채도 친절한 말에 감격하여 눈물을 씻고 배를 받는다.

형식은 다시 영채의 얼굴을 보았다. 이제 보니 과연 그때의 모양이 있다. 더욱 그 큼직한 눈이 박 진사를 생각게 한다. 영채도 형식의 얼굴을 본다. 얼굴이 이전보다 좀 길어진 듯하고 코 아래 수염도 났으나 전체 모양은 전과 같다 하였다. 마주 보는 두 사람의 흉중에는 십여 년 전 일이 활동사진 모양으로 휙휙 생각이 난다.

즐겁게 지내던 일, 박 진사가 포박되어 갈 적에 온 집안이 통곡하던 일, 식구들은 하나씩 하나씩 다 흩어지고 수십 대 내려오던 박 진사 집이 아주 망하게 되던 일, 떠나던 날 형식이 영채를 보고,

"이제는 언제 다시 볼지 모르겠다. 네게 오빠란 말도 다시는 못 듣겠다."

할 적에 영채가,

"가지 마오. 나와 같이 갑시다."

하고 가슴에 와 안기며 울던 생각이 어제런 듯 역력하게 얼른얼른 보인다. 형식은 영채의 지나온 이야기를 들으려 하여 묻기를 시작한다.

7

노파와 형식이 하도 간절히 권하므로 영채도 눈물을 거두고 일어 앉아 빙수를 마시고 배를 먹는다. 눈물에 붉게 된 눈과 두 뺨이 더 애처롭고 아리땁게 보인다.

형식은 얼른 선형을 생각하였다. 얼굴의 아름다움이나 그 부모의 귀여워함은 피차에 다름이 없건마는 현재 두 사람의 팔자는 왜 이다지도 다른고. 하나는 부모 갖고, 집 있고, 재산 있어 편안하게 학교에도 다니고, 명년에는 미국까지 간다 하는데, 하나는 부모도 없고, 형제도 없고, 집도 없고, 어디 의지할 곳이 없이 밤낮을 눈물로 보내는고.

만일 선형으로 하여금 이 영채의 신세를 보게 하면 단정코 자기와는 딴 나라 사람으로 알렷다. 즉 자기는 결단코 영채와 같이 되지 못할 사람이요, 영채는 결단코 자기와 같이 되지 못할 사람으로 알렷다. 또는 자기는 특별히 하늘의 복과 은혜를 받는 사람이요, 영채는 특별히 하늘의 앙화와 형벌을 받는 사람으로 알렷다.

그러하므로 부자가 가난한 자를 업신여기고 천대하여 가난한 자는 능히 자기네와 마주 서지 못할 사람으로 여기고, 길가에 굶어 떠는 거지들을 볼 때에 소위 제 것으로 사는 자들이 개나 도야지와 같이 천대하고 기롱하여 침을 뱉고 발길로 차는 것이다.

그러나 부자 조상 아니 둔 거지가 어디 있으며, 거지 조상 아니 둔 부자가 어디 있으리오. 저 부귀한 자를 보매 자기네는 천지개벽 이래로 부귀하여 천지가 없어질 때까지 부귀할 듯하나, 그네의 조상이 일찍 거지로 다른 부자의 대문에서 그 집 개로 더불어 식은 밥을 다툰 적이 있었고, 또 얼마 못하여 그네의 자손도 장차 그리 될 날이 있을 것이다.

칠팔 년 전 박 진사를 보고야 뉘라서 그의 딸이 칠팔 년 후에 이러한 신세가 될 줄을 짐작하였으랴. 다 같은 사람으로 부하면 얼마나 더 부하며, 귀하다면 얼마나 더 귀하랴.

조그마한 돌 위에 올라서서 다른 사람들을 내려다보며, '이놈들, 나는 너희보다 높은 사람이로다.' 함과 같으니, 제가 높으면 얼마나 높으랴. 또 지금 제가 올라선 돌은 어제 다른 사람이 올라섰던 돌이요, 내일 또 다른 사람이 올라설 돌이다. 거지에게 식은 밥 한술을 줌은 후일 네 자손으로 하여금 내 자손에게 그렇게 하여 달라는 뜻이 아니며, 그와 반대로 지금 어떤 거지를 박대하고 기롱함은 후일 네 자손으로 하여금 내 자손에게 이렇게 하여 달라 함이 아닐까. 모르네라, 얼마 후에 영채가 어떻게 부귀한 몸이 되고, 선형이 어떻게 빈천한 몸이 될는지도. 이렇

게 생각하면서 형식은 입을 열어,

"서로 떠난 후에 지내던 말을 하여 주십시오."

하였다.

"선생께서 가신 뒤에 이삼 일이나 더 있다가 저는 외가로 갔습니다."

하고 말을 시작했다.

외가에는, 외조부모는 벌써 죽고 외숙은 그보다도 먼저 죽고, 외숙모와 내종형 두 사람과 내종형 자녀들만 있었다. 이미 자기 모친이 없고, 또 가장 다정한 외조부모도 없으니, 외가에를 간들 누가 살뜰하게 하여 주리요.

더구나 내 집이 잘살고야 친척이 친척이라, 내 집에 재산이 있고 세력이 있을 때에는 멀고 먼 친척까지도 다정한 듯이 찾아오고, 이편에서 어린아이 하나가 가더라도 큰손님같이 대접하거니와, 내 집이 가난하고 세력이 없어지면 오던 친척도 차차 발이 멀어지고, 내가 저편에 찾아가더라도 '또 무엇을 달래러 왔나.' 하는 듯이 눈살을 찌푸리는 것이다.

"외숙모님은 저를 귀여워하셔서 머리도 빗겨 주시고 먹을 것도 주시건마는 그 맏오라버니댁이 사나워서 걸핏하면 욕하고 때리고 합데다. 그뿐이면 참기도 하려니와, 그 어머니의 본을 받아 아이까지도 저를 업신여기고, 무슨 맛나는 음식을 먹어도 저희들만 먹고 먹어 보라는 말도 아니해요. 그중에도 열세 살 된 새서방 – 제 외오촌 조카지요. – 은 가장 심해서 공연히 이년, 저년 하였습니다. 어린 생각에도, '내가 제 아주머니어든.' 하는 마음이 있어서."

하고 웃으며,

"매우 분하고 괘씸하여 보입데다. 옷은 집에서 서너 벌 가지고 갔었으나, 밤낮 물 긷고 불 때기에 다 더럽고, 더러워도 빨아 주는 사람이 없어서 제 손으로 빨아서 풀도 아니 먹이고 다리지도 아니하고 입었습니다. 제일 걱정은 옷 한 벌을 너무 오래 입으니깐 이가 끓어서 가려워 못 견디겠어요. 그러나 남 보는 데서는 마음대로 긁지도 못하고 정 견디기 어려울 때에는 뒤울안, 사람 없는 데 가서 실컷 긁기도 하고 혹 이를 잡기도 하였습니다. 하다가 한 번은 맏오라버니댁한테 들켜서 톡톡히 꾸중을 듣고, '아이들에게 이 오르겠다. 저 헛간 구석에 자빠져 자거라.' 하는 소리도 들었습니다. 제사 때나 명절에 고기나 떡이 생겨도 제게는 먹지 못할 것을 조금 주고 그러고도 일도 아니하면서 처먹기만 한다고 말을 들었습니다. 한 번은 궤 속에 넣었던 은가락지 한 쌍이 잃어졌습니다. 저는 또 내가 경을 치나 보다 하고 부엌에 앉았노라니, 아니나 다를까, 맏오라버니댁이 성이 나서 뛰어 들어오며 부지깽이로 되는 대로 찌르고 때리고 하면서 저

더러 그것을 내어놓으랍니다. 저도 그때에는 하도 분이 나서 좀 대답을 하였더니, '이년, 이 도적놈의 계집년, 네가 아니 훔치면 누가 훔쳤겠니?' 하고 때립니다. 제 부친께서 도적으로 잡혀갔다고 걸핏하면 도적놈의 계집년이라 하는데, 그 말이 제일 가슴이 쓰립데다."

"저런 변이 있나. 저런 몹쓸 년이 어디 있노."

하고 노파가 듣다가 혀를 찬다.

형식은 말없이 가만히 듣고 앉았다.

영채는 후 한숨을 쉬고 말을 이어,

8

"그렇게 때리고 맞고 하는 즈음에 이웃에 사는 계집 하나가 와서, '저 주막에 있는 갈보가 웬 커다란 은가락지를 꼈습데다. 어디서 났는가 물어보니까 기와집 새서방이 주더랍데다그려. 새서방님이 요새 자주 다니는가 보더구먼.' 합데다. 이래서 저는 누명을 벗었으나, 그다음에 오라버니댁과 그 계집과 대판 싸움이 납데다. '이년, 서방 있는 년이 남의 어린 사람을 후려다가 끼고 자고, 가락지도 네가 가져오라고 했지 이년.' 하면, '제 자식을 잘 가르칠 게지. 남의 탓을 왜?' 이 모양으로 다툽데다."

"어린것을 가르칠 줄은 모르고 장가만 일찍 들여서 못된 버릇만 배우게 하니."

하고 형식이 탄식한다.

"그래서 이 선생께서는 장가도 아니 들으시는게구먼."

영채는 형식이 일찍 취처 아니했단 노파의 말을 듣고 놀라서 형식을 보았다. 그리고 그 장가 아니 든 이유를 알고 싶었다. 그 이유가 자기에게 무슨 상관이 없는가 하였다.

이전 부친께서 농담 삼아, '너 형식의 아내 될래?' 하던 말을 생각하였다. 그때에 어린 생각에도 형식은 참 좋은 사람이거니 하고 사랑에 와 있던 여러 사람 중에도 특별히 형식에게 정이 들었었다.

이래 칠팔 년간에 한강에 뜬 버들잎 모양으로 갖은 고락을 다 겪으며 천애지각으로 표류하면서도 일찍 형식을 잊어 본 적이 없었다. 차차 낫살을 먹어 갈수록 형식의 얼굴이 더욱 정답게 가슴속에 떠 나오더라.

혼자 어디 있는지, 죽었는지 살았는지도 모르는 형식을 생각하고 울면서 밤을 새운 적도 있었다. 몸이 팔려 기생 노릇 한 지가 이미 육칠 년에 여러 남자의 청구도 많이 받았건마는 아직 한 번도 몸을 허한 적이 없음은 어렸을 적 《소학》, 《열녀전》을 배운 까닭도 되거니와, 마음속에 형식을 잊지 못한 것이 가장 큰 까닭이었다.

부친께서, '너는 형식의 아내가 되어라.' 하신 말씀을 자라나서 생각하니, 다만 일시 농담이 아니라 진실로 후일에 그 말씀대로 하시려 한 것이라 하고 내 몸이 가루가 되더라도 부친의 뜻을 아니 어기리라 하였다.

그러나 형식은 살았는가 죽었는가. 살았다 하더라도 이미 유실 유가하고 생자 생녀하였으려니 하고는 혼자 절망도 하였으나, 설혹 그러하더라도 나는 일생을 형식에게 바치고 달리 남자를 보지 아니하리라고 굳게 작정하였었다. 이번 우연히 형식을 만나게 되니 기쁘기는 기쁘거니와, 자기는 영원히 혼잣몸으로 지내려니 하였다.

그러다가 형식이 아직 장가 아니 들었단 말을 들으니, 일변 놀랍기도 하고 일변 기쁘기도 하나, 다시 생각하여 보건대 형식은 지금 교육계에 다니는 사람이라, 행실과 명망이 생명이니 기생을 아내로 삼는다 하면 사회의 평론이 어떠할까 하고 다시 절망스러운 마음도 생긴다.

형식으로 말하면, 그동안 동경에 유학하노라고 장가들 틈도 없었거니와 그동안 구혼하는 데도 없지는 아니하였다. 그러나 공부로 핑계를 삼고 아직도 구혼에 응하지 아니한 것은 중심에 영채를 생각하였음이다. 일찍 박 진사가 형식을 대하여 직접으로 말한 적은 없었으나 박 진사가 특별히 자기를 사랑하는 양을 보고, 또 남이 전하는 말을 들어도 박 진사가 자기로 사위 삼으려는 뜻이 있는 줄을 대강 짐작하였었다. 형식이 박 진사의 집을 떠날 때에 영채의 손을 잡고, '다시 너를 보지 못하겠다.' 한 것은 여러 가지 깊은 슬픔이 많이 있어서 한 말이다.

그러나 그 후에 영채의 소식을 알 길이 바이 없고, 또 영채의 나이 이미 과년이 된지라 응당 뉘 집 아내가 되어 혹 자녀를 낳았을는지도 모르리라 하였다.

그러하건마는 은사의 뜻을 저버리고 차마 제 몸만 위하여 달리 장가들 마음이 없고 행여나 영채의 소식을 들을까 하고 지금껏 기다리던 차이다. 그러다가 오늘 우연히 만나니, 아무리 하여도 기생 노릇을 하는 태도가 나타난다.

그러면 벌써 여러 사람에게 몸을 더럽혔으려니, 만일 그렇다 하면 자기 아내 못 되는 것이 한이 아니라, 세상을 위하여 애쓰던 은인의 혈육이 이처럼 윤락하게 됨이 원통하여 아까도 슬피 소리를 내어 운 것이요, 또 그동안 지나온 이야기를 들으려 함도 행여나 기생이나 아니되었으면 하는 희망과 설혹 되었다 하더라도 옛사람의 본을 받아 송죽 같은 정절을 지켰으면 하는 희망이 있음이다.

이제 형식과 영채는 피차에 저편의 속을 알고 싶어하게 된 것이다.

"그래, 그다음에 어찌 되었습니까?"

"그날 종일 밥도 아니 먹고 울다가 아무리 생각하여도 그 집에 있지 못할 줄을 알고 어디로 도망할 마음이 불현듯 납데다. 도망을 하자니 열세 살이나 된 계집아이가 가기를 어디로 갑네까. 영변 고모님 댁이 있단 말을 들었으나 어디인지도 모르고, 또 고모님도 이미 돌아가셨다 하니 거기인들 외가와 다르랴. 들은즉, 아버님과 두 오라버니께서 평양에 계시다 하니 차라리 거기나 찾아가리다. 아무리 옥에 계시다 하기로 자식이야 같이 있게 아니하랴 하고 그날 밤에 도망하여 평양으로 가려고 작정하고 저녁밥을 많이 먹고 식구들이 잠들기를 기다렸습니다."

9

"저는 외숙모님과 같이 잤는데 그 어른은 노인이라, 이리 뒤척 저리 뒤척 돌아눕는 소리만 들리고 암만 기다리니 잠느는 양이 아니 보입니다. 그래 기다리다 못하여 뒷간에 가는 체하고 일어나 옷을 입었습니다. 외숙모님께서도 의심이 나시는지, 옷은 왜 입느냐 하십데다. 그래서 뒤보러 가노라 하고 얼른 문밖에 나섰습니다. 여자의 옷으로는 혼자 도망할 수가 없을 줄을 알고 제 조카의 옷을 훔쳐 입으리라는 생각이 났습니다. 정말 도적질을 하게 되었지요."

하고 웃으며,

"마침 저녁에 옷을 다려서 대청에 놓은 줄을 알므로 가만가만히 대청에 가서 제 옷을 벗어 놓고 조카의 옷을 갈아입었습니다. 그때는 팔월 열사흘이라, 달이 짜듯하게 밝고 밤바람이 솔솔 붑데다. 가만히 대문을 나서니 참 황황합데다. 평양이 동인지 서인지도 모르고 돈 한 푼도 없이 어떻게 가는고 하고 부모 생각과 제 몸 생각에 저절로 눈물이 납데다. 그러나 이 집에는 더 있지 못할 줄을 확실히 믿으므로 더벅더벅 앞길을 향하여 나갔습니다. 대문간에서 자던 개가 저를 보고 우두커니 섰더니 꼬리를 치면서 따라 나옵데다. 한참 나와서 길가 큰 들메나무 아래 와서 저는 펄썩 주저앉았습니다. 거기서 한참이나 울다가 곁에 섰는 개를 쓸어안고, '나는 멀리로 간다. 다시는 너를 보지 못할까 보다. 일 년 동안 네가 내 동무 노릇을 하였구나. 그러나 나는 너를 버리고 멀리로 간다. 집에 가서 누가 내 거처를 묻거든 아버지를 찾아 평양으로 가더라고 일러라.' 하고 다시 일어나서 갔습니다. 참 개도 인정을 아는 듯해요. 제 옷을 물고 매어달리며 킁킁 하면서 도로 집으로 가자는 시늉을 합데다. '그러나 저러나 나는 못 들어간다. 너나 들어가거라.' 하고 손으로 머리를 때렸습니다. 그러나 개는 떨어지지 아니하고 따라옵데다. 저도 외로운 밤길에 동무나 될까, 하고 구태 때려 쫓지도 아니하였습니다."

"저것 보게. 개가 도리어 사람보다 낫지."
하고 노파가 눈물을 씻는다.

영채는 도리어 웃으면서,

"그러니 어디로 갈지 길을 알아야 아니합니까. 지난봄에 나물하러 갔다가 넓은 길을 보고 이 길이 서편으로 가면 의주와 대국으로 가고, 동편으로 가면 평양도 가고 서울도 간다는 말을 들었기로 허방지방 그리로만 향하였습니다. 촌중 앞으로 지날 적마다 개가 짖는데 개 소리를 들으면 한껏 반갑기도 하고 무섭기도 합데다. 저를 따라오는 개는 짖지도 아니하고 가만가만히 고개를 숙이고 저를 따라옵데다. 그렇게 얼마를 가노라니 촌중에서 닭들이 우는데 저편에 허연 길이 보입데다. 옳다구나 하고 장달음으로 큰길에 나섰습니다. 나서서 한참이나 사방을 돌아보다가 대체 달 지는 편이 서편이려니, 하고 달을 등지고 한정 없이 갔습니다. 이튿날 조반도 굶고 낮이 기울어지도록 가다가 시장증도 나고 다리도 아프기로 길가 어느 촌중에 들어갔습니다. 집집에 떡 치는 소리가 나고 아이들은 새 옷을 갈아입고 떼를 지어 밀려 다닙데다. 저는 그중에 제일 큰 집 사랑으로 들어갔습니다. 사랑에는 여러 어른들이 모여서 술을 먹고 웃고 이야기합데다. 길 가던 아인데 시장하여 들어왔노라 하니까 주발에 떡을 한 그릇 담아내어다 줍데다. 시장했던 김이라 서너 개나 단숨에 먹노라니까 사랑에 앉은 어른 중에 수염 많이 나고 얼굴 투둠투둠한 사람이 제 곁에 와서 머리를 쓸며 '뉘 집 아인고. 얌전도 하다.' 하면서 성명을 묻고, 사는 데를 묻고, 부친의 이름을 묻고, 나이를 묻습데다. 저는 숙천 사는 김 아무라고 되는 대로 대답하고 안주 외가에 갔다 오노라고 하였더니, 제 얼굴빛과 대답하는 모양이 수상하던지, 여러 어른들이 다 말을 그치고 저만 쳐다봅데다. 저는 속이 덜렁덜렁하고 낯이 훅훅 달아서 떡도 다 먹지 못하고 일어나 절한 뒤에 문밖으로 뛰어나왔습니다. 나온즉, 장난꾼 아이들이 모여 섰다가 저를 보고 '얘 너 어디 있는 아이냐? 어디로 가느냐?' 하고 성가스럽게 묻습데다. '나는 숙천 있는 아이로다. 안주 외가에 갔다 온다.' 하고 고개를 숙이고 달아 나왔습니다. 아이들은 '사람이 말을 묻는데 뛰기는 왜 뛰어.' 하고 트집을 잡고 따라옵니다. 그러나 나는 나이 어리고 밤새도록 걸음을 걸어 다리가 아파서 뛰지 못할 줄을 알고 우뚝 섰습니다. 그제는 아이놈들이 죽 둘러서고 그중에 제일 큰 놈이 와서 제 목에다 손을 걸고 구린내를 피우면서 별의별 말을 다 묻습니다. 대답하면 묻고, 대답하면 또 묻고, 다른 아이놈들은 웃기도 하고 꼬집기도 하고 쿡쿡 찌르기도 하고 아무리 빌어도 놓아 주지를 아니합니다. 한참이나 부대끼다가 하릴없이 으아 하고 소리 내어 울었습니다. 마침 그때에 저리로서 큰기침 소리가 나더니 서당 훈장 같은 이가 정자관을 젖혀 쓰고 기다란 담뱃대를 춤을 추이면서 오다가, '이놈들, 왜 그러느냐?' 하고 호령을 하니까 아이놈들이 사방으로 달아납데다. 저는 다리 아픈 줄도 모르고 달음질을 하여 나왔습니다. 뒤에서는 아이놈들이 욕하고 떠드는 소리가 들립데다. 그러나 뒤도 돌아보지 아니하였습니다. 큰길에 나서니 개가 어디 있다가 따라나옵데다. 어떤 아이놈이 돌로 때렸는지 귀밑에서 피가 조금 납데다. 저는 울면서 호－하고 불어 주었습니다. 그러고는 쉬엄쉬엄 또 동으로만 향하고 갔습니다. 몸은 더할 수 없이 곤하고 해도 저물었습니다. 아까 혼난 생각을 하면 진저리가 나서 다시 어느 촌중에 들어갈 생각이 없습니다. 그러나 밥 굶어서 한데에서 잘 수도 없으며 어쩌면 좋은가 하고 주저하다가 어떤 길가 객점에 들었습니다. 그날 저녁에 고생한 생각을 하면 지금도 지가 떨립니다."

하고 손을 한 번 비틀고 한숨을 내어쉰다.

10

"돈 한 푼도 없이?"

하고 노파가 걱정을 한다.

"돈이 있으면 그처럼 고생은 아니하였겠지요."

하고 말을 이어,

"객점에 드니깐 먼저 든 객이 육칠 인 되옵데다. 주인이 아랫목에 앉았다가 저를 보고 '너 어떤 아이냐.' 하기로 길 가던 아인데 날이 저물어 하룻밤 자고 가려노라 하였습니다. 그러면 저녁을 먹어야 하겠구나 하기에, 돈이 한 푼도 없어서 밥을 사 먹을 수 없으니 자고나 가게 하여 달라고 하였습니다. 한즉, 주인이 '그러걸랑은 저 안동네 뉘 집 사랑에 들어가 자거라. 우리 집에는 손님이 많아서 잘 데가 없다.'고 합데다. 그제 손님 중의 한 분, 머리도 깎고 매우 점잖아 보이는 이가 주인더러, '어린것이 이제 어디로 가겠소. 내가 밥값을 낼 것이니 저녁과 내일 아침 조반을 먹이고 재우시오.' 합데다. 저는 그때에 어떻게나 고마운지 마음 같아서는 아저씨, 하고 엎디어 절이라도 하고 싶습데다. 그래 저녁을 먹고 나서 여러 손님들이 이야기하는 것을 듣다가 어느 틈에 윗목에 누워 잠이 들었습니다. 자다가 어떤 도적놈에게 잡혀가는 무서운 꿈을 꾸고 잠을 깨어 가만히 들은

즉, 방 안의 객들이 무슨 토론을 하는 모양입데다. 하나가 '아니어, 사내애지.' 하면, '그럴 수가 있나? 그 얼굴과 목소리가 단정코 계집아이지요.' 하고, 그러면 또 하나가 '어린 계집아이가 남복을 하고 혼자 갈 이유가 있나?' 하면서 저를 두고 말함이 분명합데다. 아뿔싸, 이 일을 어쩌나 하고 치를 떨고 누웠는데, 여러 사람들은 한참이나 서로 다투더니 그중의 한 사람이 '다툴 것이 있는가. 보면 그만이지.' 하고 저 있는 데로 옵데다. 저는 기가 막혀 벽에 꼭 붙었습니다. 그러나 힘센 어른을 대적할 수가 있습니까. 마침내 제 본색이 탄로되었습니다. 부끄럽기도 그지없고 섧기도 그지없고 분하기도 그지없어 하염없이 소리를 놓아 울었습니다."

"저런 변이 있나. 그 몹쓸 놈들이 밤새도록 잠은 아니 자고 그런 토론만 하였구먼."

하고 노파가 분해 한다.

"그래 한참 우는데 제 몸을 보던 사람이 말하기를, '자 여러분, 이제는 내기한 대로 내가 이 계집아이를 가지겠소.' 하면서 제 등을 툭툭 두드립데다. 그래 저는 평양 계신 아버님을 찾아가는 길이라고 간절히 말하고 빌었습니다. 한즉, 그 사람 대답이 '아버님은 오는 달에 찾아가고 우선 내 집으로 가자.' 하면서 팔을 제 목 아래로 넣어 저를 일으켜 앉히며, 어서 가자 합데다.

저는 다른 사람들의 얼굴을 보았습니다. 행여나 나를 도와줄 사람이 있는가 하고."

"아까 밥값 내어 준다던 사람은 어디로 갔던가요?"

하고 형식이 주먹을 부르쥐고 물었다.

"글쎄 말씀을 들으십시오. 지금 저를 데려가려는 사람이 바로 그 사람이외다그려. 여러 사람들은 그 사람을 무서워하는지 아무 말도 없이 빙글빙글 웃기만 합데다. 저는 울면서 빌다 빌다 못하여 마침내 사람 살리시오 하고 힘껏 소리를 내어 울었습니다. 제 울음소리에 개들이 야단을 쳐 짖는데 그중에 제가 데리고 온 개 소리도 납데다. 그제는 그 사람이 수건으로 제 입을 꼭 동여매더니 억지로 둘쳐 업고 나갑데다. 방에 있던 사람들은 내다보지도 아니하고 문을 닫칩데다."

하고 잠시 말을 그친다.

형식은 영채의 기구한 운명을 듣고 자기의 어렸을 때에 고생하던 것에 대조하여 한참 망연하였었다. 영채는 그 악한에게 붙들려 장차 어찌 되려는가. 그 악한은 영채의 어여쁜 태도를 탐하여 못된 욕심을 채우려 하는가. 또는 영채의 몸을 팔아 술과 노름의 밑천을 만들려 함인가. 아무려나, 영채의 몸이 그 악한에게 더럽혀지지나 아니하였으면 하였다.

그리하고 영채의 얼굴과 몸을 다시 자세히 보았다. 대개 여자가 남자를 보면 얼굴과 체격에 변동이 생기는 줄을 앎이다. 어찌 보면 아직 처녀인 듯도 하고, 또 어찌 보면 이미 남자에게 몸을 허한 듯도 하다. 더구나 그 곱게 다스린 눈썹과 이마와 몸에서 나는 향수 냄새가 아무리 하여도 아직도 순결한 처녀같이 보이지 아니한다.

형식은 영채에게 대하여 갑자기 싫은 마음이 생긴다. 저 계집이 이때까지 누군지 알 수 없는 수없는 남자에게 몸을 허하지나 아니하였는가. 지금 자기 신세타령을 하는 저 입으로 별의별 더러운 남의 입술을 빨고, 별의별 더러운 남의 마음을 호리는 말을 하던 입이 아닌가. 지금 여기 와서 이러한 소리를 하고 가장 얌전한 체하고 눈물을 흘리는 것은 육칠 년 전의 애정을 이용하여 나를 휘어 넘기려는 휼계(譎計)가 아닌가.

이렇게 생각하고 다시 선형을 생각하였다. 선형은 참 아름다운 처녀다. 얼굴도 아름답거니와 마음조차 아름다운 처녀다. 저 선형과 이 영채를 비교하면 실로 선녀와 매음녀의 차이가 아닐까. 이렇게 생각하고 또 한번 영채를 보았다. 그의 눈에는 맑은 눈물이 고이고 얼굴에는 거룩하다고 할 만한 슬픈 빛이 보인다. 더욱이 아무 상관없는 노파가 영채의 손을 잡고 주름 잡힌 두 뺨에 거짓 없는 눈물을 흘림을 볼 때에 형식의 마음은 또 변하였다.

아니다, 아니다. 내가 죄로다. 영채는 나를 잊지 아니하고 이처럼 찾아와서 제 부모나 형제를 만난 모양으로 반갑게 제 신세를 말하거늘, 내가 이러한 괘씸한 생각을 함은 영채에게 대하여 큰 죄를 범함이로다.

박 선생같이 고결한 어른의 따님이, 그렇게 꽃송아리같이 어여쁘던 영채가 설마 그렇게 몸을 더럽혔을 리가 있으랴. 정녕 온갖 풍파를 다 겪으면서도 송죽의 절개를 지켜 왔으려니 하였다. 그러나 그 후부터 지금까지 어떻게 지내어 왔는고.

영채는 다시 말을 이어, 그 악한에게 잡혀가는 일에서부터 지금까지 지내오던 바를 말한다.

11

영채는 마침내 그 악한에게 붙들려 갔다. 그 악한의 집은 산 밑에 있는 조그마한 집이었다. 얼른 보아도 게으른 사람의 집인 줄을 알겠더라. 그 악한은, 지금은 비록 이러한 못된 짓을 하거니와, 일찍은 이 동네에서 부자라는 이름을 듣고 살았었다.

그러나 원래 문벌이 낮아 남의 천대를 받더니, 갑진년에 동학의 세력이 창궐하여 무식한 농사꾼들도 머리를 깎고 탕건을 쓰면 호랑같이 무섭던 원님도 감히 건드리지를 못하였다. 이 악한도 그 세력이 부러워 곧 동학에 입도하고, 여간 전래의 논밭을 다 팔아 동학에 바치고 그만 의식이 말유한 가난한 사람이 되고 말았다.

그러나 감사도 되고 군수 목사도 되리라는 희망은 물거품으로 돌아가고 이제는 논밭 한 이랑도 없는 거지가 되고 말았다. 마음이 착하고 수양이 많은 사람이면 아무리 가난하여도 절행을 고칠 리가 없건마는, 원래 갑작 양반이나 되기를 바라고 동학에 들었던 인물이라, 처음에는 양반의 체면과 신사의 체면도 보았건마는 점점 체면을 차리는 데 필요한 두루마기와 탕건과 가죽신이 없어지매 양반의 체면과 신사의 체면도 그와 함께 없어지고 말았다.

그 악한은 아무러한 짓을 하여서라도 돈만 얻으면 그만이요, 술만 먹으면 그만이라 하게 되었다. 그래서 그는 그 동네에 유명한 협잡꾼이 되고 몹쓸 놈이 된 것이다.

객주에 앉아서 영채의 밥값을 담당함은 잠시 이전 신사의 체면을 보던 마음이 일어남이요, 영채가 계집아이인 줄을 알며 그를 입어 감은 시방 그의 썩어신 마음을 표함이다.

그는 아들 형제가 있었다. 맏아들은 벌써 스물둘인데 아직도 장가를 들이지 못하였고, 둘째아들은 지금 십오륙 세 된 더벅머리였다. 그가 처음 영채를 업어 갈 때에는 이십이 넘도록 장가를 들지 못한 맏아들에게 주려 하는 마음이었다. 그같이 마음이 악하여져서 거의 짐승이 된 놈에게도 아직까지 자식을 생각하는 마음은 남았음이다.

그러나 영채를 등에 업고 캄캄한 밤에 사람 없는 데로 걸어가니, 등과 손에 감각되는 영채의 따뜻한 살이 금할 수 없이 그의 육욕을 자극하였다. 연계로 말하면 제 손녀나 될 만한 이제 겨우 열세 살 되는 영채에게 대하여 색욕을 품는다 함이 이상히 들리려니와, 원래 몸이 건강한데다가 마음에 도덕과 인륜의 씨가 스러졌으니 이러함도 괴이치 아니한 일이다. 집에 아내가 없지 아니하나 나이도 많고 또 여러 해 가난한 고생에 아주 노파가 되고 말아 조금도 따뜻한 맛이 없었다.

이제 꽃송이 같은 영채가 내 손에 있으니, 짐승 같은 그는 며느리를 삼으려 하던 생각도 없어지고 불길같이 일어나는 육욕을 제어하지 못하여 외딴 산모롱이 길가에 영채를 내려놓았다.

아직 나이 어린 영채는 그가 자기에게 대하여 어떠한 악의를 품었는지는 모르거니와, 다만 무섭기만 하여 손을 마주 비비며 또 한 번 '살려 주오' 하고 빌었다. 그러나 그는 듣지 아니하고 미친 듯이 영채를 땅에 눕혔다.

이까지 하는 말을 듣고 형식은 전신이 오싹하였다. 마침내 영채는 처녀가 아닌 지가 오래구나 하였다. 설혹 영채가 욕을 보지 아니하였노라 하더라도 형식은 믿지 아니하리라 하였다.

형식은 그 악한이 영채를 땅에 엎드리던 광경을 생각하고, 일변 영채를 불쌍히도 여기고, 일변 영채가 더러운 듯이도 생각하였다.

노파는 숨소리도 없이 영채의 기운 없이 말하는 입술만 보고 앉아서 이따금 '저런 저런.' 하고는 한숨을 쉰다.

악한이 영채를 땅에 누일 때, 영채는 웬일인지 모르거니와 갑자기 대단한 무서움이 생겨 발길로 그의 가슴을 힘껏 차고 으아 하고 소리를 내어 울었다.

악한은 푹 꺼꾸러졌다. 영채가 아무리 약하고 어리더라도 죽을 악을 쓰고 달려드는 악한의 가슴을 찼으니, 불의에 가슴을 차인 악한은 그만 숨이 막힘이라. 영채는 악한이 거꾸러지는 것을 보고 벌떡 일어나서 도로 일어나려는 악한의 얼굴에 흙과 모래를 쥐어 뿌리고 정신없이 발 가는 대로 달아났다.

얼마를 정신없이 달아나다가 우뚝 서서 귀를 기울였다. 그러나 아무 소리도 들리지 아니하고 새벽바람이 땀 흐르는 얼굴을 스쳐 지나갈 뿐이었다. 그러나 영채의 눈에는 뒤에 얼른얼른 그 악한의 따라오는 그림자가 보이는 듯하고, 또 그 악한의 손에는 피 흐르는 칼날이 번적번적하는 듯하여 또 한 번 으아 하고 뛰기를 시작하였다.

얼마를 뛰어가다가 뒤를 돌아보니, 뒤에 지금껏 잊어버렸던 개가 입에 희끄무레한 무엇을 물고 따라온다.

영채는 반겨 그 개를 안았다. 그러나 그 개의 몸에는 온통 피투성이요, 더구나 영채가 그 개의 머리를 안을 때에 개의 목에서 솟는 피에 손이 젖음을 깨달았다.

영채는 놀라서 한 걸음 물러났다. 개는 킁킁 하고 두어 번 짖더니 그만 다리를 버둥버둥하고 땅에 거꾸러진다. 영채는 어쩔 줄을 모르고 멍멍하니 섰다가 개의 입에 물었던 희끄무레한 것을 집었다. 아직 희미한 새벽빛이건마는 그것이 아까 그 악한의 저고리 옷자락인 줄을 알았다. 개는 그 악한과 오랫동안 싸워 마침내 그 악한을 물어 넘어뜨리고 주인에게 그 뜻을 알리려고 그 악한의 저고리 옷자락을 물어 온 것이다.

그러나 그 개도 악한에게 발길로 차이고, 주먹으로 맞고, 입으로 물려 여러 군데 살이 떨어지고 피가 흐르고, 그중에도 왼편 갈빗대가 둘이나 꺾어져서 심장을 찢은 것이다. 제 목숨이 얼마나 남은 지도 모르고 불쌍한 주인을 따라와 제가 그 주인을 위하여 원수 갚은 줄을 알리고 그 사랑하던 주인의 발부리에서 죽고자 함이다.

"저는 개의 시체를 붙들고 한참이나 울었습니다."

하는 영채의 눈에는 새로이 눈물이 흘렀다.

12

형식은 영채의 말을 듣고 얼마큼 안심이 되었다. 영채의 얼굴을 다시금 보매, 새삼스럽게 정다운 마음과 사랑스러운 생각이 난다. 지금까지 영채의 절행을 의심하던 것이 죄송스러웠다.

영채는 어디까지든지 옥과 같이 깨끗하고 눈과 같이 깨끗하다 하였다. 이전 안주에 있을 때에 보던 어리고 아리따운 영채의 모양이 뚜렷이 형식의 앞에 보이더니 그 아리따운 모양이 방금 그 앞에 앉아 신세타령을 하는 영채와 하나가 되고 만다.

형식은 생각하였다. 옳다, 은혜 많은 내 선생님의 뜻을 이어 영채와 부부가 되어 일생을 즐겁게 지내리라 하였다.

그러고는 자기와 영채가 부부 된 뒤에 할 일이 눈앞에 보인다. 우선 영채와 자기가 좋은 옷을 입고 목사 앞에 서서 맹세를 하렷다. 나는 영채의 손을 꼭 쥐고 곁눈으로 영채의 불그레하여진 빰을 보리다. 그때에 영채는 하도 기쁘고 부끄러워 더욱 고개를 숙이렷다.

그날 저녁에 한자리에 누워 서로 꼭 쓸어안고, 지나간 칠팔 년간의 고생하던 것과 서로 생각하고 그리워하던 말을 하리다. 그때에 영채가 기쁜 눈물로 베개를 적시며 속에 쌓이고 쌓였던 정회를 풀 때에, 나는 감격함을 이기지 못하여 전신을 바르르 떨며 영채를 껴안으리다.

그러면 영채도 내 가슴에 이마를 대고 '에그, 이것이 꿈인가요, 생신가요.' 하고 몸을 떨으리다. 그러한 후에 나는 일변 교사로, 일변 저술로 돈을 벌어 깨끗한 집을 짓고, 재미있는 가정을 이루리다. 내가 저녁때에 일을 마치고 집에 돌아오면 영채는 나를 기다리고 기다리다가 내가 오는 것을 보고 뛰어나오며 내게 안기리다. 그때에 우리는 서양 풍속으로 서로 쓸어안고 입을 맞추리다.

그러다가 이윽고 아들이 나렷다. 영채와 같이 눈이 큼직하고 얼굴이 둥그스름하고, 나와 같이 체격이 튼튼한 아들이 나렷다. 그다음에 딸이 나렷다. 그다음에는 또 아들이 나렷다. 아아, 즐거운 가정이 되렷다.

그러나 영채가 만일 지금껏 아무것도 배운 것이 없으면 어쩌나. 내 마음과 내 사상을 알아줄 만한 공부가 없으면 어쩌나. 어려서 글을 좀 읽었건마는 그동안 칠팔 년간이나 공부를 아니하였으면 모두 다 잊어버렸으렷다. 아아, 만일 영채가 이렇게 무식하면 어쩌는가. 그렇게 무식한 영채와 행복된 가정을 이룰 수가 있을까. 아아, 영채가 무식하면 어쩌나.

이렇게 생각하매 지금까지 생각하던 것이 다 쓸데없는 듯하여 어째 서어한 마음이 생긴다. 그래서 형식은 영채의 얼굴을 다시금 보았다. 그 몸가짐과 얼굴의 표정이 아무리 하여도 교육 없는 여자는 아니로다. 더구나 그 손과 옷을 보매, 지금껏 괴로운 일로 고생은 아니한 듯하다. 아무리 보아도 영채는 고등한 가정에서, 고등한 교육을 받은 사람인 듯하다. 그렇지 아니하면 저렇게 몸가짐에 자리가 잡히고, 말하는 것이 저렇게 얌전하고 익숙지 못하리라 하였다. 더구나 그 말에 문학적 색채가 있는 것을 보니 아무리 하여도 고등한 교육을 받았구나 하였다.

혹 내가 남의 도움을 받아 이만큼이라도 출세를 하게 된 모양으로 그도 누구의 도움을 받아 편안히 지내면서 어느 학교를 졸업하지 아니하였는가. 마치 김 장로의 집에 있는 윤순애 모양으로 어느 귀족의 집이나, 문명한 신사의 집에서 여태까지 공부를 하지나 아니하였는가. 혹 금년쯤 어느 고등여학교를 졸업하지나 아니하였는가. 그렇기만 하면 오죽 좋으랴. 옳다, 그렇다 하고 형식은 혼자 믿고 좋아하였다.

그리고 형식은 어서 영채의 그 후에 지낸 내력을 듣고 싶었다. 영채의 하는 말은 꼭 자기의 생각한 바와 같으려니 하였다.

영채는 노파가 정성으로 베어 주는 배를 한쪽 받아먹고 지나간 일을 생각하면서 길게 한숨을 쉬었다. 지금까지 말한 것도 고생이 아님이 아니요, 눈물 흘릴 일이 아님이 아니나, 이제부터 말할 것은 그보다 더한 슬픈 일이다.

혼자 이따금 그 일을 생각만 하여도 진저리가 나는데 다른 사람을 대하여 그러한 일을 말하게 되니 더욱 비감도 하고, 또 일변 부끄럽기도 하다.

영채는 이래 사오 년간에 사람도 퍽 많이 대하였고, 잠시나마 형제와 같이 친히 지내던 친구도 꽤 많았다. 혹 같은 친구들이 모여앉아서 신세타령을 할 때에 여러 가지 못할 말없이 다 하면서도 지금 형식에게 말하려는 말은 아직 하여 본 적이 없었다.

대개 이런 말을 하더라도 듣는 사람은 다만 그것 불쌍하다고나 할 따름이요, 깊이 자기를 동정하여 주지 아니할 줄을 앎이다. 영채는 극히 절친한 친구에게라도 자기의 신분은 말하지 아니하고, 다만 자기는 어려서 부모를 여의고, 이웃 사람의 손에 일어났노라 할 뿐이었었다. 대개 그는 차마 그 아버지의 말을 할 수 없고 그의 진정한 신세를 말할 수 없음이다.

이리하여 그는 슬픈 경력을 제 가슴속에 깊이깊이 간직하여 두었었다. 아마 그가 일생에 형식을 만나지 아니하였던들 그의 흉중에 쌓이고 쌓인 회포와 맺히고 맺힌 원한은 마침내 세상에 드러나지 아니하고 말았을 것이었다. 세상에 사람이 많건마는 제 가슴속에 깊이깊이 간직한 회포를 들어 줄 사람이 몇이나 되리오.

영채는 그동안 지극히 마음이 괴로울 때에는, 혹 그중에 자기를 가장 동정하는 사람을 구하여 한 번 시원히 자기의 신세타령이나 하여 보리라 한 적도 한두 번이 아니었다. 한 번 실컷 신세타령을 하고 나면 얼마큼 몸이 가뜬하여지려니 하였다.

그러나 세상에서 만나는 사람들은 백이면 백이 다 자기를 희롱하고 잡아먹으려는 사람뿐이었다. 길가에 본체만체하고 지나가는 사람은 물론이거니와 가장 다정한 듯이 웃는 얼굴과 부드러운 말소리로 가까이 오는 자도 기실은 나를 사랑하고 불쌍히 여겨 그러함이 아니라 나를 속이고 나를 농락하여 자기의 욕심을 채우려 함이었다.

13

영채는 지금 자기가 일생에 잊히지 아니하고 생각하고 그리던 형식을 만났으니 지금까지 가슴속에 간직하였던 회포를 말하리라 하였다. 세상에 아직도 제 회포를 들어 줄 사람이 있는 것을 생각하고 영채는 더할 수 없이 기뻐하였다.

그러나 영채는 다시 생각하였다. 형식의 얼굴빛을 보매, 자기를 만난 것을 반가워하는 것과 자기의 신세를 불쌍히 여기고 자기에 대하여 따뜻한 사랑을 품은 줄은 알건마는 만일 자기가 몸을 팔아 기생이 되어 오륙 년간 부랑한 남자의 노리개 된 줄을 알면 형식이 얼마나 낙심하고 슬퍼하랴.

또 형식은 아주 품행이 단정한 사람이라는데 만일 내가 기생 같은 천한 몸이 되었다 하면 싫은 마음이 아니 생길까. 지금은 형식이 저렇게 나를 위하여 눈물을 흘리고 나를 대하여 사랑하는 빛을 보이건마는 내가 만일 기생이 되었다는 말을 하면 곧 미운 생각이 나고 불쾌한 생각이 나지나 아니할까.

그래서 '너는 더러운 사람이로다. 나와 가까이할 사람이 아니로다.' 하고 얼굴을 찡그리지 아니할까.

이러한 생각을 하매, 영채는 더 말할 용기가 없어졌다. 지금까지 죽은 부모와 동생을 만나 본 듯한 반가운 정이 스러지고 새로운 설움과 새로운 부끄러움이 생긴다. 아아, 역시 남이로구나. 형식이도 역시 남이로구나. 마음 놓고 제 속에 있는 비밀을 다 말하지 못하겠구나 하였다.

영채는 새로이 눈물이 흘러 고개를 숙였다. 내가 왜 기생이 되었던고, 왜 남의 종이 되지 아니하고 기생이 되었던고. 남의 종이 되거나, 아이 보는 계집이 되거나, 바느질품을 팔고 있었다면 형식을 대하여 이렇게 부끄러운 마음이 생기고 이렇게 제 속에 있는 말을 못 하지는 아니하려든. 아아, 왜 내가 기생이 되었던고. 물론 영채는 제가 기생이 되고 싶어 된 것은 아니었다. 아버지와 두 오라비를 건져 내려고 기생이 된 것이다.

영채가 평양 감옥에 다다라 처음 그 아버지와 면회를 허함이 되었던 날, 영채는 그 아버지를 보고 일변 놀라고 일변 슬펐다. 철없고 어린 생각에도 그 아버지의 변한 모양을 보매 가슴이 찌르는 듯하였다. 조그마한 구멍으로 내어다보는 그 아버지의 몹시 주름 잡히고 여윈 얼굴, 움쑥 들어간 눈, 이전에는 그렇게 보기 좋던 백설 같은 수염도 조금도 다스리지를 아니하여 마치 흐트러진 머리카락처럼 되고, 그중에도 가장 영채의 가슴을 아프게 한 것은 황톳물 묻은 흉물스러운 옷이다. 감옥 문밖에 다다랐을 적에 이 흉물스러운 황톳물 옷을 입고 짚으로 결은 이상한 갓을 쓰고 굵은 쇠사슬을 절절 끌며 무슨 둥글한 똥내 나는 통을 메고 다니는 양을 볼 때에, 이러한 모양을 처음 보는 영채는 어렸을 때부터 무서워하던 에비나 귀신을 보는 듯하여 치가 떨렸다. 저것들도 우리와 같은 사람일까. 아마도 저것들은 무슨 몹쓸 큰 죄악을 지은 놈이라 하였다.

그리고 영채가 그 곁으로 지나올 때에 그 흉물스러운 사람들이 이상하게 힐끗힐끗 자기를 보는 양을 보고 몸에 소름이 끼치도록 무서운 마음이 생겼다. 그러나 철없는 영채는 자기 아버지도 저러한 모양을 하였으려니 하고 생각하지는 아니하였다. 영채는 자기 아버지가 이전 자기 집 사랑에 앉았을 때 모양으로 깨끗한 두루마기에 깨끗한 버선을 신고, 책상을 앞에 놓고 책을 읽으며 여러 젊은 사람들을 가르치고 있으려니 하였다.

그래서 저는 평양에 올 때까지는 죽을 고생을 다하였거니와 아버지를 만나기만 하면 평생 아버지의 곁에 있어 아버지의 심부름도 하고 옷도 빨아 다려 드리고, 이전 모양으로 오래간만에 재미있던《소학》과《열녀전》과 시경도 배우려니 하였었다.

아버지의 얼굴은 늘 웃는 빛이요, 아버지의 눈에는 늘 광명이 있고, 아버지의 말소리는 늘 정이 있고, 힘이 있으려니 하였다. 대합실에서 두 시간이나 넘어 기다리다가, 간수에게 이끌려 들어갈 적에 영채는 너무 기뻐서 눈물이 흐를 뻔하였었다.

이제는 아버지를 뵈오려니 하면서, 숙천 어떤 촌중에서 아이놈들에게 고생 받던 생각과 그 이튿날 어느 주막에서 어떤 악한에게 붙들려 하마터면 큰 괴변을 당할 뻔하던 것과 순안 석암리 근방에서 금점꾼에게 붙들려 고생하던 것도 다 잊어버려지고 다만 기쁜 생각만 가슴에 가득히 찼었다.

면회소에 들어가면 응당 아버지가, '네가 오느냐.' 하고 뛰어나와 자기를 안아 주려니 하였다. 그러나 면회소에 들어가 본즉, 사방에 두꺼운 널조각으로 둘러막고, 긴 칼을 찬 간수들이 무정한 눈으로 자기를 보며 쿵쿵 소리를 내고 지나갈 뿐, 나오리라 하는 아버지는 아니 보이고 어떤 시커먼 수염이 많이 난 순검 – 간수연마는 영채의 생각에는 순검이거니 하였다. – 이 손에 무슨 줄을 잡고 서서 영채를 보며,

"너 울지 말아라. 울면 네 아버지 안 보일 테야."

하고 호령을 할 때, 영채는 그만 실망하고 무섭고 슬픈 생각이 났다.

이윽고 그 순검이 손에 잡은 줄을 잡아당기니 덜커덕 하는 소리가 나면서 널쪽 벽에 있던 나뭇조각이 그 줄에 달려 올라가고, 네모난 조그마한 구멍이 뚫리며 그렇게도 몹시 변한 아버지의 얼굴이 보인다. 어깨 위에서부터 눈까지가 보이고, 이마 위는 벽에 가려 아니 보인다. 아버지는 웃지도 아니하고 말도 없이, 가만히 영채를 내다볼 뿐, 그 얼굴에는 전에 보던 화기가 없고 그 눈에는 전에 있던 웃음과 광채가 없어지고 말았다.

전에 영채를 대할 때에는 얼굴이 온통 웃음이 되더니, 지금은 나무로 깎아 놓은 모양으로 아무러한 표정도 없다. 영채는, '저것이 내 아버진가.' 하고 너무 억하여 한참이나 그 얼굴을 바라보았다.

영채의 몸에는 피가 식고 사지가 굳어지는 듯하였다. 그러나

영채는 그 나무로 깎은 듯한 얼굴, 움쑥한 눈에 눈물이 스르르 도는 것을 보고 그제야 '이것이 내 아버지로구나.' 하는 듯이,

"아버지!"

하고 소리를 내어 울었다.

"웬일이오?"

하고 영채는 통곡하였다.

14

이렇게 아버지를 만나 보고 간수에게 붙들려 도로 대합실에 나왔다. 그 간수는 아까 줄을 잡고 있던 간수와 달라 매우 친절하게 영채를 위로하여 주었다. 대합실 걸상 위에 앉히고,

"울지 말아라. 이제 얼마 아녀서 네 아버지께서 나오시니라."

하고 간절하게 위로하여 주었다.

그러나 아주 미련치 아니한 영채는 그것이 다만 저를 위로하는 말에 불과한 줄 알았다. 그러고는 한참이나 목을 놓아 울었다. 간수는 달래다 못하여,

"울지 말고 어서 집에 가거라."

하고는 자기 갈 데로 가고 말았다.

그때에 곁에 앉았던 어떤 머리 깎고 모직 두루마기 입은 사람이 영채더러,

"너 왜 우느냐. 여기 누가 와서 찾느냐?"

하고 아주 친절하게 묻는다.

영채는 그 아버지와 두 오라비가 이 감옥에 와 있는 말과 또 아버지와 오라비는 기실 아무 죄도 없다는 말과 자기는 아버지를 뵈올 양으로 혼자 이 먼 곳에 찾아왔다는 뜻을 고하였다. 영채 생각에, 이런 말을 하면 혹 자기를 불쌍히 여겨서 아버지도 자주 뵈옵게 하여 주고 또 얼마 동안 밥도 먹여 주려니 하였다.

그 사람이 이 말을 듣더니 아주 정성스럽고 다정한 말로 영채를 위로한다.

"참 가엾고나. 아직 내 집에 있어서 다음번 면회일을 기다려라. 한 달에 한 번씩밖에 면회를 아니 시켜 주는 것이니, 내 집에 가서 한 달쯤 있다가 또 한 번 아버지를 만나보고 집에 가거라."

한다.

영채는 한 달을 더 있다 가야 또 아버지를 만날 수 있다는 말을 들으매, 마음이 답답하기는 하나 그 사람의 친절히 구는 것이 어떻게 감사한지 몰랐다.

또 영채의 생각에는 평양에 와서 아버지만 만나면 평생 아버지를 모시고 있을 줄로 알고 갔던 것이 정작 와 본즉, 모시고 있

기는커녕 한 달에 한 번씩밖에 더 뵈올 수가 없고, 또 손에 돈이 없고 평양에 아는 사람이 없으니 오늘 저녁부터라도 먹고 잘 일이 걱정이다.

또 팔월도 이십 일이 지났으니, 아침저녁에는 찬바람이 솔솔 불어 무명고의 베적삼이 으스스하게 되었고, 또 밤에 덮을 것도 없이 자려면 사지가 옹송그려져 잠을 이룰 수가 없었다.

어제 저녁에도 칠성문 밖 어떤 집 윗목에서 밤새도록 추워서 한잠을 이루지 못하고 밤을 새웠더니, 아침부터 배가 아프기 시작하여 아버지를 만나기 전에 세 번이나 설사를 하였다. 여러 날 괴로운 길의 노독과 고생과 또 오늘 아버지를 만날 때에 슬픔과 낙심으로 전신에 기운이 한 줌도 없고 촌보를 옮길 생각이 없다.

이때에 마침 어떤 사람이 이렇게 친절하게 자기를 거두어 주니 영채는 슬픈 중에도 얼마큼 안심이 되었다. 그러나 숙천 땅 어느 주막에서 머리 깎은 사람에게 속은 생각을 하매, 이 사람이 또 그러한 사람이나 아닌가 하고 의심이 나서 자세히 그 사람의 언어와 행동을 보았다. 그러나 이 사람은 숙천서 보던 사람과 달라 옷도 잘 입고 얼굴도 점잖고 아무리 보아도 악한 사람은 아니다.

또 만일 그가 나를 속이려거든 나는 입으로 그의 코를 물어뜯고 달아나면 그만이라 하였다. 우선 따뜻한 밥도 먹고 싶고, 불 잘 때인 방에서 이불을 덮고 잠도 잤으면 좋겠다 하였다.

이 사람의 집에 가면 아마 맛나는 밥도 주려니, 덮고 잘 이불도 주려니, 저만큼 옷을 입은 사람이면 집이 그만큼 넉넉하려니 하였다. 그래서 영채는 그 사람의 말대로 그 사람의 뒤를 따라갔다. 가는 길에도 그 사람은 영채의 손을 잡아끌며 친절하게 여러 가지 말을 묻는다. 영채는 기운 없이 그 묻는 말을 대답하였다.

그 사람의 집은 남대문 안이었다. 영채가 아주 피곤하여 걸음을 못 걸으리 만한 때에 그 사람의 집에 다다랐다. 집이 그리 크지는 아니하나, 얼른 보기에도 깨끗은 하였다. 문에는 김운룡(金雲龍)이라는 문패가 붙었다. 영채는 글씨를 잘 썼다 하고 생각하였다. 안에 들어가니 마당과 방 안이 극히 정결하고, 어떤 어여쁜 젊은 부인과 처녀 하나가 있었다. 영채는 혼자 생각에, 저 부인은 그 사람의 부인, 저 처녀는 그 사람의 누이라 하였다. 왜 어머니가 없는가. 그 사람의 어머니가 계실 듯한데, 아마 우리 조모님 모양으로 늙어서 죽었나 보다 하였다. 모든 것이 영채의 상상하던 바와 같으므로 영채는 아주 마음을 놓았다. 더구나 그 사람의 누이인 듯한 처녀가 있고 또 다른 남자가 없으니 더욱 좋다 하였다.

그 집 식구들은 다 영채를 사랑하였다. 그날 저녁에 영채는 생각하던 바와 같이 오래간만에 고깃국에 맛나는 밥을 먹었다. 식후에 그 사람은 어디로 나가고, 영채는 그 부인과 처녀와 함께 불을 켜놓고 이야기를 시작하였다. 처녀는 영채를 남자로 알매, 말을 많이 하지 아니하나, 부인은 여러 가지로 영채의 신세를 물었다.

영채는 그 부인이 다정하게 혹 머리도 쓸어 주며 손도 만져 줌을 보고 하도 감격하여 눈물을 흘리면서 자기의 신세를 말하였다. 자기가 부친과 오라비를 찾아 남자의 모양을 하고 외가에서 도망한 일과, 오다가 중로에서 여러 가지로 곤란당하던 일을 자세히 말할 때에, 그 처녀는 눈이 둥글하여지고, 부인은 영채의 등을 만지고 목을 쓸어안으면서 울었다.

영채의 말을 듣고 나서, 부인은 치마끈으로 눈물을 씻으면서,

"어쩨 네 얼굴이 여자 같다 하고 이상히 여겼다."

하면서 장을 열고 새로 지어 둔 옷 한 벌을 내주었다.

영채는 두어 번 사양하다가 마침내 입었다. 그러고는 세 사람이 더욱 정이 들어 웃고 이야기하였다. 그중에도 지금까지 시치미 떼고 앉았던 그 처녀가 갑자기 웃고 영채의 손을 잡으며 다정히 말하게 되었다. 영채는 아버지와 오라버니 일도 잠시 잊어버리고 없어진 집에 새로 돌아온 모양으로 기뻐하였다.

밤이 깊은 뒤에 그 사람이 돌아와서 부인께 영채의 말을 듣고 깜짝 놀랐다. 그러고는 일동이 웃었다.

이렇게 며칠을 지내며 어서 한 달이 지나가서 다시 아버지를 뵈옵고 이러한 큰 은인의 말을 하려 하였다.

15

기다리면 한 달의 세월도 퍽 멀다. 영채는 차차 아버지의 생각을 하게 되었다.

아버지의 그 무섭게 여위고 수척한 얼굴과 움쑥 들어간 눈과 황톳물 들인 옷과 그 수염 많이 난 간수와 쇠줄을 허리에 매고 똥통을 나르던 사람들의 생각이 나기 시작한다. 영채는 제가 입은 곱고 따뜻한 의복을 볼 때마다, 아침저녁 먹는 맛나는 음식을 볼 때마다 아버지의 가엾은 모양이 눈에 보인다.

영채는 점점 쾌활한 빛이 없어지고 음식도 잘 먹지 아니하고 가끔 혼자 앉아서 울기도 하였다. 부인과 그 처녀는 여전히 다정하게 위로하여 주건마는 그 위로를 받는 것도 잠시 몇 날이요, 부인도 처녀도 없는 데 혼자 있으면 자연히 눈물이 흐른다.

영채는 어찌하여 그 아버지와 두 오라버니를 구원하지 못할까. 옥에서 나오게 할 수가 없을까. 아주 나오게는 하지 못하더라도 옷이라도 좀 깨끗이 입고 음식이나 맛나는 것을 잡수시도록 할 수가 없을까. 들으니, 감옥에서는 콩 절반 쌀 절반 두고 지은 밥을 먹는다는데, 아버지께서 저렇게 수척하심도 나이 많은 이가 음식이 부족하여 그러함이 아닌가. 옛날 책을 보면, 혹 어떤 처녀가 제 몸을 팔아서 죄에 빠진 부모를 구원하였다는데, 나도 그렇게나 하였으면…….

이렇게 생각하고 영채가 하루는 그 사람에게 이 뜻을 고하였다. 그 사람은 영채의 뜻을 칭찬하면서,

"돈만 있으면 음식도 들일 수 있고, 혹 옥에서 나오시게도 할 수 있건마는……."

하고 영채의 얼굴을 보았다.

영채는 옛말을 생각하였다. 그때 아버지께서 제 몸을 팔아 그 돈으로 그 아버지의 죄를 속한 옛날 처녀의 말을 들을 제, 아직 열 살이 넘지 못하였던 영채는 눈물을 흘리며 나도 그리하였으면 한 일이 있음을 생각하였다.

영채는 그 사람이, '돈만 있으면 음식도 들일 수도 있고 혹 옥에서 나오시게도 할 수 있다.'는 말을 듣고, 나도 그렇게 할까 하였다. 그 사람이 다시, '그러나 돈이 있어야 하지.' 하고 영채의 얼굴을 보며 웃을 때에 영채는 생각하기를, 옳지, 이 어른도 내

가 옛날 처녀의 하던 일을 하라고 권하는 뜻이라 하였다.

내가 이제 옛날 처녀의 본을 받아 내 몸을 팔아 돈만 얻으면 아버지와 오라버니는 옥에서 나오시렷다. 옥에서 나오시면 나를 칭찬하시렷다. 세상 사람이 나를 효녀라고 칭찬하렷다. 옛날 처녀 모양으로 책에 기록하여 여러 처녀들이 읽고 나와 같이 울며 칭찬하렷다. 그러나 내가 내 몸을 팔아 부모와 형제를 구원하지 아니하면 이 어른과 세상 사람이 다 나를 불효한 계집이라고 비웃으렷다.

또 그동안 이 집에 있어 보니 그 부인도 본래 기생이요, 그 처녀도 지금 기생 공부를 한다 하며 매일 놀러 오는 기생들도 다 얼굴도 좋고 옷도 잘 입고 마음들도 다 착한데……, 하였다. 기생이란 다 좋은 처녀들이거니 하였다. 더구나 그 기생들이 다 글씨를 잘 쓰고 글을 잘 아는 것을 보고, 기생들은 다 공부도 잘한 처녀들이라 하였다.

그래서 영채는 결심하였다. 그리고 그 사람에게,

"저는 결심하였습니다. 저도 기생이 되렵니다. 저도 글을 좀 배웠습니다. 그래서 그 돈으로 아버지를 구원하려 합니다."

하고 영채는 알 수 없는 기쁨과 일종의 자랑을 감각하였다.

그 사람은 영채의 등을 만지며,

"참 기특하다. 효녀로다. 그러면 네 뜻대로 주선하여 주마."

하였다.

이리하여 영채는 기생이 된 것이다. 영채는 결코 기생이 되고 싶어서 된 것이 아니요, 행여나 늙으신 부친을 구원할까 하고 기생이 된 것이다.

기실 제 몸을 판 돈으로 부친과 형제를 구원치만 못할뿐더러 주선하여 주마 하던 그 사람이 영채의 몸값 이백 원을 받아 가지고 집과 아내도 다 내어버리고 어디로 도망을 갔건마는, 또 영채가 그 부친을 구하려고 제 몸을 팔아 기생이 되었단 말을 듣고 그 아버지가 절식 자살을 하였건마는－. 그러나 영채가 기생이 된 것은 제가 되고 싶어 된 것이 아니라, 온전히 늙으신 부친과 형제를 구원하려고 하였음이다.

그렇건마는 이런 줄을 누가 알아주랴. 하늘과 신명은 알건마는 화식 먹는 사람이야 이런 줄을 누가 알아주랴. 내가 이제 이런 말을 한들 형식이 이 말을 믿어 주랴. 아마도 네가 행실이 부정하여 창기의 몸이 되었거늘, 이제 와서 점점 낫살이 많아 가고 창기생활에 염증이 나므로 네가 나를 속임이로다, 하고 도리어 나를 비웃지 아니할까.

내가 기생이 된 지 이삼 삭 후에 감옥에 아버지를 찾았더니, 아버지께서 내가 기생이 되었다는 말을 듣고 와락 성을 내어,

"이년아! 이 우리 빛난 가문을 더럽히는 년아! 어린 계집이

뉘 꼬임에 들어 벌써 몸을 더럽혔느냐!"
하고, 내가 행실이 부정하여 기생이 된 줄로 아시고 마침내 자살까지 하셨거든, 부모조차 이러하거든 하물며 형식이야 어찌 내 말을 신용하랴.

오늘 아침 형식을 찾으려고 결심할 때에는 형식에게 그동안 지내 온 말을 다 하려 하였더니, 이러한 생각이 나매 그만 그러한 결심도 다 풀어지고, 슬픈 생각과 원망스러운 생각만 가슴에 북받쳐 오를 뿐이다. 아아, 세상에는 다시 내 진정을 들어 줄 곳이 없는가. 이렇게 생각하고 영채는 후 하고 한숨을 쉬며 눈물을 씻고 형식과 노파를 보았다. 형식은 다정한 눈으로 영채의 얼굴을 보며 그 후에 지내 온 이야기를 기다리고, 노파는 영채의 등을 어루만지며 코를 푼다.

"그래, 그 악한의 손에서 벗어난 뒤에는 어찌 되었습니까?"
하고 형식은 영채의 이야기를 재촉한다.

영채는 이윽고 형식을 보더니 눈물을 씻고 일어나면서,

"일후에 또 말씀드리겠습니다."

"왜 그러셔요?"
하는 형식의 만류함도 듣지 아니하고,

"어디 계십니까?"
하는 질문도 대답지 아니하고 계집아이를 데리고 일어 나간다.

형식과 노파는 서로 보며,

"웬일이오?"

하였다.

16

영채가 하던 말을 그치고 갑자기 일어 나가는 양을 보고 형식은 한참 망연히 섰다가 모자도 아니 쓰고 문밖에 뛰어나갔다.

그러나 하고많은 행인 중에 영채의 거처를 알 수가 없었다. 형식은 영채가 나올 때에 곧 뒤따라 나오지 아니한 것을 한하였다. 형식은 잠시 동안 행길로 오르락내리락하다가 낙심하여 집에 돌아왔다. 노파는 아직도 눈물을 흘리고 앉았다.

형식은 혼자 책상에 의지하여 영채의 일을 생각하였다. 영채가 어찌하여 중간에 하던 이야기를 끊고 총총히 돌아갔는가. 왜 이야기를 하다가 말고 그렇게 슬피 울었는가. 아무리 하여도 그 까닭을 알 수가 없다. 혹 내가 영채에게 대하여 불만한 거동을 보였는가. 아니다. 나는 영채의 말을 들을 때에 지극한 동정과 정성으로써 하였다. 아까 영채가 물끄러미 내 얼굴을 볼 때에 나는 그 눈물 고인 맑은 눈을 보고 더할 수 없이 사랑하는 정이 생겼다.

영채는 내 얼굴에서 그 빛을 보았으려니, 그러면 어찌하여 하던 말을 중도에 끊고 그렇게 총총히 일어나 갔는고. 암만하여도 내게 차마 말하지 못할 무슨 깊은 사정이 있나 보다.

그러면 그것은 무슨 사정일까. 나를 찾아올 때에는 아무러한 사정이라도 다 말하려고 왔겠거늘, 어찌하여 하던 말을 그치고 총총히 돌아갔는고. 옳다, 아까 주인 노파가, '여학생 모양을 하였으나 암만해도 기생 같습데다.' 하더니 참말 그러한가 보다. 홀몸으로 평양에 왔다가 어떤 못된 놈이나 년의 꼬임에 들어 그만 기생이 되었는가 보다. 서울서 기생 노릇을 하다가 어찌어찌 풍편에 내가 여기 있단 말을 듣고 찾아왔던가 보다.

만일 그렇다 하면 그가 무슨 뜻으로 나를 찾았을까. 어려서 같이 놀던 동무를 그리워서 한 번 만나 보기나 하리라 하고 나를 찾았을까. 그리하여 나를 만나매, 옛날 생각이 나고 부모와 형제 생각이 나서 나를 보고 울다가 마침내 신세타령을 시작한 것일까. 그러다가 제가 기생이 되었다는 말을 하면 내가 제게 대하여 불쾌한 생각을 품을까 저어하여 하던 말을 뚝 끊고 돌아갔음일까.

그러고 보면 그는 실로 기생의 몸이 되었는가. 그 은혜 많은 박 선생의 따님이 그만 기생의 몸이 되었는가. 세상을 위하여 몸과 맘을 다 바치던 열성 있는 박 선생의 따님이 그만 세상의 유혹을 받아 부랑한 남자들의 노리갯감이 되었는가. 혹 어떤 유야랑(遊冶郞)과 오늘 저녁에 만나기를 약속하고 그 약속한 시간이 오기 전에 잠깐 나를 찾은 것이 아닌가. 또는 그 유야랑을 만나러 가는 길에 잠깐 내 집에 들렀던 것이 아닌가.

그렇게 생각하면 그럴 듯도 하다. 아까 영채의 뒤를 따라 행길에 나갔을 때에 교동 파출소 앞으로 어떤 키 큰 남자와 여자 하나가 어깨를 겯고 내려가는 양을 보았더니, 그러면 그것이 영채던가. 그럴진대 지금 영채는 어떤 요리점에 앉아서 어떤 부랑한 남자와 손을 마주 잡고 안기며 안으며, 한 술잔에 술을 나눠 마시며 음란한 노래와 음란한 말로 더러운 쾌락을 취하렷다.

아까 여기서 눈물을 흘리던 그 눈에 남자를 후리는 추파를 띄우고 그 슬픈 신세를 말하던 그 입으로는 차마 입에 담지 못할 더러운 소리를 하렷다. 혹 지금 어떤 남자에게 안기어 더러운 쾌락을 탐하지나 아니하는가.

이러한 생각을 하니 형식의 흉중에 와락 불쾌한 생각이 난다. 아까 내 앞에서 하던 모든 가련한 모양이 말끔 일시의 외식이로다. 제 신세를 듣고 눈물을 흘리는 나와 노파를 보고 속으로는 깔깔 웃었으리로다. 아아, 가증한 계집이로다 하였다. 아아, 영채는 그만 버린 계집이 되었구나. 더럽고 썩어진 창기가 되고 말았구나. 부모를 잊고 형제를 잊고 유혹에 빠져 그만 개똥같이 더러운 몸이 되고 말았구나. 박 선생의 집은 그만 멸망하고 말았구나 하였다.

형식은 머리를 들어 하염없이 방 안을 돌아보고, 책상머리에 있는 부채를 들어 훅훅 달아오르는 얼굴을 부치며 툇마루에 나와 앉았다.

어디서 활동사진 음악대 소리가 들리고 교동 거리로 지나가는 인력거의 방울 소리가 들린다. 형식은 흐트러진 생각을 수습치 못하여 좁은 마당으로 얼마 동안 거닐다가 방에 들어와 옷도 입은 채로 자리에 누웠다.

형식은 가만히 눈을 감았다. 그러나 형식의 눈에는 울고 앉았는 영채의 모양이 뚜렷이 보이고, 영채가 말하던 경력담이 환등 모양으로, 활동사진 모양으로 형식의 주위에 얼른얼른 보인다. 안주 박 선생의 집을 떠날 때에 자기가 영채를 안고, '이제는 다시 못 보겠구나.' 하던 양도 보이고, 외가를 뛰어나와 개를 데리고 달밤에 혼자 도망하는 영채의 모양과 숙천 객점에서 어떤 악한에게 붙들려 가던 양이 얼른얼른 보이고, 남복을 입은 영채가 죽은 개를 안고 새벽 외딴 길가에 앉아 우는 양도 보인다.

그러나 그다음에는 활동사진이 뚝 끊어지고 한참이나 캄캄하였다가, 장구를 들고 부랑한 난봉들을 모시고 앉아 음탕한 얼굴로 음탕한 노래를 부르고 앉았는 영채가 보이고, 또 어떤 놈과 베개를 같이 하고 누워 자는 양도 눈에 얼른얼른한다.

그러고는 또 아까 자기가 영채를 대하여 앉아서 생각하던 혼인 생활이 보인다. 회당에서 성례하던 일, 즐거운 가정을 이뤘던 일, 아들과 딸을 낳았던 일이 마치 지나간 사실을 회상하는 모양으로 뚜렷하게 눈앞에 보인다.

"그만 영채가 기생이 되고 말았구나!"

하고 형식은 돌아누우며 자탄하였다.

형식은 이런 생각을 아니하리라 하고 몸을 흠칫하고 고개를 흔들었다. 그리고 잠이 들리라 하고 일부러 숨소리를 높였다.

그러나 얼마 아니하여 또 생각이 터져 나온다. 슬픈 신세타령을 하며 눈물 고인 눈으로 자기를 물끄러미 쳐다보는 영채의 모양이 쑥 나선다.

17

영채의 눈에서는 눈물이 흐른다. 그 무릎 위에 힘없이 놓인 어여쁜 손가락이 바르르 떨린다.

형식은 이렇게 생각하였다. 영채는 자기를 믿고 자기에게 사정을 다 말하고 자기에게 몸을 의탁하려고 왔던 것이 아닐까. 설혹 몸이 기생이 되었다 하더라도 형식이 서울에 있다는 말을 듣고 자기를 그 괴로운 지경에서 건져 내어 달라기 위하여 찾아 왔던 것이 아닐까. 온 세상에 형식이밖에 말할 곳이 없고 믿을 곳이 없고 의탁할 곳이 없어 부모를 찾아오는 모양으로, 형제를 찾아오는 모양으로 형식을 찾아왔음이 아닐까.

아까, '제가 이형식이올시다.' 할 때에 영채가 깜짝 놀라 한 걸음 뒤로 물러서며 단박 눈물을 흘리던 것과 자기의 신세를 말하면서도 연해연방 형식의 얼굴을 쳐다보던 것을 보니, 영채는 정녕 형식을 믿고 형식의 동정을 구하고, 형식에게 안아 주고 건져 주기를 청한 것이다. 옳다, 영채는 과연 나를 믿고 내게 보호를 청하려고 왔던 것이로다. 육칠 년간이나 차디차고 괴롭고 괴로운 세상 풍파에 부대끼고 부대끼다가, 저를 사랑하여 주어야 할 내가 서울에 있음을 알고 반갑고 기뻐서 나를 찾아왔던 것이로다. 옳다, 그렇다. 나는 영채를 구원할 의무가 있다.

영채는 나의 은사의 따님이요, 또 은사가 내 아내로 허락하였던 여자다. 설혹 운수가 기박하여 일시 더러운 곳에 몸이 빠졌다 하더라도 나는 그를 건져 낼 책임이 있다. 내가 먼저 그를 찾아다니지 못한 것이 도리어 한이 되고 죄송하거늘, 이제 그가 나를 찾아왔으니 어찌 모르는 체하고 있으리오. 나는 그를 구원하리라. 구원하여서 사랑하리다. 처음에 생각하던 대로, 만일 될 수만 있으면 나의 아내를 삼으리다.

설혹 그가 기생이 되었다 하더라도 원래 양반의 집 혈속이요, 또 어려서 가정의 교훈을 많이 받았으니 반드시 여자의 아름다운 점을 구비하였으리라. 또 만일 기생이라 하면 인정과 세상도 많이 알았을 거요, 시와 노래도 잘할지니, 글로 일생을 보내려는 나에게는 가장 적합하다 하고 형식은 가만히 눈을 떴다. 망연히 모기장을 바라보고 모기장 밖에서 앵앵하는 모기의 소리를 듣다가 다시 눈을 감으며 싱긋 혼자 웃었다.

아까 영채의 태도는 과연 아름다웠다. 눈썹을 짓고, 향수내 나는 것이 좀 불쾌하기는 하였으나 그 살빛과 눈매와 앉은 태도가 참 아름다웠다. 더구나 그 이야기할 때에 하얀 이빨이 반짝반짝하는 것과 탄식할 때에 잠깐 몸을 틀며 보일 듯 말 듯 양미간을 찌그리는 것이 못 견디리만큼 어여뻤다. 아까 형식은 너무 감격하여 미처 영채의 얼굴과 태도를 자세히 비평할 여유가 없었거니와 지금 가만히 생각하니 영채의 일언일동과 옷고름 맨 모양까지도 못 견디게 어여뻐 보인다.

형식은 눈을 감고 한 번 더 영채의 모양을 그리면서 싱긋 웃었다. 도리어 저 김 장로의 딸 선형이도 그 얌전한 태도에 이르러서는 영채에게 미치지 못한다 하였다. 선형의 얼굴과 태도도 얌전치 아니함이 아니건마는 영채에 비기면 변화가 적고 생기가 적다 하였다.

선형은 가만히 앉았는 부처와 같다 하면, 영채는 구름 위에서 춤을 추고 노래하는 선녀와 같다 하였다. 선형의 얼굴과 태도는 그린 듯하고, 영채의 얼굴과 태도는 움직이는 듯하다 하였다. 영채의 얼굴은 잠시도 한 모양이 아니요, 마치 엷은 안개가 그 앞으로 휙휙 지나가는 모양으로 얼굴의 빛과 눈매가 늘 변하였다. 그러면서 그 변하는 모양이 말할 수 없이 아름답고 얌전하였다.

그의 말소리도 정이 자우침을 따라 높았다 낮았다, 굵었다가 가늘었다, 마치 무슨 미묘한 음악을 듣는 듯하였다. 실로 형식과 노파가 그렇게 슬퍼하고 눈물을 흘린 것은 영채의 불쌍한 경력보다도 그 경력을 말하는 아름다운 말씨였었다.

형식은 아까 품었던 영채에게 대한 불쾌한 감정을 다 잊어버리고, 눈앞에 보이는 영채의 모양을 대하여 한참 황홀하였다.

형식의 눈앞에 보이는 영채가, '형식 씨, 저는 세상에 오직 당신을 믿을 뿐이외다. 형식 씨, 저를 사랑하여 주십시오. 저는 이 외로운 몸을 당신의 품속에 던집니다.' 하고 눈물 고인 눈으로 형식을 쳐다보는 듯하다.

형식은 마음속으로, '영채 씨, 아름다운 영채 씨, 박 선생의 따님인 영채 씨, 나는 영채 씨를 사랑합니다. 이렇게 사랑합니다.' 하고 두 팔을 벌리고 안는 시늉을 하였다. 만일 이와 같이 사랑하면 지하에 누워 계신 그 부친이 오죽이 즐거워하실까.

형식의 생각에 영채의 따뜻한 뺨이 자기의 뺨에 와 스치고 입김이 자기의 입에 와 닿는 듯하였다. 형식의 가슴은 자주 뛰고 숨소리는 높아졌다. 옳다, 사랑하는 영채는 내 아내로다. 회당에서 즐겁게 혼인 예식을 행하고 아들 낳고 딸 낳고 즐거운 가정을 이루리라 하였다.

그러나 영채는 어디 있는가. 지금 어디 있는가. 형식은 또 불쾌한 마음이 생긴다. 영채가 어떤 남자에게 안겨 자는 모양이 눈에 보인다. 형식이 영채의 자는 방에 들어가니 영채는 어떤 사나이를 꼭 껴안고 고개를 번쩍 들고 형식을 보며, 히히히 하고 웃는 모양이 보인다. 형식은 '여보, 영채, 이것이 웬일이오.' 하고 발길로 영채의 머리를 차는 양을 생각하면서 정말 다리를 들어 모기장을 탁 찼다. 모기장을 달았던 끈이 뚝 끊어지며 모기장이 얼굴을 덮는다.

형식은 벌떡 일어나 모기장을 집어던지고 궐련을 붙였다. 노파는 벌써 잠이 든 듯하고 서늘한 바람이 무슨 냄새를 띄워 솔솔 불어온다. 형식은 손에 든 궐련이 다 타는 줄도 모르고 멍멍하게 마당을 바라보더니, 무슨 생각이 나는지 마당으로 뛰어나온다. 교동 거리에는 늦게 돌아가는 사람의 구두 소리가 나고 잘 맑은 여름 하늘에는 별이 반짝반짝한다.

형식은 하늘을 바라보다가 획 돌아서며 혼잣말로,

"참 인생이란 우습기도 하다."

하였다.

18

이튿날 형식은 어젯밤 늦게야 잠이 들었던 탓으로 여덟 시가 지나서야 일어났다. 세수를 하고 영채의 일을 생각하며 조반을 먹을 제, 형식이 가르치는 경성학교 학생 두 사람이 왔다.

형식은 어느 학생에게나 친절하고 다정하게 하므로 형식을 따르는 학생이 많았었다. 그중에도 형식은 자기의 과거의 신세를 생각하여 불쌍한 학생에게 특별히 동정을 표하고, 그러할 뿐더러 그 얼마 아니되는 수입을 가지고 학비 없는 학생을 이삼 인이나 도와주었다.

그러나 형식에게는 재주 있는 학생, 얌전한 학생을 더욱 사랑하는 버릇이 있었다. 무론 아무나 재주 있고 얌전한 사람을 더욱 사랑하건마는, 그네는 용하게 그것을 겉에 드러내지 아니하되, 정이 많은 형식은 이러할 줄을 모르고 자기의 어떤 사람에게 대한 특별한 사랑을 감추지 못하였다.

그래서 어떤 친구가 형식에게,

"자네는 편애하는 버릇이 있으니……."

하는 충고도 받았다.

그때에 형식은 웃으며,

"더 사랑스러운 사람을 더 사랑하는 것이 무엇이 흠이란 말인가."

하였다. 그러면 그 친구가,

"그러나 가르치는 자리에 있는 사람은 배우는 자를 하루같이 사랑할 필요가 있느니."

하고 이 말에 형식은,

"그러나 장차 자라서 사회에 크게 이익을 줄 만한 자를 특별히 더 사랑하고 가르침이 무엇이 잘못이랴."

하였다.

이리하여서 형식은 동료 간에나 학생 간에 편애하는 사람이라는 말을 듣고, 혹 어떤 형식을 미워하는 사람은, 형식이 얼굴 어여쁜 학생만 사랑한다는 말도 한다. 학생 중에도 삼사 년급 심술 사납고 장난 잘하는 학생들은, 형식은 얼굴 어여쁜 학생만 사랑하여 시험 점수도 특별히 많이 주고, 질문하는 것도 특별히 잘 가르쳐 준다 하며, 형식이 특별히 사랑하는 학생을 대하여서는 듣기 싫은 비방도 많이 한다. 그럴 때면 형식의 특별히 사랑하는 학생들이 형식을 위하여 여러 가지로 변명하건마는, 도리어 심술 사나운 학생들은 그네를 비웃었다.

지금 형식을 찾아온 두 학생 중에 십칠팔 세 되는 얌전해 보이는 학생은 형식의 특별한 사랑을 받는 자 중의 하나이요, 그와 함께 온 키 크고 얼굴 거무튀튀한 학생은 형식을 미워하는 학생 중의 하나이다.

형식을 사랑하는 학생의 이름은 이희경이니 지금 경성학교 사 년급 첫자리요, 다른 학생의 이름은 김종렬이니, 겨우 하여 낙제나 아니하고 따라 올라오는, 역시 경성학교 사 년급이다.

그러나 김종렬은 낫살이 많고 또 공부에 재주는 없으면서도 무슨 일을 꾸미는 수단이 매우 능란하여 이 년급 이래로 그 반의 모든 일은 다 제가 맡아 하게 되고, 그뿐더러 이 김종렬이 무슨 의견을 제출하면 열에 아홉은 전반 학생이 다 찬성한다.

전반 학생이 반드시 그를 존경하거나 사랑함이 아니로되, 도리어 그의 성적이 좋지 못한 방면으로, 그의 행실이 단정하지 못한 방면으로, 그의 성질이 완패하고 심술이 곱지 못한 방면으로, 전반 학생의 미움과 비웃음을 받건마는 무슨 일을 하는 데 대하여는 전반 학생이 주저하지 아니하고 그를 신임하며 그를 복종한다.

그는 물론 정직하다. 속에 있는 바를 꺼림 없이 말하며 아무러한 어른의 앞에 가서라도 서슴지 아니하고 제 의견을 발표하는 용기가 있다. 아무려나 그는 일종 특수한 능력을 가진 사람이다.

지금은 최상급 학생이므로 다만 사 년급에만 세력이 있을 뿐더러, 온 학교 학생 간에 위대한 세력을 가져 새로 입학한 일 년급 어린 학생들까지도 그의 이름을 알고 그를 보면 경례를 한다. 만일 어린 학생이 자기를 대하여 경례를 아니하면 당장에 위엄 있는 태도와 목소리로,

"여보, 왜 상급생에게 경례를 아니하오."

하고 책망한다.

그러므로 어린 학생들은 경례하고 돌아서서는 혀를 내밀고 웃으면서도 그와 마주 대하여서는 공손히 경례를 한다. 동급생 중에 김계도라 하는, 김종렬과 비슷한 학생이 있다. 김계도는 김종렬보다 좀 온화하고 공손하여 사귈 맛은 있으나, 일하기 좋아하고 어른스럽게 행동하는 점에는 서로 일치한다. 게다가 연치가 상적하고 의취가 상합하므로 김종렬과 김계도 양인은 절친한 지기지우다.

김종렬의 생각에는, 세상에 족히 마음을 허하고 서로 천하를

의논할 사람은 나폴레옹과 김계도밖에는 없다 하였다. 그는 물론 나폴레옹의 자세한 전기도 한 권 읽지 아니하였으나, 다만 서양사에서 얻어들은 재료를 가지고 즉각적으로 나폴레옹은 이러한 사람이거니 하여 자기의 유일한 숭배 인물로 삼았다. 친구와 이야기를 할 때에도 나폴레옹이요, 동창회에서 연설을 할 때에도 나폴레옹이다. 모든 것에 나폴레옹을 인용하므로 학생들은 그를 나폴레옹이라고 별호를 짓고, 얼굴이 검다 하여 그의 별호에 '검은'이라는 형용사를 붙여 '검은 나폴레옹'이라고 부르게 되고, 혹 영리한 학생은-이희경도 그렇다.-발음의 편의상 '검은 나폴레옹'을 줄여 '검나, 검나' 하고 부르게 되었다.

그러나 그는 나폴레옹이 프랑스 황제인 줄은 알지마는 원래 지중해 중에 있는 코르시카 섬 사람인 줄은 모른다. 워털루에서 영국 장수 웰링턴에게 패하여 대서양 중 세인트헬레나라는 외로운 섬에서 나폴레옹이 죽었단 말을 역사 교사에게서 들었으나, 그는 '워털루'라든가 '세인트헬레나'라든가 하는 배우기 어려운 말은 다 잊어버리고 다만 나폴레옹은 패하여 대서양 중 어떤 섬에서 죽었다고 기억할 뿐이다.

그러면서도 나폴레옹은 자기의 유일한 숭배 인물이다. 말하자면 김종렬의 이른바 나폴레옹은 코르시카에서 나고 프랑스의 황제가 되었던 나폴레옹이 아니라, 김종렬이 하느님이 자기 모양으로 아담을 만들었다는 전설과 같이 자기 모양으로 나폴레옹을 만든 것이다.

이 나폴레옹 숭배자는 형식에게 인사한 뒤 엄연히 꿇어앉아,

"저희가 선생님을 뵈오러 온 뜻은……."

하고 말을 시작했다.

19

형식은 궐련을 피워 물고 김종렬과 이희경 두 학생을 웃는 낯으로 대했다. 무슨 일이 있어서 이 두 학생이 찾아왔는지는 모르거니와 김종렬, 이희경 양인이 함께 온 것을 보니 학생 전체에 관한 일이거나, 그렇지 아니하면 사 년급 전체에 관한 일인 줄은 알았다.

대개 전부터 학생 전체에 관한 일이거나, 사 년급 전체에 관한 일에는 이 두 사람이 흔히 총대가 됨을 앎이다. 원 격식으로 말하면 최상급의 반장인 이희경이 으레 그 총대가 될 것이로되, 이희경은 아직 나이 어리고 또 김종렬과 같이 일을 좋아하는 마음과 일을 잘 처리하는 수단이 없으므로 항상 김종렬의 절제를 받는다. 혹 이희경이 갈 일에도 김종렬은 마치 어린것을 혼자

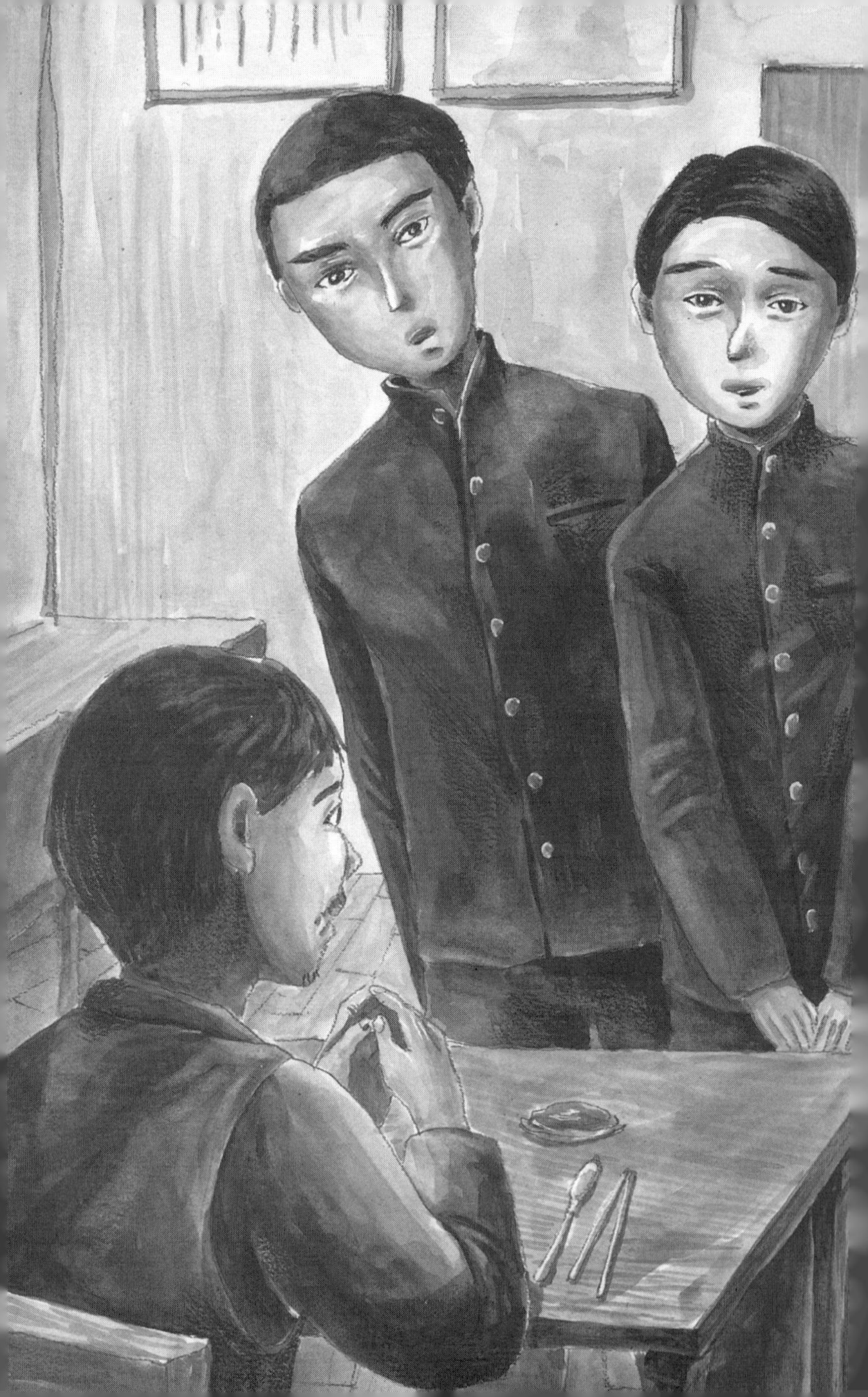

보내는 것이 마음이 아니 놓이는 듯이, 반드시 희경의 뒤를 따라가고, 따라가서는 이희경이 두어 마디 말도 하기 전에 자기가 가로맡아 말을 하고 이희경은 도리어 따라온 사람 모양으로 한 걸음 물러서서 방긋방긋 웃고만 있을 뿐이다.

이희경은 이렇게 김종렬에게 권리의 침해를 받으면서도 처음은 자기의 인격을 무시하는 듯하여 불쾌한 생각도 있었으나 점점 습관이 되매, 도리어 김종렬이 자기의 할일을 가로맡아 하여 주는 것을 다행으로 여길뿐더러, 혹 자기가 공부가 분주하거나 일하기가 싫은 때에는 자기가 김종렬을 찾아가서 자기의 맡은 일을 위탁하기조차 한다. 그리하면 김종렬은 즉시 승낙하고 저 볼일도 내어놓고 알선한다.

이러한 때마다 이희경은 혼자 웃었다. 이번에 형식을 찾아온 일도 아마 명의상으로는 이희경이 대표요, 김종렬은 수행원인 줄을 형식은 알았다. 그리고 정작 대표자는 상긋상긋 웃고만 앉았고 수행원인 김종렬이 입을 열어, '저희가 오늘 선생을 찾은 것은' 함이 하도 우스워서 형식은 속으로 웃었다.

그리고 김종렬 같은 사람도 사회에 쓸 곳이 많다 하였다. 저런 사람은 아무 재능도 없으되, 오직 무슨 일이나 하기 좋아하는 성미가 있으므로 그것을 잘 이용하면 여러 가지 좋은 일을 실행하기에 편리하리라 하였다. 김종렬 같은 사람은 조그마한 일을 맡길 때에도 그것을 큰일인 듯이 말하고, 조그마한 성공을 하거든 그것이 큰 성공인 듯이, 사회에 큰 이익이 있는 성공인 듯이 말하고, '노형이 아니면 이 일을 할 수가 없소.' 하여 주기만 하면 그는 물불을 가리지 아니하고 아무러한 일이나 맡으리라 하였다.

지금 자기가 자기보다 유치하게 보고 철없게 보는 이희경이 얼마가 아니하여 자기를 부리는 사람이 되고, 자기보다 세상에 더 공경받는 사람이 될 것이건마는 김종렬은 그런 줄을 모르나니 그런 줄을 모르는 것이 김종렬에게는 행복이라 하였다.

또 학생들이 무슨 일을 의논하여 김종렬을 내세웠는고 하고 형식은 지극히 은근하게,

"왜, 무슨 일이 있습니까?"

"네, 학교에 중대 사건이 발생하였습니다."

김종렬은 이렇게 조그마한 일에도 법률상, 정치상 술어를 쓰기를 좋아하며 또 다른 것을 외우는 재주는 없으되, 자기의 유일한 숭배 인물인 나폴레옹의 이름이 보나파르트인 줄도 외우지 못하되, 법률상 정치상의 술어는 용하게 잘 외운다. 한 번 들으면 반드시 실제에 응용을 하나니, 혹 잘못 응용하는 때도 있거니와 열에 네다섯은 옳게 응용한다.

이번 형식에게 '중대 사건이 발생하였습니다.' 한 것 같은 것

은 적당하게 응용한 일례다. 형식은,

"네, 무슨 중대 사건이오?"

"저희는 삼사 년급이 합하여 동맹 퇴학을 하려 합니다. 학교의 학생에게 대한 처분 권리를 불만족히 여겨서 이렇게 동맹을 체결한 것이올시다."

하고 동맹 퇴학 청원서를 냈다.

김종렬은 그만 말 두 마디를 잘못 적용하였다. '처분 권리'의 '권리'는 연문이요, '동맹을 체결한다.'에서 '체결'은 너무 굉장하다 하였다.

그러나 한 발이나 되는 퇴학 청원서에 이백여 명이 연명 날인한 것을 보고 형식은 놀랐다. 과연 '중대 사건'이요, 굉장하게 '동맹을 체결하였구나.' 하였다.

김종렬은 퇴학 청원서를 내어 형식을 주며 자기도 형식의 곁으로 가까이 자리를 옮겨 그 글을 낭독하려는 모양을 보인다. 형식은 너무 김종렬의 예절답지 못한 데 불쾌한 생각이 나서 얼른 퇴학 청원서를 책상 위에 올려놓고 자기 혼자만 소리 없이 읽었다. 김종렬이 또 형식의 책상머리로 따라가려는 것을 이희경이 웃으며 잡아당기어 그대로 앉아 있으라는 뜻을 표하였다.

그러나 김종렬은 이 뜻은 못 알아보고,

"왜 버릇없이."

하고 이희경을 흘겨보았다. 이희경은 얼굴이 발개지며 고개를 돌리고 손수건으로 코를 푸는 듯 웃었다. 김종렬은 마침내 책상 맞은편에 가서 형식과 마주 앉았다. 형식은 또 돌아앉으려다가 차마 그러지도 못하여 청원서를 도로 내주며,

"종렬 군, 이것은 좋지 못한 일이외다. 무슨 이유를 물론하고 학생의 학교에 대한 스트라이크는 좋지 못한 일이외다."

하였다.

김종렬은 '스트라이크'라는 말의 뜻은 자세히 모르거니와 '베이스볼'에 '스트라이크'란 말이 있음을 보건대, 대체 학교를 공격하는 것이거니 하였다. 그리고 청원서를 접으며 장중한 목소리로,

"아니올시다. 저의 모교 당국은 부패지극(腐敗之極)에 달하였습니다. 차제(此際)를 당하여 저희 용감한 청년들이 일대 혁명을 아니 일으키면 오히려 모교는 멸망할 것이올시다."

하고 결심의 굳음이 말에 보인다.

형식은 어찌할 수 없음을 알고 이희경을 돌아보며,

"희경 군도 의견이 그렇소?"

"네, 어저께 하학 후에 삼사 년급이 모여서 그렇게 하기로 결정이 되었습니다."

"그래, 증거는 확실하오!"

김종렬이 소리를 높여,

"확실하올시다. 저희 학생 중에서 몇 사람이 바로 목격을 하였습니다."

하고 주먹을 내두르며,

"증거가 확실하올시다. 그대로 간과할 수는 없습니다."

한다.

20

그 퇴학 청원의 이유는 대개 이러하였다.

경성학교의 학감 겸 지리 역사를 담임한 교사인 배명식이 술을 먹고 화류계에 다니매, 청년을 교육하는 학감이나 교사 될 자격이 없을뿐더러, 또 매양 학생 전체의 의사를 무시하고 학과의 배당과 기타 모든 것을 자기의 임의대로 하며 학생의 상벌과 출석이 항상 공평되지 못하고 자기의 의사로 한다 함이다.

학감 배명식은 동경고등사범 지리 역사과의 전과를 졸업하고 이삼 년 전에 환국하여 경성학교주 김 남작의 청탁으로 대번에 경성학교의 학감이라는 중요한 지위를 얻었다. 경성학교의 십여 명 교사가 다 중등교원의 법률상 자격이 없는 중에 자기는 당당히 동경고등사범학교를 졸업하였노라 하여 학교 일에 대한 만반 사무는 오직 자기의 임의대로 하였다.

그의 주장하는 바를 듣건대 동경고등사범학교는 세계에서 제일 좋은 학교요, 그 학교를 졸업한 자기는 조선에 제일가는 교육가라, 교육에 관한 모든 것에 모르는 것이 없고 자기가 하려 하는 모든 일은 다 교육학의 원리와 조선의 시세에 맞는 것이라 하였다.

그러나 곁에서 보기에는 고등사범을 졸업하지 아니한 다른 교사들보다 별로 나은 줄을 모르겠다. 그는 취임 초에 학과의 변경을 주장하고 지리와 역사는 만학의 집합처라 하여 시간을 배나 늘리고, 수학과 박물은 중등 교육에 그다지 필요한 것이 아니라 하여 시간 수효를 이삼 할이나 줄였다.

그는 역사 지리 중심 교육론자로라 자칭하여 학생을 대하여서는 역사 지리가 모든 학과 중에 가장 필요하고 귀중한 학과이며, 따라서 역사와 지리를 가르치는 교사가 가장 중요하고 힘드는 교사라 하였다. 그때에 다른 교사들은 총독부의 고등보통교육령과 일본 중학교의 제도를 근거로 하여 배 학감의 주장에 반대하였다.

배 학감은 웃으며,

"여러분은 교육의 원리를 모르시니까."

하고 자기의 학설의 옳음을 주장하였다.

"그러나 일본 각 중학교에서는 이렇게 학과를 배당하는데."
하고 누가 반대하면,

"허, 일본에 큰 교육가가 있소? 참 일본의 교육은 극히 불완전합니다."
하고 자기는 청출어람이라는 격언과 같이 일본서 배워 왔건마는 일본 모든 일류 교육가보다도 뛰어나는 새 학설과 새 교육의 이상을 가졌노라 한다.

마침 배 학감의 개정한 학과 배당을 학무국에서 불인가하고 마침내 전에 하던 대로 하게 되매, 여러 교사들은 배 학감을 대하여 웃었다. 그리하고 자기네의 승리를 기뻐하였다. 그러나 배 학감은 아직 세상이 유치하여 자기의 가장 진보한 학설이 시행되지 아니함이라 하고 매우 분개하였다.

일찍 형식이 조롱 겸 배 학감에게 물었다.

"선생의 신학설은 뉘 학설을 근거로 한 것이오니까. 페스탈로치오니까, 엘렌 케이오니까?"

배 학감은 페스탈로치가 누구며, 엘렌 케이가 누군지 한 번 들은 듯은 하건마는 얼른 생각이 아니 난다. 그러나 조선 일류 교육가가 삼사류의 교육가가 아는 이름을 모른다 함도 수치라, 이에 배 학감은 껄껄 웃으며,

“네, 나도 ‘푸스털’과 ‘얼른커’의 학설은 보았지요. 그러나 그것은 다 시대에 뒤진 것이외다.”

한다.

페스탈로치와 엘렌 케이라는 말을 잊어버려 ‘푸스털’, ‘얼른커’라 하리만큼 무식하면서도 그네의 학설을 다 보았다 하는 배 학감의 심정을 도리어 불쌍히 여겼다. 그리고 서슴지 않고, ‘그러나 그것은 다 시대에 뒤진 것이외다.’ 하는 용기는 과연 칭찬할 만하다 하고, 형식은 혼자 웃은 일이 있었다.

기실 배 학감은 자칭 신학설 신학설 하면서도 대체 학설이란 무엇인지도 잘 알지 못하는 모양이다.

그가 고등사범에 다닐 때에 얼마나 도저하게 공부를 하였는지는 알 수 없거니와, 남이 사 년에 졸업하는 것을 오 년에 졸업하였다 하니, 그동안에 굉장히 공부를 하여 교육에 관한 제자백가서를 다 통독하였는지는 알 수 없거니와, 조선에 돌아온 뒤에는 그날그날 신문의 삼면 기사나 읽는지 마는지, 독서하는 양을 보지 못하고 독서한다는 소문을 듣지 못하였다.

일찍 같이 경성학교의 교사로 있는 어떤 사람이 형식을 보고,

“배 학감은 백지(白紙)입데다그려.”

“백지라니, 무슨 뜻이오니까?”

“아무것도 쓴 것이 없단 말이야요. 무식하단 말씀이야요.”

형식은 껄껄 웃으며,

"노형께서 조금 모르셨습니다. 배 학감은 백지가 아니라, 흑입니다. 검은 종이입니다."

"어째서요?"

"백지나 같으면 아직은 쓴 것이 없어도 장차야 쓸 수가 있지요. 그렇지마는 흑지는 장차 쓸 수도 없습니다."

하고 서로 웃은 일이 있었다.

배 학감은 또 규칙을 좋아한다. '규칙적'이란 말과 '엄하게'라는 말은 배 학감이 가장 잘 쓰는 말이다. 취임 후 얼마 아니하여 친히 규칙을 개정하였다. 개정이 아니라 이전에 있던 규칙은 교육의 원리에 합하지 아니하여 폐지하고 자기의 신학설을 기초로 하여 온통 이백여 조에 달하는 당당한 대규칙을 제정하였다.

어느 날 직원 회의에 교원 일동을 소집하고 친히 신규칙의 각 조목을 낭독하며 일일이 그 규칙의 정신을 설명하였다. 오후 한 시에 시작한 것이 넉 점이 지나도록 끝이 나지 못하였다.

배 학감은 이마와 코에 땀이 흐르고 목이 쉬었다. 교원 일동은 엉덩이가 아프고 허리가 아파 연방 엉덩이를 들먹들먹하였다. 어떤 교원은 고개를 푹 숙이고 코를 골다가 학감의 대갈일성에 깊이 든 꿈을 놀라기도 하고, 어떤 교원은 문을 홱 닫치고 뒷간에 한 번 간 후에 영원히 다시 돌아오지 아니하였다.

그때에 형식은 참다못하여,

"그것은 학교 규칙이 아니라 한 나라의 법률이외다그려."

하고 그 조목이 너무 많음을 공격하였다.

자리에 있던 오륙 인 – 뒷간에 가고 남은 – 교원은 일제히 형식의 말에 찬성을 표하였다. 그러나 학감의 직권으로 이 규칙이 확정이 되었다. 배 학감과 일반 교원 및 학생과의 갈등이 심하여진 것은 이때부터다.

21

형식은 분해하는 김종렬을 향하여,

"그러나 그런 온당치 못한 일을 해서야 쓰겠나. 참아야지."

"아니올시다. 벌써 삼 년 동안이나 참았습니다."

하고 기어이 배 학감을 배척하고자 한다.

김종렬은 말을 이어,

"이렇게 이백여 명 용감한 청년들이 동맹을 체결하였는데 이제는 일 보도 양보할 수가 없습니다."

"그러나 교주께서 허하지 아니하시면 할 수 있소?"

김종렬은 '교주'란 말을 듣고 얼마큼 낙심하였다. 한참 고개

를 기웃기웃하고 생각하더니,

"그러니까 퇴학합지요. 경성학교가 아니면 학교가 없어요?"

"그러나 아무리 고식한 일이 있어도 동맹 퇴학은 온당치 아니하오. 또 모교를 떠나기가 어렵지 아니한가?"

"모교가 무슨 모교오니까. 이전 박 선생님께서 교장으로 계시고, 윤 선생님께서 학감으로 계실 때에는 모교였지마는…… 지금은 학교에 대하여 정이란 조금도 없습니다. 교장이라는 어른은 아무것도 모르시지요…… 학감이라는 자는 기생집에만 다니지요……."

하고 김종렬의 눈에는 분한 기운이 오른다. 이희경은 '학감이란 자'라는 말을 듣고 김의 옆을 찌르며,

"여보, 그게 무슨 말이오?"

"어째! 그따위 학감을 무어라고!"

형식은 근심하는 빛으로,

"그러면 지금 교장 댁으로 가려 하오?"

"네, 교장 어른 가 뵈옵고, 열 점쯤 해서 교주 댁으로 가렵니다. 교주는 열 점이나 되어야 일어난다니까……. 그런데 선생님께서는 저희 일에 동정하십니까?"

"내가 교사의 몸이 되어 동정하고 말고를 말할 수가 없지마는 다시 생각하여서 일이 없도록 하오."

하고 두 청년을 돌려보냈다.

형식도 마음으로는 무론 배 학감의 배척에 찬성하였다. 교실에서 무슨 말을 하던 끝에 혹 그 비슷한 말을 한두 번 한 적도 있었다.

사백여 명 학생과 십여 명 교원 중에 배를 좋아하는 사람은 오직 하나도 없었다. 교원들도 아무쪼록 배 학감과 말을 아니하려 하고 학생들도 길가에서 만나면 못 본 체하고 지나간다.

누군지 모르나 익명으로 배 학감에게 학감 사직의 권고를 한 자도 있고, 혹 배 학감이 맡은 역사나 지리 시간에 칠판에다가 '배 학감을 교장으로 할 사, 배 학감은 천하 제일 역사 지리 교사다.' 하는 등 풍자하는 글을 쓰고, 혹 뒷간에다가 '배 학감 요리점이다.' 하고 연필로 쓴 어린 글씨는 아마 일이 년급 학생이 배 학감에게 '너도 사람이냐?' 하는 책망을 받고 나와 분김에 쓴 것인 듯.

교사치고 별명 없는 이가 없거니와 배 학감은 그중에도 가장 별명이 많은 사람이다. 다른 교사의 별명은 다만 재미로 짓는 것이로되, 배 학감의 별명은 미움과 원망으로 지은 것이다. 얼굴이 빨개지며 '너도 사람이냐?' 하는 혹독한 책망을 받은 어린 학생들은 당장은 감히 대답을 못하되, 문밖에만 나서면 혀를 내밀고 제가 특별히 새 별명을 짓거나, 그렇지 아니하면 남이 지어 놓은 별명을 이삼 차 부르고야 얼마큼 분이 풀린다. 어린 학생들은 이 별명이라는 방법으로 혹독한 배 학감에게 대한 분풀이하는 약을 삼았다.

그러므로 여러 학생이 한꺼번에 배 학감에게 '너희도 사람이냐?' 하는 책망을 받은 때에는 일동이 한곳에 모여 앉아, 마치 큰절에서 아침에 중들이 모여 앉아 염불하듯이 배 학감의 별명을 있는 대로 부른다. 한참이나 열이 나서 별명을 부르다가 적이 속이 시원하게 되면,

"와, 와라, 후레, 라후레."

하고 모든 별명 중에 가장 그 경우에 적합하다고 생각하는 별명을 부르고는 박장을 한다.

별명 중에 제일 유세력한 것이 셋이니, 즉 암펌, 여우 및 개다. 암펌이라 함은 혹독하다는 뜻이요, 여우라 함은 간특하다는 뜻이거니와, 개라 함은 자못 뜻이 깊다.

첫째, 배 학감이 교주 김 남작의 발을 핥고 똥을 먹으며 독일식 정탐견 노릇을 한다 함이니, 배 학감은 아랫사람에게 대하여 혹독하게 하던 것과 달라, 자기보다 한층 높은 사람을 대하여서는 마치 오래 먹인 개가 그 주인을 보고 꼬리를 두르며 발굽을 핥는 모양으로 국궁돈수(鞠躬頓首)가 무소부지(無所不至)며, 조금 아랫사람에게 대하여서는 일부러 몸을 뒤로 젖히고 혀가 안

으로 기어들다가도 한층 윗사람 앞에 나아가면 전신의 근육이 탁 풀어져 고개와 허리가 저절로 굽어지며 혀의 힘줄이 늘어나 말에 '하시옵', '하옵시겠삽' 같은 경어란 경어를 있는 대로 주워다가 바친다.

이리하여 용하게도 교주 김 남작의 신용을 얻어 배명식이라면 김 남작의 유일한 청년 친구다. 이리하여 배 학감은 동료와 학생 간에는 지극히 비평이 나쁘되, 김 남작을 머리로 하여 소위 상류 계급에는 지극히 신용이 깊다. 이러므로 아무리 동료와 학생들이 배 학감을 배척하여도 배 학감의 지위는 반석같이 공고한 것이다.

둘째, 동료 중에 자기의 시키는 말을 듣지 아니하거나 또는 자기를 시비하는 자가 있거나, 혹 이유는 없으되 자기의 눈에 밉게 보이는 자가 있으면 곧 교주에게 품하여 이삼 일 내로 축출 명령이 내린다.

이리하여 아까 김종렬이 사모하던 박 교장과 윤 교감을 내쫓고 지금 교장과 같이 숙맥불변 하는 노인을 교장으로 삼고 자기가 학감의 중임을 맡아 교내의 모든 사무를 온전히 제 마음대로 하게 된 것이다. 이리하여 학교에 있던 교사 중에 적이 마음 있는 자는 다 달아나고 갈 데가 없다든가, 배 학감의 절제를 달게 받는 사람만 남게 되어 학교는 점점 말이 못되게 되었다.

그러나 다만 형식은 동경 유학생인 까닭에 배 학감도 과히 괄시를 아니하고, 또 형식도 자기까지 떠나면 학교가 말이 아니리라 하여 아직 남아 있는 것이다.

이렇게 배 학감은 전교내의 배척을 받아 오던 데다가 근래에는 무슨 심화가 생겼는지 다동 구리개 근방으로 부지런히 청루를 방문하는 사실이 발각되어 이번 소동이 일어난 것이다.

형식은 '방관할 수 없고나.' 하고 곧 학교로 갔다.

22

형식은 될 수만 있으면 이 일을 무사하게 되도록 하리라 하고 학교에 가는 길에 생각하였다. 이 일의 원인은 온전히 배 학감에게 있으니 우선 배 학감을 보고 이러한 말을 한 후에 이로부터 몸을 삼가도록 권하리라 하였다.

배 학감은 물론 이형식이 자기의 휘하에 들지 아니함을 항상 미워하여 표면으로는 친한 체, 존경하는 체하건마는 이면으로 어떻게 하든지 핑계를 얻어 눈 속에 못 같은 이형식을 경성학교에서 내쫓으리라 하였다.

형식도 아주 이런 줄을 모름이 아니로되 그러나 학교를 사랑하는 마음으로, 또는 사람은 같고 아니 같고, 사오 년래 친구로 사귀어 온 배명식을 위하여 불가불 자기가 힘을 쓰지 아니하면 아니되리라 하였다.

교문에 들어서니 일이 년급 아이들이 공을 가지고 놀다가 형식을 보고 모여들어,

"선생님, 오늘 놉니까. 저희도 놀아요?"

하고 삼사 년급에서도 노는데 자기도 놀기를 바란다고 한다.

형식은 사무실에 들어갔다. 배 학감은 매우 성이 났는지, 그렇지 아니해도 뾰족한 얼굴이 더욱 뾰족하게 되어서 형식이 들어오는 것도 본체만체, 형식도 배 학감에게는 인사도 아니하고 곁에 앉았는 다른 교사들에게만 인사를 하였다.

다른 교사들은 각각 앞에다가 분필통과 교과서를 놓고 벌써 아홉 시 십여 분이 지났건마는 교실에 들어갈 생각도 아니한다.

형식은 무슨 풍파가 있던 줄을 아나 모르는 체하고,

"어째 시간에들 아니 들어가셔요?"

하였다.

한 교사가,

"웬일인지 삼사 년급 학생은 하나도 아니 왔구려."

하고 일동은 학감을 본다.

형식은 물끄러미 학감을 보다가 그의 곁으로 가까이 가서 선

대로,

"학감, 학교에 큰일이 났구려."

"나는 모르겠소."

하고 학감은 얼굴을 돌이킨다.

형식은 말을 나직이 하여,

"무슨 선후책을 해야 아니하겠소. 이렇게 앉았으면 어떻게 해요?"

"글쎄, 이게 웬일이오. 이 되지 아니한 자식들이, 이 삼사 년급 놈들이 왜 오지를 아니하오?"

형식은 네가 아직 모르는구나 하였다. 삼사 년급 일동이 동맹 퇴학을 한단 말을 할까 말까 주저하다가 먼저

알고 잠자코 있음이 도리어 도리가 아니라 하여,

"모르시는구려, 아직도."

"무엇을 말씀이오?"

"삼사 년급 학생들이 동맹 퇴학을 하기로 결정을 하고 교장과 교주에게 퇴학 청원서를 제출하였다는데……."

"무엇이오? 동맹 퇴학?"

배 학감도 이 일에는 얼마만큼 놀라는 모양이다. 자기의 신학설의 교육도 그만 실패하였다.

곁에 있던 교사들도 모두 놀라서 자리를 떠나 학감의 곁으로

모였다.

학감은 깜짝 놀라며,

"어떻게 아셨소?"

"아까 어떤 학생들이 퇴학 청원서를 가지고 나한테 왔습데다그려. 교장 댁으로 가는 길이라고."

이렇게 말하고 형식은 흠칫하고 저 혼자 놀랐다. 이러한 말을 공연히 하였구나 하였다.

배 학감은 독기 있는 눈으로 물끄러미 형식을 보더니 벌떡 일어나며,

"잘하셨소. 노형은 철없는 학생들을 충동하여 학교를 망하게 하시구려!"

하고 형식을 흘겨본다.

배 학감도 평상시에 학생들이 자기보다 도리어 형식을 존경하여 자기는 방문하는 학생이 없으되, 형식을 방문하는 학생이 많은 줄을 알고 늘 시기하는 마음으로 있었다. 그리고 학생들이 형식을 따르는 것은 형식의 인격이 자기보다 높고 따뜻함이라 하지 아니하고, 형식이 학생을 유혹하는 수단이 있고 학생들이 형식에게 속아서 따름이라 하였다.

학감은 속으로 '형식이 학생들을 버린다.' 하여 자기 보는 데서 학생들이 친절하게 형식에게 말하는 것을 보면 매양 불쾌한

마음을 이기지 못하였다.

학생들이 마땅히 존경하여야 할 사람은 자기거늘, 자기를 존경하지 아니하고 형식을 존경함은 학생들이 미련하여서 그럼이라 하였다. 학생들이 점점 더욱 자기를 배척하게 되는 것을 볼 때에 배 학감은 이는 형식이 철없는 학생들을 유혹하여 고의로 자기를 배척하려 함이라 하였다.

배 학감이 한 번 어떤 사람을 대하여 '형식은 학생을 시켜 자기를 배척하고 제가 교감이 되려는 야심을 두었다.' 한 일이 있었다.

이번에도 형식이 어떤 학생이 퇴학 청원서를 가지고 자기 집에 왔더라는 말을 듣고, 이 일도 형식이 시킨 것이거니 하였다.

그리고 주먹을 불끈 쥐며,

"이형, 잘하셨소!"

한다.

형식은 자기의 호의를 도리어 곡해하는 것이 분하여서 성을 내며,

"노형은 당신의 간교한 마음으로 남의 마음을 판단하시구려. 나는 어디까지든지 호의로 노형과 학교를 위하여 만사가 순하게 되어 가기를 바라고 한 말인데, 노형은 도리어……."

형식의 말이 끝나기도 전에 배 학감은 더욱 얼굴을 붉히고 한

걸음 형식의 곁에 가까이 오며,

"여보, 이형식 씨. 내가 이전부터 노형의 수단을 알았소. 알고도 참았소. 여태껏 사오 차나 학생들이 학교에 대하여 반항한 것도 다 노형의 수단인 줄을 내가 아오. 노형은 이 학교를 멸망시키고야 말 테란 말이오?"

하고 '멸망'이란 말에 힘을 주며 주먹으로 책상을 친다.

형식은 기가 막혀 깔깔 웃으며,

"여보, 배명식 씨. 나는 아직도 노형이 사람인 줄 알았구려."

하고는 형식도 와락 성을 내어 말소리를 떨며,

"노형은 친구의 호의도 알아보지 못하는 사람이오. 내가 그동안 학생과 교원 사이에 서서 얼마나 노형을 위하여 힘을 쓴지 아시오? 노형을 변호한지 아시오?"

"흥, 변호! 말은 좋소. 어린 학생들은 좋소. 어린 학생들을 시켜 학교에 대하여 반항이나 일으키게 하고, 어디 노형의 힘이 얼마나 큰가 봅시다."

하고 모자를 벗겨 들고 인사도 없이 문밖으로 나갔다.

뒤에 남은 사람들은

"흥, 또 교주 각하께 가는구나."

하고 픽 웃었다.

형식은 분을 참지 못하여 왔다 갔다 했다.

23

교원들은,

"이제는 형식도 경성학교에서 쫓겨나리라."

하면서 왔다 갔다 하는 형식을 보고 교원 중의 하나가,

"그런데 이번에는 학생들의 이유가 무엇인가요?"

형식은 대답하기 싫은 듯이 한참이나 들은 체 만 체하고 마당을 내다보다가 펄썩 제자리에 걸터앉아 책상 서랍을 뽑아 그 속에 있는 책과 종잇조각을 집어내며,

"무슨 이유야요, 그 이유지요."

다른 교원 하나가,

"불문가지지요. 아마 이번 배 학감과 월향의 사건이겠지요."

하고 찬성을 구하는 듯이 형식을 보며,

"그렇지요?"

한다.

형식은 책상 서랍에서 집어낸 종잇조각을 혹 찢기도 하고 혹 읽어 보다가 접어놓기도 한다.

셋째 교원이,

"학감과 월향의 사건?"

"모르시오? 학감과 월향의 사건이라고 유명합데다. 근래에

월향이란 기생이 화류계에 썩 유명합니다. 평양서 두어 달 전에 왔다는데 얼굴은 어여쁘지요, 글은 잘하지요, 말을 잘하지요. 게다가 거문고와 수심가가 일수라는구려. 그래서 장안 풍류남아가 침을 흘리고 들어 덤빈다는데, 한 가지 이상한 것이 있어요. 아직 아무도 그를 손에 넣어 본 사람이 없다는구려."

정직하여 보이는 교원 하나가 말에 취한 듯이,

"손에 넣다께?"

"하하하하, 참 과연 도덕 군자시로구려. 퍽 여러 사람이 월향이를 손에 넣을 양으로 동치서주를 하고 야단들을 하나 봅데다마는, 거의 거의 말을 들을 듯 들을 듯해서 이편의 마음을 못 견디리만큼 자릿자릿하게 하여 놓고는 이편이 이제는 되었다 할 때에 '못하겠어요.' 하고 똑 끊는다는구려. 그래서 알 수 없는 계집이라고 소문이 낭자하지요."

그 정직하여 보이는 교사가,

"왜 그럴까요?"

"내니 알겠소? 남들이 그럽데다그려!"

카이젤 수염 있는 교사가,

"노형도 한두 번 거절을 당하였나 보구려……. 그래 가슴이 따끔합디까. 하하하하."

"천만, 나 같은 사람이야 그러한 호화로운 화류계와는 절연이니까……. 참, 나야 깨끗하지요. 하하하."

"누가 아나."

하고 한 교사가 웃으니 여러 사람이 다 웃는다.

그 정직하여 보이는 교사도 웃기는 웃으나 더 알고 싶어하는 듯이 마치 학생이 교사에게 질문하는 모양으로,

"그래서? 그래, 어떻게 되었어요?"

할 제 카이젤 수염 가진 이가 정직하여 보이는 교사의 어깨를 툭 치며,

"노형께서는 미인의 일이라면 노상 범연치는 아니하구려."

하고 껄껄 웃으니, 정직하여 보이는 교사는 얼굴이 빨개진다.

월향의 말을 하던 교사가 담배를 붙이면서,

"그런데 이 배 학감께서 그만 월향 씨의 포로가 되었지요. 아마 십여 차나 졸랐던가 봅데다. 암만 조르니 듣소? '아니올시다.' 하고는 거의거의 들을 듯 들을 듯하다가는 그만 발길로 툭 차는구려. 그래서 지금 배 학감은 열이 났지요. 오늘 아침에도 뾰족해서 오지 않았습디까."

하고 머리를 흠치며,

"그게 어제 저녁에도 월향이한테 발길로 채인 표야요."

"옳지, 옳지! 어째 근래에는 얼굴이 더 뾰족하여졌다 하였더니 상푸둥 그런 일이로구려, 응?"

하고 카이젤이 웃는다.

정직하여 보이는 교사는 더 물어보고 싶으면서도 남들이 웃기를 두려워하여 잠잠하고 앉았다. 지금껏 가만히 듣기만 하고 빙긋빙긋 웃던 이가,

“그런데 그런 줄을 학생들이 알았는가요? 이번 퇴학 청원한 이유가 그것인가요?”

“그것은 모르겠소.”

하고 ‘형식이 너는 알겠구나.’ 하는 듯이 형식을 본다.

형식은 여전히 종잇조각을 조사하는 체하면서도 다른 교사들의 말을 듣는다. 형식은 그 월향이라는 기생이 혹시 박영채가 아닌가 하였다. 말하던 교사가 형식이 잠잠한 것을 보고 말을 이어,

“자세히는 모르지요마는, 아마 그것이 이번 퇴학하는 이율 테지요.”

하고 형식의 너무 잠잠한 데 말하던 흥이 깨어져 말을 그치고 담배 연기로 공중에 글자만 쓴다.

정직하여 보이는 교사가 참다못한 듯,

“학생들이 어떻게 알았을까요?”

카이젤 수염이,

“학생들이, 학생들이 왜 그걸 모르겠소. 그 군들이 교사들 정

탐을 어떻게 하는데 그러오! 교사들 뒷간에 가는 것까지 다 알지요. 얼른 보기에 아주 온순한 체, 아무것도 모르는 체하지마는 저희들 중에도 경찰서도 있고 정탐도 있답니다. 이번에도 아마 학감이 월향의 집에 들어가는 것을 어떤 학생이 정찰하였던 게지…….”

“하하하, 그만 등시포착이 된 심이로구려.”

이렇게 여러 교원이 말하는 것을 듣더니, 담배 연기로 공중에 글자를 쓰던 교사가 암만하여도 하고 싶은 말을 참지 못하는 듯이 궐련을 재떨이에 비벼 불을 끄며,

“이러하구려.”

하고 말을 낸다.

“학감이 암만하여도 견딜 수가 없어서 요새에는 단연히 그 기생을 낙적(落籍)을 시켜서 아주 자기 손에 집어넣으려는 생각이 났나 봅데다. 그런데 거기도 경쟁자가 많지요. 갑이 삼백 원 하면, 을은 사백 원 하고, 또 병은 오백 원 하고 이 모양으로 아마 한 천 원 올라갔나 봅데다. 그러나 학감이야 집까지 온통 팔면 삼백 원이나 될는지……. 도저히 금력으로야 경쟁할 수가 없지 않소? 하니까 명망과 정성으로나 얼러 볼 양으로 매일 밤 월향 아씨께 참배 기도를 하는 모양인데 엊그저께 어떤 장난꾼 학생이 뒤를 따랐던가 봅데다.”

하고 웃는다.

일동은 아주 재미있는 듯이 고개를 기웃기웃하며 학감과 월향의 장차 되어 갈 관계를 상상한다.

형식은 책상 위에 벌여 놓은 종잇조각을 다 치우지 아니하고 혼자 무슨 생각을 하는 듯하더니 그 종잇조각을 도로 책상 서랍에 부리나케 와락 집어넣고 일동에게 인사하고 나갔다.

일동은 형식을 보내고 시계를 쳐다보며 하품을 했다.

24

형식은 교문을 나서서 집으로 돌아오며 생각하였다.

그 월향이란 것이 영채가 아닌가. 원래 평양 기생으로 얼굴이 어여쁘고 아직 아무도 그를 손에 넣은 사람이 없다 하니 그가 과연 영채인가. 영채가 월향이란 이름으로 기생이 되어 이삼 삭 전에 서울에 올라와 지금 화류계에 유명하게 되었는가. 그러나 아무도 일찍 그를 손에 넣어 본 자가 없다 하니, 그러면 나를 생각하여 절행을 지킴이 아닌가. 옳다, 그렇다. 그가 나를 위하여 절행을 지킴이로다.

그런데 그가 마음대로 손에 들지 아니하므로 돈 많은 호화객들이 그를 아주 제 소유를 만들려 하여, 저 배 학감 같은 자가 다 영채를 제 손에 넣으려 하여, 만일 영채가 잘못되어 배명식 같은 짐승 같은 자의 손에 든다 하면 그의 일생이 어떻게 될까. 배명식 같은 자가 무슨 사람에게 대한 동정이 있을까.

다만 일시 색에 취하여 더러운 욕심을 채울 양으로 영채를 장난감을 삼으려 함이로다. 더구나 배명식은 삼 년 전에 동경에서 돌아와 칠팔 년간 홀로 자기를 기다리고 늙어 오던 본처에게 애매한 간음이라는 죄명을 씌워 이혼하고 작년에 어떤 여학생과 새로 혼인을 한 자다.

신혼한 일 년이 차지 못하여 벌써 다른 계집에게 손을 대려 하는 그런 무정한 놈의 첩이 되어? 내 은인의 딸이! 못될 일이로다. 못될 일이로다 하였다.

사오 인의 경쟁자가 있다 하고 배명식도 거의 밤마다 영채를 찾아간다 하니 그 육욕밖에 모르는 짐승 같은 사람들의 새에 끼어 영채는 얼마나 괴로워하는고.

어제 영채가 나를 찾아옴도 이러한 괴로움을 견디다 못하여 마침내 내게 의탁할 양으로 온 것이 아닐까. 와서 내 의복과 거처가 극히 빈한함을 보매, 나에게 구원을 청하여도 무익할 줄을 알고 중도에 말을 그치고 돌아갔음이 아닐까.

이렇게 생각하면 자기의 빈한함이 더욱 슬프기도 하고 부끄럽기도 하다. 과연 형식은 영채를 구원할 자격이 없다. 만일 월향이라는 기생이 진실로 영채라 하면 과연 형식은 영채를 구원할 능력이 없다.

'천 원 이상에 올라갔나 봅데다.'

하는 아까 어느 교사의 말을 생각하고 형식은 한숨을 쉬었다.

'천 원!'

내가 만일 영채를 구원하려 하면 – 그 짐승 같은 사람들에게서 영채를 구원하여 사람다운 살림을 하게 하려면 '천 원'이 있어야 하리로다. 그러나 내게는 천 원이 있는가 하고 형식은 자기의 재산을 생각하여 보았다.

형식의 재산은 지금 형식의 조끼 호주머니에 있는 반이나 닳아진 돈지갑뿐이다. 그 돈지갑은 십 원짜리 지표를 가득하게 넣어도 이삼백 원이 들어갈까 말까 한 것이다. 아직 형식의 돈지갑에는 한 번에 백 원을 넣어 본 적도 없다. 일찍 동경서 졸업하고 올 때에 어떤 친구의 호의로 양복 값, 노비 합하여 팔십 원을 넣어 본 적이 있을 뿐이니, 이것이 형식의 일생 두고 처음으로 많은 돈을 가져 본 경험이다.

동경서 돌아온 지가 사오 년이니, 매삭에 십 원씩만 저금을 하였더라도 오륙백 원의 저축은 있으련마는 형식은 아직도 이 생활을 자기의 진정한 생활로 여기지 아니하고 임시의 생활, 준

비의 생활로 여기므로 몇 푼 아니되는 월급을 저축할 생각은 없이 제가 쓰고 남는 돈은 가난한 학생에게 나눠 주고 말았다.

그러나 형식은 책을 사는 버릇이 있어 매삭 월급을 타는 날에는 반드시 일한서방에 가거나, 동경 마루젠 같은 책사에 사오 원을 없이하여 자기의 책장에 금자 박힌 책이 붇는 것을 유일의 재미로 여겼었다.

남들이 기생집에 가는 동안에, 술을 먹고 바둑을 두는 동안에, 그는 새로 사 온 책을 읽기로 유일한 벗을 삼았다. 그래서 그는 붕배 간에도 독서가라는 칭찬을 듣고 학생들이 그를 존경하는 또한 이유는 그의 책장에 자기네가 알지 못하는 영문, 독문의 금자 박힌 책이 있음이었다.

그는 항상 말하기를, 우리 조선 사람의 살아날 유일의 길은 우리 조선 사람으로 하여금 세계에 가장 문명한 모든 민족, 즉 일본 민족만 한 문명 정도에 달함에 있다 하고, 이리함에는 우리나라에 크게 공부하는 사람이 많이 생겨야 한다 하였다.

그러므로 그가 생각하기를, 이런 줄을 자각한 자기의 책임은 아무쪼록 책을 많이 공부하여 완전히 세계의 문명을 이해하고 이를 조선 사람에게 선전함에 있다 하였다. 그가 책에 돈을 아끼지 아니하고 재주 있는 학생을 극히 사랑하며 힘 있는 대로 그네를 도와주려 함도 실로 이를 위함이다.

그러나 '천 원'을 어찌하는고 하고 형식의 마음은 괴로웠다. 전달에 탄 월급 삼십오 원 중에 오 원은 플라톤 전집 값으로 동경 책사에 부치고 십 원은 학생들에게 갈라 주고, 팔 원은 주인 노파에게 밥값으로 주고, 이제 그 돈지갑에 남은 것이 오 원 지표 한 장과 은전이 좀 있을 뿐이다. 아아, '천 원'을 어찌하는가 하고 형식의 마음은 더욱 괴로워 갔다.

'천 원! 천 원! 천 원이 어디서 나는가.'

형식은 손수건으로 땀을 씻으며,

"천 원이 어디서 나는가."

하고 소리를 내어 탄식하였다.

이렁저렁 교동 자기 숙소 앞에 다다랐을 때에 어떤 청년 이삼인이 모두 번쩍하는 양복에 반쯤 취하여 비스듬히 인력거를 타고 기생을 앞세우고 기운차게 방울을 울리며 철물교를 향하여 내닫았다. 형식은 성큼 뛰어 인력거를 피하여 주고 우뚝 서서 먼지를 일으키며 달려가는 여섯 채 인력거를 보고,

"천 원이 있기는 있구나!"

하였다.

과연 지금 기생을 앞세우고 인력거를 몰아가는 청년들에게는 '천 원'이 아니라 '만 원'도 있기는 있다.

형식은 이윽히 그 자리에 섰다가 고개를 푹 숙이고 무슨 생각

을 하면서 바람 한 점 아니 들어오는 자기의 숙소로 들어갔다.

25

집에 들어가니 노파가 점심을 짓다가 부엌에서 나오며,

"어째 오늘은 이르셔요? 학교가 없어요?"

형식은 모자와 두루마기를 방에 홱 집어던지고 툇마루에 걸터앉아 옷고름을 끄르고 부채를 부치며 화나는 듯이,

"흥, 삼사 년급 학생들이 동맹 퇴학을 하였답니다."

"또? 또 배 학감인가 한 양반이 어떤 게로구먼."

하고 치마로 땀을 씻으며 형식의 얼굴을 보더니,

"왜? 어디가 불편하셔요?"

"아니오."

"무슨 걱정이 있는 것 같구려. 에그, 그 학교에서 나오시오그려. 밤낮 소동만 일어나고. 소동이 일어날 때마다 늘 심로를 하시면서 무엇 하러 거기 계세요?"

하고 건넌방 그늘진 마루에 앉아 담배를 피운다.

형식은 한참이나 화를 못 이기는 듯 함부로 부채질을 하더니,

"그까짓 학교 일 같은 것은 심상하외다. 걱정도 아니합니다."

"그러면 또 무슨 일이 있어요? 무슨 다른 일이?"

형식은 벌떡 누워 다리를 버둥버둥하면서 혼잣말 모양으로,

"암만해도 돈이 있어야겠어요."

"호호호, 이제야 아시는가 보구려. 아 이 세상이 돈 세상이랍니다. 나 같은 것도 돈이 있으면 이렇게 고생도 아니하련마는……."

"그만한 고생은 낙이외다."

"에그, 남이란 저렇것다. 나도 벌써 육십이 아니어요. 조금만 무엇을 하면 이렇게 허리가 아픈데, 허리가 아프도록 고생을 하니 누가 위로하여 주는 이가 있을까……. 병신일망정 아들자식 하나가 있을까……. 목숨 모질어서 그렇지 나 같은 것이 살면 무엇 하겠어요."

하고 담뱃대를 깨어져라 하고 돌에다 톡톡 떨어 또 한 대를 담아 지금 떨어 놓은 담뱃재에 대고 힘껏 두어 모금 빨더니 와락 화를 내며,

"담뱃불까지 말을 아니 듣는구나."

하고 담뱃대를 방 안에 내어던지고 짓던 점심이나 지을 양으로 다시 부엌으로 들어간다.

형식은 노파의 하는 말과 하는 모양을 보고 혼자 웃었다. 저마다 제 걱정이 있고 또 제 걱정이 세상에 제일 큰 걱정인 줄로

믿는다 하였다. 그러나 세상 사람은 다 아무라도 그러한 걱정은 있는 것이라 하였다.

아들이 없어 걱정, 벼슬을 못해 걱정, 장가를 못 들어 걱정, 혹 시집을 못 가서 걱정, 여러 가지 걱정이 많되 현대 사람의 걱정의 대부분은 돈이 없어서 하는 걱정이라 하였다. 돈만 있으면 사람의 몸은커녕 영혼까지라도 사게 된 이 세상에 세상 사람이 돈을 귀히 여김이 그럴듯한 일이라 하였다.

'아아, 천 원! 천 원이 어디서 나는가.'
하고 벌떡 일어나 방에 들어와 앉았다.

이 집이 천 원짜리가 될까 하였다. 또 책장에 끼인 백여 권 양장책이 천 원짜리가 될까 하였다. 옳지, 저 한 책의 저작권은 각각 천 원 이상이라 하였다. 나도 저만한 책을 써서 책사에 팔면 천 원을 받으리라 하였다.

그러나 이제부터 영문으로 글짓기를 공부하여 가지고 그렇게 된 뒤에 얼마 동안 저술에 세월을 허비하고, 그 원고를 미국이나 영국에 보내고, 미국이나 영국 책사 주인이 그 원고를 한 번 읽어 보고, 그다음에 그 책사에서 그 원고를 출판하기로 작정하고, 그다음에 그 책사 주인이 우편국에 사람을 보내어 이형식의 이름으로 천 원 환을 놓으면 그것이 배편으로 태평양을 건너와 경성우편국에 와……. 아이구 너무 늦다……. 그것을 언제……, 하였다.

형식은 또 생각한다. 저 책들을 사지 말고 학생들에게 돈도 주지 말고, 사오 년 동안 매삭 이십 원씩만 저금을 하였다면 오십 삭치고 천 원은 되었으렷다. 옳다, 그리하였던들 이러한 근심은 없을 것을. 더구나 학생들에게 돈을 대어 준 것은 참 부질없는 일이었었다. 나는 정성껏 넉넉지도 못한 것을 저희에게 주건마는 받는 학생들은 마치 당연히 받을 것을 받는 줄로 여겨 좀 주는 시기가 늦어도 두덜거리는 모양, 게다가 그것을 은혜로나 아는가.

그것들이 자라서 큰 인물만 되고 보면 자기 도움도 무슨 뜻이 있거니와, 지금 같아서는 그놈이 그놈이라 별로 뛰어나는 천재나 위인도 있는 것 같지 아니하고…… 아아, 부질없는 짓을 하였구나. 저금을 하였다면 이런 걱정이나 없을 것을. 응, 이달부터라도 지금까지 주어 오던 학생에게 일체로 돈 주기를 거절할까 보다.

그러나 그렇게 생각하면 또 그 불쌍한 어린 청년들의 '이 선생님.' 하는 모양이 눈에 암암하여 차마 그럴 수도 없고.

아아, 어찌면 '천 원'을 얻는가.

만일 오늘 저녁에 어떤 사람이 '천 원'을 가지고 가서 영채를 손에 넣으면 어찌할까. 혹 어제 저녁에 벌써 누가 '천 원'을 가지고 가서 영채를 자기 집으로 데려가지나 아니하였는가. 그러면 어제 저녁에 벌써 십구 년 동안 지켜오던 몸을 어떤 짐승 같은 더러운 놈에게 허하지나 아니하였을까.

처음에는 영채가 그 짐승 같은 놈을 떼밀치며, 울며 소리치며 반항하다가 마침내 어찌할 수 없이 몸을 허하지 아니하였는가. 이렇게 생각하면 그 짐승 같은 몸이 육욕에 눈이 벌게서 불쌍하고 어여쁜 영채에게 억지로 달려드는 모양과 영채가 울고 떼밀고 죽기로써 저항하다가 마침내 으아 하고 절망하는 듯이 쓰러지는 모양이 형식의 눈앞에 역력히 보인다.

형식은 분함과 슬픔으로 전신에 힘을 주고 숨을 길게 내어쉬었다. 또 생각하면 영채가 어떤 사람에게 팔린 줄을 알고 밤에 남모르게 도망하지나 아니하였는가! 도망을 한다 하면 장차 어디로나 갈 것인가. 어여쁜 얼굴! 지키는 이 없는 열아홉 된 어여쁜 처녀! 도처에 '천 원' 가진 짐승 같은 사람이 있을 것이다. 영채는 도망이나 아니할까.

옳지! 영채가, 그렇게 절조 굳은 영채가 제 몸이 어떤 사나이에게 팔린 줄을 알게 되면 그 골독한 마음으로 자살이나 아니하였을까.

'자살! 자살!'

하고 형식은 몸을 떨었다.

26

어찌하면 좋을까. 어찌하면 '천 원'을 얻어 불쌍한 영채 – 사랑하는 영채 – 은인의 따님 영채를 구원할까……, 이럴까 저럴까 하고 마음을 정치 못하면서 오후 한 시에 안동 김 장로의 집에 선형과 순애의 영어를 가르치러 갔다.

장로는 어디 출입하여 집에 없고 장로의 부인이 나와서 형식을 맞는다. 부인이 선형과 순애를 데리러 안에 들어간 뒤에 형식은 교실로 정한 모퉁이 방에 혼자 앉아 두 제자의 나오기를 기다린다.

방 한편 구석에는 십자가에 달린 예수의 화상이 걸리고, 다른 한편에는 주인 김 장로의 사진이 걸렸다. 아마 그 두 사진을 꽃으로 장식함은 선형, 순애 양인의 솜씨인 듯 십자가에 달린 예수는 머리에 가시관을 쓰고 로마 병정의 창으로 찔린 옆구리로서는 피가 흘러내린다. 그 고개가 왼쪽으로 기울어지고 그 눈은 하늘을 향하였다. 십자가 밑에는 치마 앞자락으로 낯을 가리고 우는 자도 있고, 무심하게 구경하는 자도 있고, 십자가 저편 옆에서는 병정들이 예수의 옷을 가지려고 제비뽑는 양을 그렸다.

형식은 물끄러미 이것을 보고 생각하였다. 십자가에 달린 자도 사람, 가시관을 씌우고 옆구리를 찌른 자도 사람, 그 밑에서 치맛자락으로 눈물을 씻는 자나 무심하게 우두커니 구경하고 섰는 자도 사람, 저편에서 사람을 죽여 놓고 그 죽임 받는 자의 옷을 저마다 가질 양으로 제비를 뽑는 자도 사람 – 모두 다 같은 사람이로다.

날마다 시마다 인생 세계에 일어나는 모든 희극 비극이 모두 다 같은 사람의 손으로 되는 것이로다.

퇴학 청원을 하는 학생들이나 학생들의 배척을 받는 배 학감이나, 또는 내나 다 같은 사람이 아니며, 저 불쌍한 영채나, 영채를 팔아먹으려 하는 욕심 사나운 노파나 영채를 사려 하는 짐승 같은 사람들이나, 영채를 위하여 슬퍼하는 내나 다 같은 사람이 아니뇨. 필경은 다 같은 사람끼리 조금씩 조금씩 빛과 모양을 다르게 하여 네로다 내로다 하고, 옳다 그르다 함이 아니뇨.

저 예수가 예수의 옆구리를 찌른 로마 병정도 될 수 있고, 그 로마 병정이 예수도 될 수 있을 것이다.

다만 알 수 없는 것은 무엇이 – 어떠한 힘이 마치 광대로, 혹은 춘향을 만들고, 혹은 이 도령을 만드는 모양으로, 혹은 예수가 되게 하고, 혹은 예수의 옆구리를 찌르는 로마 병정이 되게 하고, 또 혹은 무심히 그것을 구경하는 사람이 되게 하는가 함이다.

이렇게 생각하매 형식은 모든 인류가 다 나와 비슷비슷한 형제인 듯하고, 또 알 수 없는 어떤 힘에 지배되어 날마다 시마다 저희들의 뜻에도 없는 비극 희극을 일으키지 아니치 못하는 인생을 불쌍히 여겼다.

사람들이 악한 일을 하는 것이 마치 신관 사또 남원 부사 된 광대가 제 뜻에는 없건마는 가련한 춘향의 볼기를 때림과 같다 하면 용서하지 아니하고 어찌 하리요. 그럴진대 배 학감도 그리 미워하는 것은 아니요, 예수의 얼굴에 침을 뱉고 예수를 죽여 달라 한 간악한 유대인도 그리 미워할 것은 아니라 하였다.

그러나 영채는 살려야 하겠다. 비록 이것이 연극 중의 일이라 하더라도 영채는 살려야 하겠다는 생각이 어디서 나오는지 불현듯 일어나 형식은 예수의 화상을 보다가 눈을 돌이켜 멀거니 천장을 쳐다보았다.

천장에는 파리 네다섯 놈이 저희도 인생과 같이 무슨 연극을 하노라고, 혹은 따르고 혹은 피하고, 혹은 앉았고 혹은 앞발을 비빈다.

형식은 고개를 숙이며 이 집에는 '천 원'이 있으련만 하였다.

"선생님!"

하는 소리에 눈을 떠 본즉, 선형과 순애가 책과 연필을 들고 문 안에 들어와 섰다가 형식의 눈뜨고 고개 듦을 기다려 은근하게 경례한다.

형식은 놀란 듯이 얼른 일어나 두 처녀에게 답례하였다. 그리고 웃으면서 쾌활하게,

"오늘은 어제보다도 덥습니다."

하고 선형과 순애에게 앉기를 권하고 자기도 양인과 상대하여 책상을 새에 두고 앉았다.

두 처녀는 고개를 숙이고 책을 편다. 형식은 두 처녀를 보매 얼마만큼 뒤숭숭하던 생각이 없어지고 적이 정신이 쇄락한 듯하다.

형식은 고개 숙인 두 처녀의 까만 머리와 쪽찐 서양 머리에 꽂은 널따란 옥색 리본을 보았다. 그리고 책상에 짚은 두 처녀의 손가락을 보았다. 부드러운 바람이 슬쩍 불어 지나갈 때에 두 처녀의 몸과 머리에서 나는 듯 만 듯한 향내가 불려 온다.

선형의 모시 적삼 등에는 땀이 배어 하얀 살에 착 달라붙어 몸을 움직일 때마다 그 붙은 자리가 넓었다 좁았다 한다. 순애는 치마로 발을 가리느라고 두어 번 몸을 들먹들먹하여 밑에 깔린 치마를 뺀다. 선형은 이마에 소스락소스락하게 구슬땀이 맺히어 이따금 치맛고름으로 가만히 씻고는 손으로 책상 밑에서 부채질을 한다.

형식은 아침부터 괴로움으로 지내 오던 마음속에 일점 향기롭고 서늘한 바람이 불어 들어옴을 깨달았다.

여자란 매우 아름답게 생긴 동물이라 하였다. 어깨의 동그스름한 것과 뺨의 불그레한 것과 머리터럭의 길고 까만 것과 또 앉은 태도와 옷고름 맨 모양과 그중에도 널찍한 적삼 고름이 차차 좁아 오다가 가운데서 서로 꼭 옭혀 매여 위로 간 코는 비스듬히 왼편 가슴을 향하고 아래로 간 고름의 한끝이 훌쩍 날아 오른팔굽이를 지나간 양이 더욱 풍정이 있다.

이렇게 두 처녀를 보고 앉았으면 말할 수 없는 향기로운 쾌미가 전신에 미만(彌滿)하여 피 돌아가는 것도 극히 순하고 쾌창한 듯하다.

인생은 즐거우려면 즐거울 수가 있는 것이라, 아무 목적과 꾀도 없이 가만히 마주 보고 앉았기만 하면 인생은 서로서로 사랑스럽고 즐거운 것이다. 여자의 몸이나 남자의 몸이나 내지 천지의 모든 만물이 다 가만히 보기만 하면 그새에 친밀한 교통이 생기고 따뜻한 사랑이 생기고 달콤한 쾌미가 생기는 것이다. 쓸데없이 지혜를 놀리고 입을 놀리고 손을 놀림으로 모처럼 일러놓은 아름다운 쾌락을 말 못되게 깨뜨리는 것이라 하였다.

형식은 이런 생각을 하면서 두 처녀가 단번에 에이, 비, 시를 외워 쓰는 양을 보고 앉았다.

27

두 처녀는 에이, 비, 시를 잘 외워 썼다. 선형은 어서 미국에 갈 생각으로, 순애는 아무에게나 남에게 지지 않게 많이 배울 생각으로 어제 종일과 오늘 오전에 별로 쉬일 틈 없이 에이, 비, 시를 외우고 썼다. 또 그들은 영어를 처음 배우게 된 것이 자기네가 학식이 매우 높아진 표인 듯하여 일종 유쾌한 자랑을 깨달았다.

선형은 자기가 좋은 양복을 입고 새깃 꽂은 서양 모자를 쓰고 미국에 가서 저와 같은 서양 처녀들과 영어로 자유롭게 이야기하는 모양을 상상하고 혼자 웃었다. 자기가 영어를 잘하게 되면 자기의 자격도 높아지고 남들도 자기를 지금보다 더 사랑하고 존경하리라 하였다.

자기가 미국에 가서 미국 처녀들과 같이 미국 대학교를 졸업하고 집에 올 때에 – 그때에는 암만하여도 자기와 동행하는 사람이 있으리라 하였다. 그리고 그 동행하는 사람은 남자요……, 키 크고 얼굴 번뜻한 남자요……, 미국서 대학교를 졸업한 남자라 하였다.

선형은 물론 일찍 그러한 남자를 본 적도 없고, 그러한 남자가 있단 말도 못 들었거니와, 하여간 자기가 미국서 대학교를

졸업하고 돌아올 때에는 반드시 그러한 남자가 자기의 동행이 되리라 하였다.

그러나 태평양 한복판에서 배 갑판 위에 그 사람과 서로 외면하고 서서 바다 구경을 하다가 배가 흔들려 제 몸이 넘어질 때, 그 사람의 가슴에 넘어지면 어떻게 하나. 그러나 그것이 인연이 되어 본국에 돌아온 후 그 사람과 따뜻한 가정을 짓게 될는지도 모르겠다. 그리하고 벽돌 이층집에 나는 피아노 타고…….

이러한 것이 영어를 배우기 시작한 선형의 꿈이었다.

그는 아직 큐피드의 화살을 맞지 아니하였다. 그의 가슴에는 아직 인생이란 생각도 없고, 여자 남자라는 생각도 없다. 그는 전세계는 다 자기의 가정과 같고 천하 사람은 자기와 같거니 한다. 아니, 차라리 전세계가 자기네 가정과 같은지 아니 같은지, 천하 사람이 자기와 같은지 아니 같은지를 생각하여 본 적도 없다 함이 마땅할 것이다.

그를 봄철, 따뜻한 아침에 핀 꽃에 비길진대, 그는 아직 바람도 모르고 비도 모르고 늙음도 모르고 시들어 떨어짐도 모르는 바로 핀 꽃이다.

아무도 일찍 그에게 바람이란 것이며, 비란 것이 있단 말과 혹 바람이란 것과 비란 것이 함께 오면 지금 핀 꽃도 떨어지는 수가 있고 다 피어 보지 못한 꽃봉오리조차 떨어지는 수가 있다 하는 것을 일러 준 적이 없었다.

그는 성경을 외웠다. 그러나 다만 외웠을 뿐이었다. 그는 하느님이 아담과 하와를 만든 줄을 믿고, 하와가 뱀의 꾀에 넘어 금한 바 지식 열매를 따먹음으로 늙음과 죽음과 온갖 죄악이 세상에 들어왔단 말과 천당과 지옥과 십자가에 달린 예수와, 예수가 어찌하여 십자가에 달린 것을 성경에 쓴 대로 다 외우고, 또 날마다 보는 신문의 삼면에 보이는 강도, 살인, 사기, 간음, 굶어 죽은 자, 목을 매어 자살한 자 등 여러 가지를 알며, 또 그 말을 친구에게 전하기까지도 한다. 그러나 그러할 뿐이다.

그는 그 모든 것-위에 말한 그 모든 것과 자기와는 전혀 관계가 없는 것이거니 한다. 아니, 차라리 그는 그 모든 것이 자기와 관계가 있는지 없는지 생각하려고도 아니한다.

그는 아직 난 그대로 있다. 화학적으로 화합되고 생리학적으로 조직된 대로 있는, 말하자면 아직도 실지에 한 번도 써 보지 아니하고 곡간에 넣어 둔 기계와 같다. 그는 아직 사람이 아니로다.

그는 예수교의 가정에 자라남으로 벌써 천국의 세례는 받았다. 그러나 아직도 인생이라는 불세례를 받지 못하였다. 소위 문명한 나라에 만일 선형이 났다 하면 그는 어려서부터-칠팔 세부터, 혹은 사오 세부터 시와 소설과 음악과 미술과 이야기로 벌써 인생의 세례를 받아 십칠팔 세가 된 금일에는 벌써 참말 인생인 한 여자가 되었을 것이다.

그러하나 선형은 아직 사람이 되지 못하였다. 선형의 속에 있는 '사람'은 아직 깨지 못하였다. 이 '사람'이 깨어 볼까 말까는 하느님밖에 아는 이가 없다.

이러한 것이 '순결하다' 하면 '순결하다'고도 할지요, '청정하다' 하면 '청정하다'고도 할지나, 그러나 이는 결코 '사람'은 아니요, 다만 장차 '사람'이 되려 하는 재료니, 마치 장차 조각물이 되려 하는 대리석과 같다.

이 대리석에 정이 맞고 끌이 맞은 뒤에야 비로소 눈 있고 코 있는 조각물이 됨과 같이 선형도 인생이란 불세례를 받아 그 속에 있는 '사람'이 깨인 뒤에야 비로소 참사람이 될 것이다.

순애는 이와 달리 어려서부터 겪어 오는 자연한 단련에 얼마만큼 속에 있는 '사람'이 깨기는 하였으나 아직도 이불 속에서 돌아누운 것이요, 아직 깨인 것은 아니로다.

형식은 저 스스로 깨인 '사람'으로 자처하거니와 그 역시 아직 인생의 불세례를 받지 못한 사람이다. 지금 이 방에 모여 앉은 세 사람, 청년 남녀가 장차 어떠한 길을 지내어 '사람'이 될는고.

이 세 사람의 가슴은 마치 장차 오려는 폭풍을 기다리는 바다

와 같다. 지금은 물결도 없고 거품도 없고 흐름도 없는 편편한 바다다.

이제 하늘로서 큰 바람이 내려와 이 바다의 물을 온통 흔들어 거기 물결을 만들고 거품을 만들고 흐름을 만들지니, 그때야말로 비로소 참바다가 되리로다.

모르괘라. 그 바람이 무엇이며 그 바람을 보내는 자가 누구뇨. 지금 형식의 가슴에는 이 바람이 불어오려는 전조로 이상한 구름장이 하늘가에 배회한다.

28

형식은 김 장로의 집에서 나왔다. 백운대 가로 이상한 구름장이 떠돌고 서늘한 바람이 후끈후끈하는 낯을 스쳐 지나간다.

형식은 시원하다 하였다. 아마 소나기가 지나가려는가 보다. 소나기가 지나가면 좀 서늘하여지리라 하였다. 그러고는 어서 소낙비가 왔으면 하였다.

형식은 아까 김 장로의 집으로 들어갈 때와는 무엇이 좀 달라졌음을 깨달았다. 천지에는 여태껏 자기가 알지 못하던 무엇이 있는 듯하고, 그것이 구름장 속에서 번개 모양으로 번쩍 눈에 보인 듯하다. 그리고 그 번개같이 번쩍 보인 것이 매우 자기에게 큰 관계가 있는 듯이 생각된다.

형식은 그 속에 – 그 번개같이 번쩍하던 속에 알 수 없는 아름다움과 기쁨이 숨은 듯하다고 생각하였다.

형식은 가슴속에 희미한 새 희망과 새 기쁨이 일어남을 깨달았다. 그리고 그 기쁨이 아까 선형과 순애를 대하였을 때에 그네의 살내와 옷고름과 말소리를 듣고 생기던 기쁨과 근사하다 하였다. 형식의 눈앞에는 지금껏 보지 못하던 인생의 일방면이 벌어졌다.

자기가 오늘날까지, '이것이 인생의 전체로구나.' 하던 외에 인생에는 다른 한 부분이 있고 그리하고 그 한 부분이 도리어 지금까지 인생으로 알아 오던 모든 것보다 훨씬 중요하고 의미 있는 것인 듯하다. 명예와 재산과 법률과 도덕과 학문과 성공과 – 이렇게 지금껏 인생의 가장 중요한 내용으로 알아 오던 것 외에 무슨 새로운 내용 하나가 더 생기는 듯하다. 그러나 아직 형식은 그것에 이름 지을 줄을 모르고 다만 '이상하다.' 하고 놀랄 뿐이었다.

그리고 사오 년 동안을 날마다 다니던 교동으로 내려올 때에 형식은 놀랐다. 길과 집과 그 집에 벌여 놓은 것과 그 길로 다니는 사람들과 전신대와 우뚝 선 우편통이 다 여전하건마는, 형식은 그것들 속에서 전에 보지 못한 빛을 보고 내를 맡았다. 바꾸어 말하면, 모든 그것들이 새로운 빛과 새로운 뜻을 가진 것만 같다.

길 가는 사람은 다만 길 가는 사람이 아니요, 그 속에 무슨 알지 못할 것이 품긴 듯하며, 두부 장수의 '두부나 비지드렁 사려.' 하고 외우는 소리에는 두부와 비지를 사라는 뜻 밖에 더 깊은 무슨 뜻이 있는 듯하였다.

형식은 자기의 눈에서 무슨 껍질 하나가 벗겨졌거니 하였다.

그러나 이는 눈에서 껍질 하나가 벗겨진 것이 아니요, 기실은 지금껏 감고 오던 눈 하나가 새로 뜬 것이로다. 아까 십자가에 달린 예수의 화상을 볼 때에 다만 그를 십자가에 달린 예수로 보지 아니하고 그 속에 새로운 뜻을 발견하게 된 것이 이 눈이 떠지는 처음이요, 선형과 순애라는 두 젊은 계집을 볼 때에 다만 두 젊은 계집으로만 보지 아니하고 그것이 우주와 인생의 알 수 없는 무슨 힘의 표현으로 본 것이 이 눈이 떠지는 둘째요, 지금 교동 거리에 보이는 모든 것에서 전에 보고 맡지 못하던 새 빛과 새 내를 발견함이 그 셋째다.

그러나 그는 이것이 무엇인지 분명히 이름 지을 줄을 모르고 다만 '이상하다.' 하는 생각과 희미한 기쁨을 깨달을 뿐이다.

형식은 방에 돌아와 잠시 영채의 일을 잊고 새로 변화하는 마음을 돌아보았다. 가만히 눈을 감고 앉았노라면 전에 보던 시와 소설의 기억이 그때 처음 볼 때와 다른 맛을 가지고 마음속에 떠 나온다. 모든 것에 강한 색채가 있고 강한 향기가 있고 깊은 뜻이 있다.

형식은 '내가 지금까지 인생과 서적을 뜻을 모르고 보았구나.' 하였다. 그러고는 모든 기억을 다 끌어내어 지금 새로 뜬 눈에 비치어 보았다. 그리한즉, 모든 기억에 다 전에 보지 못하던 새로운 색채가 보였다.

형식은 눈이 부신 듯이 빙그레 웃었다. 그리하고 책장에 늘어세운 양장책들을 보았다. 자기는 다 알고 읽었거니 하였던 것이 기실을 알지 못하고 읽은 것임을 깨달았다.

형식은 모든 서적과 인생과 세계를 온통 다시 읽어 볼 생각이 났다. 첫 페이지 첫 줄부터 온통 다시 읽더라도 '전에 읽은 적이 없구나.' 하다시피 글귀마다, 글자마다 새로운 뜻을 가지고 내 눈에 비치리라 하였다.

이렇게 생각하고 그는 책장에서 몇 권 책을 내어 전에 보던 데 몇 군데 떠들어 보았다. 그리고 그 결과는 형식의 생각하던 바와 같았다.

형식은 이제야 그 속에 있는 '사람'이 눈을 떴다. 그 '속눈'으로 만물의 '속뜻'을 보게 되었다. 형식의 '속사람'은 이제야 해

방되었다.

마치 솔씨 속에 있는 솔의 움이 오랫동안 솔씨 속에 숨어 있다가…… 또는 갇혀 있다가 봄철 따뜻한 기운을 받아 굳센 힘으로 그가 갇혀 있던 솔씨 껍데기를 깨뜨리고 가이 없이 넓은 세상에 쑥 나솟아 장차 줄기가 되고 가지가 나고 잎과 꽃이 피게 됨과 같이 형식이라는 한 '사람'의 씨 되는 '속사람'은 이제야 그 껍질을 깨뜨리고 넓은 세상에 우뚝 솟아 햇빛을 받고 이슬을 받아 한이 없이 생장하게 되었다.

형식의 '속사람'은 여문 지 오래였다. 마치 봄철 곡식의 씨가 땅 속에서 불을 대로 불었다가 안개비만 조금 와도 하룻밤에 쑥 움이 나오는 모양으로, 형식의 '속사람'도 남보다 풍부한 실사회의 경험과 종교와 문학이라는 수분으로 흠빽 불었다가 선형이라는 처녀와 영채라는 처녀의 봄바람 봄비에 갑자기 껍질을 깨뜨리고 뛰어난 것이다.

누가 '속사람이란 무엇이뇨?'와 '속사람이 어떻게 깨는가?'의 질문을 제출하면 그 대답은 이러하리라.

'생명이란 무엇이뇨?'와 '생명이 나다 함은 무엇이뇨?'의 질문에 대답할 수 없음과 같이 이도 대답할 수 없다고. 오직 이 '속사람'이란 것을 알고 '속사람이 깬다.'는 것을 알 이는 오직 이 '속사람'이 깬 사람뿐이니라.

'깬' 형식은 장차 어찌 될는고. 이 이야기가 발전되어 나가는 양을 보아야 알 것이로다.

29

과연 소나기가 지나갔다. 그리고 동대문과 남산 새에 곱다란 무지개의 한 부분이 형식의 방에서 보인다.

형식은 한참이나 무지개를 보고 황홀하여 앉았다가 불현듯 영채를 생각하였다. 벌써 밤이 가까웠다. 영채의 위기는 일각일각이 가까워 오는 듯하다.

형식은 두루마기를 뒤쳐 입고 집에서 뛰어나왔다. 그러나 어디로 갈 것인지, 무슨 일을 할 것인지 한참 망망하였다. 그러다가 무슨 결심을 한 듯이 안동을 향하고 부리나케 걸어간다.

형식은 어떤 '학생 기숙관'이라 하는 문 앞에 섰다. 이윽고 어떤 소년이 신을 끌고 나오더니 형식을 보고 경례한다. 형식은 소년의 손을 잡아 흔들며 묻기 어려운 듯이,

"엊그저께 학감의 뒤를 따라갔던 학생이 누구요?"

소년은 방긋이 웃으며,

"저는 모르겠습니다."

하고 이상한 듯이 형식의 얼굴을 본다. 황혼의 형식의 얼굴은 하얗게 보인다.

"아니야! 희경 군. 무슨 일이 있으니 누가 학감의 뒤를 따라갔는지 좀 알려 주게."

희경은 형식의 태도가 수상함을 보고 웃음을 그치고 이윽고 생각한다. 형식의 말소리는 떨렸더라. 희경은 마침내,

"종렬 군과 제가 갔습니다."

하고 책망을 기다리는 듯이 우향우를 하며 고개를 돌린다. 형식은 기뻐하는 목소리로,

"희경 군이 갔다 왔어요? 참 일이 잘되었소!"

한다. 희경은 더욱 형식의 태도가 이상하다 하였다.

아무리 기생 월향이 유명하기로 설마 형식이야 월향을 탐내어 할까 함이다. 그래서 희경은 더욱 유심히 형식을 보며,

"왜 그러셔요?"

형식은 이 말에는 대답도 아니하고,

"그러면 그 집 통호를 알겠소? 그 학감께서 가시던 집……."

"통호수는 모릅니다."

이 대답에 형식은 한참 낙망하더니 다시 희경의 손을 잡으며,

"미안하나 내게 그 집을 좀 가르쳐 주게."

하였다.

희경은 마지 못하는 듯이 들어가 모자와 두루마기를 입고 나온다. 희경은 '아마 학감의 일에 대하여 조사할 일이 있어 그러는가 보다.' 하고 앞서서 종로로 향하여 간다.

형식은 희경의 뒤를 따라가며 여러 가지로 생각하였다. 가서 어찌할까. 찾아서 설혹 영채를 만난다 하더라도 손에 '천 원'이 없으니 어찌할까. 만일 누가 방금 '천 원'을 가지고 와서 영채를 제 손에 넣는 계약을 맺는다 하더라도 '천 원'이 없는 나는 다만 그 곁에서 이를 갈 뿐이겠구나 하였다.

밤은 서늘하다. 종료 야시에는 '싸구려!' 하는 물건 파는 소리와 기다란 칼을 내두르며 약 광고하는 소리도 들린다. 여기저기 수십 명 사람이 모여선 것은 아마 무슨 값싸고 쓰기 좋은 물건을 파는 것인 듯, 사람들은 저녁의 서늘한 맛에 취하여 아무 목적 없이 왔다 갔다 한다.

그 사이로 어린 학생들은 둘씩 셋씩 떼를 지어 무슨 분주한 일이나 있는 듯이 무어라고 지껄이며 사람들 사이로 뛰어다닌다. 아직도 장옷을 쓴 부인이 계집아이에게 등불을 들리고 다니는 이도 있다.

우미관에서는 무슨 소위 '대활극'을 하는지 서양 음악대의 소요한 소리가 들리고 청년회관 이 층에서는 알 굴리기를 하는지 쾌활하게 왔다 갔다 하는 청년들의 그림자가 얼른얼른한다. 앞서 가는 희경은 사람들이 모여선 곳마다 조금씩 엿보다가는 형식의 발자취가 들리면 또 가고 가고 한다. 가물다가 비가 왔으므로 이따금 후끈후끈 흙내가 올라온다.

형식과 희경은 종각 모퉁이를 돌아 광충교로 향한다. 신용산행 전차가 커다란 눈을 부릅뜨고 두 사람의 앞으로 달아난다. 두 사람은 컴컴한 다방골 천변에 들어섰다.

천변에는 섬거적을 펴고 사나이며 계집들이 섞여 앉아 무슨 이야기를 하고 웃다가 두 사람이 가까이 오면 이야기를 그치고, 컴컴한 속에서 두 사람을 쳐다본다. 두 사람이 아니 보이리만 하면 또 이야기와 웃기를 시작한다. 혹 뒤창으로 기웃기웃 엿보는 행랑 아씨의 동백기름 번적번적하는 머리도 보인다.

희경은 가끔 길을 잊은 듯하여 우뚝 서서 사방을 돌아보다가는 그대로 가기도 하고, 혹 '잘못 왔습니다.' 하고 웃으며 오륙 보나 뒤로 물러 와 좁은 골목으로 들어가기도 한다.

어떤 집 문밖에는 호로 씌운 인력거가 놓이고 인력거꾼이 그 인력거의 발등상에 걸앉아 가늘게 무슨 소리를 한다. '계옥'이니 '설매'니 하는 고운 이름을 쓴 장명등이 보이고, 혹 어디선지 모르나 '반나마 –' 하는 시조의 첫 구절이 떨려 나오며 그 뒤를 따라 이삼 인 남자가 함께 웃는 듯한 웃음소리가 들린다.

형식은 '화류촌이로구나.' 하였다. 처음 이러한 곳에 오는 형식은 이상하게 가슴이 서늘함을 깨달았다. 그래서 그는 행여 누가 보지 않는가 하고 얼른 고개를 돌려 뒤를 돌아보기도 하였다. 남치마 입은 기생 두엇이 길 모퉁이에서 양인을 보고 소곤소곤하며 웃고 지나갈 때에 형식은 남모르게 가슴이 뛰고 얼굴이 후끈하였다. 양인은 아무 말도 없이 간다.

양인의 구두 소리가 벽에 울려 이상하게 뚜벅뚜벅한다. 희경은 몇 번이나 길을 잃었다가 마침내,

"여기올시다."

하고 어떤 장명등 단 집을 가리킨다. 형식은 더욱 가슴이 서늘하며 그 대문 앞에 우뚝 서서 장명등을 보았다.

"계월향! 계월향!"

하고 형식은 고개를 흔들었다.

그러면 월향은 영채가 아니런가. 기생이 되매 이름은 고칠지언정 성조차 고쳤으랴. 그러면 월향은 영채가 아닌가. 그러면 영채는 기생이 아니되었는가. 내가 일찍 상상하던 모양으로 우리 영채는 어떤 귀한 가정에 거둠이 되어 학교에 다니며 즐겁게 지내는가. 형식은 크게 의심하였다.

희경은 두어 걸음 비켜서서 장명등 빛에 해쓱해 보이는 형식의 얼굴을 보고 '무슨 근심이 있구나.' 하였다.

30

영채는 칠 년 만에 형식을 만나 일변 반갑고 일변 기쁨을 이기지 못하여, 울며 칠 년 동안에 지내 온 이야기를 하려다가 문득 말을 그치고 일어나 울면서 집에 돌아왔다.

형식이 서울에 있다는 말을 듣고 만나고 싶은 마음은 불같이 일어났으나 자연히 찾아보리라는 결심을 정하지 못하고 한 달이 지났었다. 그러다가 그날 아침에 '오늘은 기필코 형식을 찾아보리라.' 하고 오후에 형식을 찾아왔다가 만나지 못하고, 저녁에 또 찾아왔던 것이다.

세상에 영채에게 제일 가까운 사람은 형식밖에 없다. 부모도 없고 형제도 없고 일가도 없고, 오직 남은 것이 어려서 같이 자라나던 형식이란 사람 하나뿐이다. 영채의 부친과 형들이 평양 감옥에서 죽기 전까지는 영채는 그네를 위하여 살았었다.

그러나 그네가 죽은 뒤에는 영채는 오직 이형식이라 하는 사람을 위하여 살았었다. 더구나 낫살이 점점 많아지고 몸이 기생이 되어 여러 십 명, 여러 백 명, 육욕밖에 모르는 짐승 같은 남자에게 갖은 희롱을 다 받은 영채는 세상에 믿을 만하고 의지할 만한 남자는 형식밖에 없다 하였다.

형식이 서로 떠난 지 칠팔 년간에 어떻게 변화하여 어떠한 사람이 되었는지는 영채에 대하여는 문제가 아니었었다. 영채는 다만 형식이라 하는 사람은 천 년을 가나 만 년을 가나 이전 안주골 자기 집에 있을 때에 그 형식이거니 하였다.

영채는 착하던 사람이 변하여 좋지 못하게 되는 줄을 모른다. 좋은 사람은 천생 좋은 사람이요, 평생 좋은 사람이거니 한다.

그와 같이 악한 사람은 천생 악한 사람이요, 평생 악한 사람이거니 한다. 영채는 어려서는 악한 사람을 보지 못하였었다. 그의 아버지도 선한 사람이요, 오라버니네도 선한 사람이었고, 그 집 사랑에 와 있던, 또는 다니던 사람들도 선한 사람이었다. 형식도 물론 선한 사람이었다. 그리고 그가 《소학》과 《열녀전》 같은 책을 배울 때에 그 속에 나오는 사람들도 다 선한 사람이었다.

영채는 어린 생각에도 그 책에 있는 인물과 자기의 가정과 주위에 있는 인물과는 같은 인물이거니 하였다. 그리고 영채 자신도 선한 사람이었다. 《내칙》이나 《열녀전》에 있는 여자들과 자기와는 같은 여자라 하였었다. 그리고 세상은 다 자기의 가정과 같으려니, 세상 사람은 다 자기와 및 자기의 주위에 있는 사람들과 같으려니 하였었다. 저 김선형이나 이 박영채나 이 점에 이르러서는 공통이로다.

그러나 선하던 자기의 아버지며 주위의 사람들이 도리어 죄를 짓고, 세상 사람의 비웃음과 조롱을 받게 됨을 보고, 어린 마음에는 한 번 놀랐다.

또 외가에 가서 외종형댁의 학대와 조카네의 학대를 당하고, 거기서 도망할 때에 어느 촌중 아이들의 핍박을 당하고, 그날 저녁 숙천 땅 어느 객주에서 그 변을 당하고, 마침내 평양에서 자기의 몸이 기생으로 팔리게 되매, 어린 영채는 세상이 자기의 가정과 다르고 세상 사람들이 자기의 주위에 있던 사람들과 다름을 깨달았다.

다시 말하면, 세상에 악이란 것이 있고 세상 사람에 악인이란 것이 있는 줄을 깨달았다. 그러나 영채는 이 악한 세상과 악한 사람들은 자기와 아무 상관이 없거니 하였다.

영채는 결코 자기의 선하던 가정과 저 악한 세상과, 또 자기가 일찍 보던 선한 사람들과 자기가 지금 보는 악한 사람들을 혼동하지 못하였다.

그래서 영채는 세상에는 악한 세상과 선한 세상이 있고, 사람에는 악한 사람과 선한 사람이 있어, 각각 종류가 다르고 합할 수 없음이 마치 물과 기름과 같다 하였다.

그러나 영채는 점점 경험을 쌓아 감에 따라 또 이 진리도 깨달았다. '악한 세상은 선한 세상보다 크고, 악한 사람은 선한 사람보다 많다.' 함을.

영채는 집을 떠난 지 칠팔 년간에 아직 한 번도 선한 세상을 보지 못하고 선한 사람을 만나지 못하였다. 그는 칠 년 동안을 자기의 고향인 선한 세상을 떠나서 악한 타향에 객이 되고 자기의 동족인 선한 사람들을 떠나서 자기의 원수인 악한 사람들에게 온갖 조롱과 온갖 고초를 당하였다.

그러나 그는 선한 세상과 선한 사람이 없다고 생각하지 아니하였나니, 대개 그가 칠 년 전에 그러한 세상과 그러한 사람들을 목격하였음이다. 그리고 자기는《열녀전》,《내칙》,《소학》속에 있는 사람들과 같은 사람이니, 결코 악한 세상에 머무를 수 없는 사람이라 하였다.

영채의 아버지가 영채의 어렸을 때에 가르친《열녀전》과《내칙》과《소학》은 과연 영채의 일생을 지배한 것이다.

영채는 이렇게 생각하였다. 선한 세상도 있기는 있고 선한 사람도 있기는 있건마는, 자기는 무슨 운수로 일시 그 선한 세상을 떠나고 선한 사람을 떠난 것이니, 일생에 반드시 자기는 그러한 세상과 사람을 찾을 날이 있으리라고.

그러므로 그가 남대문 안에서 동대문까지 늘어선 만호장안을 볼 때에, 이중에 어느 집이 칠 년 전에 자기가 있던 집과 같은 집이며, 종로 네거리에 왔다 갔다 하는 여러 만 명 사람을 대할 때에 이중에 어떠한 사람이 일찍 자기가 보던 사람과 같은 사람인가 하였다.

그는 좋은 옷을 입고 좋은 시계를 차고 자기에게 가까이하는 사람을 대할 때에 마음에는 항상 '너는 나와는 딴 세계 사람!' 하고 일종 경멸하는 모양으로 그네를 대하여 왔다.

영채는 장안에 선한 집과 선한 사람이 있는 줄을 믿는다. 그리고 밤낮으로 그 집과 그 사람을 찾으려고 애를 쓴다. 그러나 영채의 기억에 있는 선한 사람은 오직 이형식이다.

영채가 칠 년 동안 수십 명, 수백 명의 남자를 대하되, 오히려 몸을 허하지 아니하고 주야 일념에 이형식을 찾으려 함이 실로 이 뜻이었다. 그러다가 마침내 형식이 서울에 있는 줄을 알고 이렇게 찾아왔던 것이다.

31

영채는 그동안 여러 기생을 보았다. 그리고 그네들 중에 어떠한 사람이 있는가 보았다.

영채가 '형님' 하고 정답게 지내던 자도 수십 인이요, '야, 네 더냐.' 하고 동무로 지내던 자도 수십 인이요, 영채더러 '형님!' 하고 정답게 따르던 자도 몇 사람이 있었다.

영채가 평양서 기생이 되어 맨 처음 '형님' 하고 정들인 기생은 계월화라 하는 얼굴 곱고 소리 잘하는 사람이었다. 그때에 평양 화류계에 풍류남자들의 눈은 실로 이 월화 한 사람에게 모였었다.

월화는 단율도 잘 짓고 묵화도 남 지지 아니하게 쳤다. 그래서 월화는 매우 자존하는 마음이 있어서 여간한 남자는 가까이하지도 아니하였다. 그러므로 퇴맞은 남자들에게는 '교만한 년, 괘씸한 년'이라는 책망도 듣고, 그 소위 어미 되는 노파에게는 '손님께 공손하라.'는 경계도 들었다.

그러나 월화는 자기의 얼굴과 재주를 높이 믿었다. 그래서 제 눈에 낮게 보이는 손님을 대할 때에는,

솔이 솔이 하니 무슨 솔이로만 여겼던가.
천인절벽에 낙락장송 내 기로다.
길 아래 초동의 낫이야 걸어 볼 줄 있으랴.

하는 솔이(松伊)가 지은 시조를 불렀다.

그래서 그의 친구들은 월화를 '솔이'라고 별명을 지었다. 실로 월화의 이상은 '솔이'였었다. 영채가 월화를 사랑하게 된 것도 이 때문이다.

영채의 눈에 월화라는 기생은 족히 《열녀전》에 들어갈 만하다 하였다. 그리고 '솔이'라는 기생이 어떠한 기생인지도 모르면서 월화가 솔이를 이상으로 하는 것을 보고 자기도 그 모양으로 솔이를 이상으로 하였다.

영채가 일찍 월화에게 안기며,

"형님! 형님과 저와 솔이와 세 사람이 친구가 됩시다."

한 일이 있었다. 그리고 나도 반드시 월화 형님과 같이 솔이가 되리라 하였다.

월화의 얼굴과 재주를 보고 여러 남자가 침을 흘리며 모여들었다.

그러한 사람들 중에는 부자도 있고 미남자도 있었다. 그 사람들은 다투어 옷을 잘 입고 금시계와 금반지를 끼고 아무리 하여서라도 월화의 사랑을 얻으려 하였다. 그러나 월화가 머릿속에 그리는 남자는 그러한 경박자는 아니었다.

월화는 이태백을 생각하고 고적(高適)과 왕창령(王昌齡) 같은 성당 시대(盛唐時代)의 시인을 생각하고 양창곡(楊昌曲)과 이 도령(李道令)을 생각하였다. 그러나 월화의 주위에 모여드는 남자들 중에는 하나도 그러한 사람이 없고 다만 '돈'과 '육욕'이 있는 사람뿐이었다.

월화는 어느 요리점 같은 데 불려갔다가 밤이 깊어 돌아오는

길에 영채를 찾아와서는 흔히 눈물을 흘리며,

"영채야, 세상이 왜 이렇게 적막하냐. 평양 천지에 사람 같은 사람을 볼 수가 없구나."

하였다.

영채는 아직 그것이 무슨 뜻인지는 모르거니와 대체 '제 마음에 드는 사람'이 없다는 뜻이거니 하였다. 그러고는 영채는 어린 생각에 '나는 이형식이 있는데.' 하였다.

월화는 점점 세상을 비감하게 되었다. 그가 영채에게 당시(唐詩)를 가르치다 흔히 영채를 꼭 껴안고 눈물을 흘리며,

"영채야, 네나 내나 왜 이러한 조선에 났겠느냐."

하였다. 그때에 영채는 무슨 뜻인지 모르고,

"그러면 어디 났으면 좋겠소?"

하였다. 월화는 영채의 어린 것을 불쌍히 여기는 듯이,

"너는 아직 모르는구나."

하였다. 월화는 성당 시대 강남에 나지 못한 것을 한하였다. 탁문군은 자기건마는 봉황곡으로 자기를 후리는 사마상여의 없음을 한하였다.

월화의 생각에는 하늘이 대동강을 내시매, 모란봉을 노 내셨으니 계월화는 대동강이 되려니와 누가 모란봉이 되어 봄에는 꽃으로, 가을에는 단풍으로 그 그림자를 부벽루 앞에 비추리오

하였다.

월화는 조선 사람의 무지하고 야속함을 원망하였다. 더구나 평양 남자에 일개 시인이 없고 일개 문사가 없음을 한하였다.

그가 나이 이십이 되도록 한 번도 자기의 뜻에 맞는 남자를 만나지 못하고 슬픈 마음과 세상을 경멸하는 비웃음으로 옛날 시를 읊고 저도 시와 노래를 짓기로 유일의 벗을 삼았었다. 그리고 영채를 사랑하여 친동생같이 귀애하며, 시 읽기와 시 짓기를 가르치고 마음이 슬픈 때에는 잘 알아듣지도 못하는 영채에게 자기의 회포를 말하였다. 그러할 때마다 영채는 "형님!" 하고 월화의 가슴에 안겨 울었다.

일찍 어느 연회에 평양 성내 소위 일류 인사들과 일등 명기가 일제히 모였다. 이른 여름, 바람 잔잔한 모란봉 밑 부벽루가 그 회장이었다. 그때 월화가 영채에게,

"야, 영채야, 너는 보느냐?"

하고 한편 구석에 끌고 가서 귓속말을 하였다.

"무엇이오?"

하고 영채는 좌석을 돌아보았다.

월화는 영채의 귀에 입을 대고,

"저기 모인 사람들이 평양의 일류 명사란다. 그런데 저 소위 일류 명사란 것이 모두 다 허자비에게 옷 입혀 놓은 것이란다."

하고 다시 기생들을 가리키며,

"저것들은 소리와 몸을 팔아먹고 사는 더러운 계집들이다."

하였다.

그때에는 영채가 열다섯 살이었다. 그러므로 전보다 분명하게 월화의 말하는 뜻을 알아들었다. 그리고

"참 그렇소."

하고 조그마한 고개를 까닥까닥 흔들었다.

이러한 말을 할 때에 어떤 양복 입은 신사가 웃으며 월화의 곁에 오더니 목에 손을 얹으며,

"야 월화야, 어째 여기 섰느냐."

하고 끌고 가려 한다.

이 신사는 그때에 한창 월화에게 미쳤던 평양 일부 김윤수의 맏아들이니, 지금 나이 삼십여 세에 여태껏 하여 온 일이 기생 오입밖에 없었다.

월화는 물론 이 사람을 천히 여겼다. 그래서 이 사람 앞에서도 '솔이 솔이 하니'를 불렀다.

이때에 월화는 너무 불쾌하여,

"왜 이러시오."

하고 몸을 뿌리쳤다.

뒤에 알아본즉, 이때에 이 좌석에 월화의 마음을 끄는 어떤

신사가 있었다. 그는 어떠한 사람이며 그와 월화와의 관계는 장차 어찌 될는고.

32

그 연회에서 돌아오는 길에 영채는 월화를 따라 청류벽 밑으로 산보하였다.

그때에 마침 평양 대성중학이라는 학교의 학생 사오 인이 청류벽 바위 위에 서서 유쾌하게 노래를 부른다.

그 노래는 이러하다.

굽이지는 대동강이 능라도를 싸고 도니
둥두렷한 모란봉이 우쭐우쭐 춤을 추네.
청류벽에 걸어앉아 가는 물아 말을 들어
청춘의 더운 피를 네게 부쳐 보내고저.

월화가 영채의 소매를 당기며,

"얘, 저 노래를 듣느냐."

"매우 듣기 좋습니다."

월화는 한숨을 쉬며,

"저 속에 시인이 있기는 있고나."

하고 잠연히 눈물을 흘렸다.

영채는 무슨 뜻인지 모르고 다만 청류벽 위에서 노래 부르던 학생들을 보았다. 학생들은 여전히 노래를 부르는데 두루마기 자락이 바람에 펄펄 날린다. 영채도 어째 자연히 그 학생들이 정다운 듯하고 알 수 없는 설움이 가슴에 떠오르는 듯하여 월화의 어깨에 엎디어 월화와 함께 울었다.

월화는 영채를 안으며,

"영채야, 저 속에 참시인이 있느니라."

하고 아까 하던 말을 또 한다.

"우리가 날마다 만나는 사람들은 죽은 사람들이다. 그것들은 먹고 입고, 계집 희롱하는 것밖에 아무것도 없는 것들이니라. 그러나 저 학생들 속에 참시인이 있느니라."

이때에 학생이 또 다른 노래를 부른다.

새벽빛이 솟는다 해가 오른다.

땅 위에 만물이 기뻐 춤을 추노나.

천하 사람 꿈꿀 제 나만 일어나

하늘을 우러러 슬픈 노래 부르네.

월화는 못 견디어하는 듯이 발을 동동 굴렀다. 영채더러,

"이애, 저기 올라가 보자."

그러자 이 말이 끝나기 전에 학생들은 모자를 벗어 두르고 저편 고개로 넘어가고 말았다.

월화는 길가 돌 위에 펄썩 주저앉아서 아까 학생들이 부르던 노래를 십여 차나 불러 보았다. 영채도 자연히 그 노래가 마음에 드는 듯하여 월화와 함께 십여 차나 불렀다. 그리고 월화는 한참이나 지금 학생들 섰던 곳을 바라보았다. 그러나 그 학생들은 다시는 보이지 아니하였다.

그로부터 월화는 더욱 우는 날이 많게 되었다. 영채는 월화와 함께 울고, 틈이 있는 대로는 월화와 같이 있었다. 영채는 더욱 더욱 월화에게 정이 들고 월화도 더욱더욱 영채를 사랑하였다.

열다섯 살이나 된 영채는 차차 월화의 뜻을 알게 되었다. 뜻을 알게 될수록 월화의 눈물에 동정하게 되었다.

영채도 점점 미인이라는 이름과 노래 잘하고 단율 잘 짓는다는 이름이 나서, 영채라는 오늘 아침에 핀 꽃을 제가 꺾으리라 하는 사람이 많게 되었다. 그리하여 일찍 월화가 부벽루에서 하던 말이 무슨 뜻인지를 알게 되었다.

그러나 부벽루 연회 이래로 월화의 변하고 괴로워하는 모양을 보매, 어린 영채도 월화에게 무슨 일이 생긴 줄 짐작하였다.

영채도 이제는 남자가 그리운 생각이 나게 되었다. 못 보던 남자를 대할 때에는 얼굴도 후끈후끈하고, 밤에 혼자 자리에 누워 잘 때에는 품어 줄 누가 있었으면 하는 생각이 나게 되었다.

한 번은 영채와 월화가 연회에서 늦게 돌아와 한자리에서 잘 때에 영채가 자면서 월화를 꽉 껴안으며 월화의 입을 맞추는 것을 보고, 월화는 혼자 웃으며,

"아아, 너도 깨었구나. 네 앞에 설움과 고생이 있겠구나."

하고 영채를 깨워,

"영채야, 네가 지금 나를 꽉 껴안고 입을 맞추더구나."

하였다. 영채는 부끄러운 듯이 낯을 월화의 가슴에 비비고 월화의 하얀 젖꼭지를 물며,

"형님이니 그렇지."

하였다.

이만큼 영채도 철이 났으므로 월화의 눈물에는 반드시 무슨 뜻이 있으리라 하였다.

그리고 물어볼까 물어볼까 하면서도 자연히 제가 부끄러워 물어보지 못하고, 다만 영채 혼자 생각에 아마 월화가 그때 청류벽에서 노래 부르던 학생을 생각하는 게로다 하였다.

영채의 눈에도 그 청류벽에서 노래 부르던 학생의 모양이 잊히지를 아니한다. 물론 길에서 청류벽을 바라보면, 그 위에 선

사람의 얼굴의 윤곽이 보일 뿐이요 눈과 코도 잘 분별하지는 못하겠으나, 다만 거룩한 듯한 모양과 깨끗한 목소리와 뜻있고 아름다운 노래가 두 여자의 가슴을 서느렇게 한 것이다.

그 청년들은 아마 무심하게 그 노래를 불렀으련마는 아직 '진실한 사람', '정성 있는 사람', '희망 있는 사람', '사람다운 사람'을 만나 보지 못하던 그네에게는 그 학생들의 모양과 노래가 지극히 분명하게 청신하게 인상이 박힌 것이다.

영채는 가만히 그 노래 부르던 학생들과, 지금껏 같이 놀던 소위 신사들을 비교할 때에 아무리 하여도 그 학생이 정이 든다 하였다. 영채는 근래에 더욱 가슴속이 서늘하고 몸이 간질간질하고 자연히 마음이 적막함을 깨닫는다.

월화가 물끄러미 자기의 얼굴을 볼 때에는, 혹 자기의 속을 꿰뚫어보지나 아니하는가 하여 가만히 고개를 숙였다.

월화도 영채의 마음이 점점 익어 옴을 깨달았다. 그리고 자기의 과거를 생각하매, 영채의 장래에 설움이 많을 것을 생각하였다. 그래서 월화는 영채가 잘못하여 세상에 섞이기를 두려워하는 모양으로 항상,

"영채야, 지금 세상에는 우리의 몸을 의탁할 만한 사람이 없나니라."

하고 옛날 시로 일생의 벗을 삼기를 권하였다.

영채는 월화의 눈물의 뜻을 알려 하였다. 그러다가 마침내 알 기회가 이르렀다.

33

하루 저녁에는 월화가 영채를 찾아와서 연설 구경을 가자고 한다. 그때에 평양에는 대성학교라는 새로운 학교가 일어나, 사방으로서 수백 명 청년이 모여들고, 대성학교장 함상모는 그 수백여 명 청년의 진정으로 앙모하는 선각자이었다.

함 교장은 매주일에 일차씩 대성학교 내에 연설회를 열고, 아무나 와서 방청하기를 청하였다. 평양 사람들은, 혹은 새로운 말을 들으리라는 정성으로, 혹은 다만 구경이나 하리라는 호기심으로 저녁 후면 대성학교 대강당이 터지도록 모여들었다.

함 교장은 열성이 있고 웅변이 있었다. 그가 슬픈 말을 하게 되면 청중은 모두 눈물을 흘리고, 그가 기쁜 말을 하게 되면 청중은 모두 손뼉을 치고 쾌하다 부르짖으며, 그가 만일 무슨 악한 일을 꾸짖게 되면 청중은 눈꼬리가 찢어지고 입에 거품을 물었다.

그의 말하는 제목은, 조선 사람도 남과 같이 옛날 껍데기를 벗어 버리고 새로운 문명을 실어 들여야 할 일과, 지금 조선 사람은 게으르고 기력이 없나니 새롭고 잘사는 민족이 되려거든 불가불 새 정신을 가지고 새 용기를 내어야 한다는 것과, 이렇게 하려면 교육이 으뜸이니 아들이나 딸이나 반드시 새로운 교육을 받아야 한다 함이다.

영채도 함 교장이란 말도 듣고, 함 교장이 연설을 잘한다는 말도 들었으므로 월화를 따라 대성학교에 갔다. 두 사람은 아무쪼록 검소한 의복을 입었으나 얼굴과 태도를 속일 수가 없으며, 또 양인이 다 지금 평양에 이름난 기생이라 모이는 사람들 중에 손가락질하고 소곤소곤하는 것이 보인다.

월화와 영채는 회중을 헤치고 들어가 저편 구석에 가지런히 앉았다. 어떤 사람은 일부러 등을 밀치기도 하고 발을 밟기도 하고, 혹 제 손으로 두 사람의 손을 스치기도 하고, 혹 어떤 사람은 월화의 겨드랑에 손을 넣는 자도 있다. 월화는,

"너희는 기생이란 것만 알고, 사람이란 것은 모르는구나."

하고 영채를 안는 듯이 앞세우고 들어간 것이다.

부인계에는 연설을 들을 자도 없고 들으려 하는 자도 없으매, 별로 부인석이란 것이 있지 아니하므로 남자들 앉은 걸상 한편 옆에 앉았다.

함 교장이 이윽고 부인이 있음을 보더니 어떤 학생을 불러 무

슨 말을 한다. 그 학생이 의자 둘을 가져다가 맨 앞줄 왼편 끝에 놓더니 두 사람 곁에 와서 은근히 경례하면서,

"저편으로 와 앉으십시오."

하고 두 사람을 인도한다. 두 사람은 기생 된 뒤에 첫번 사람다운 대접을 받는다 하였다.

이윽고 학생들이 들어와 착석한다. 월화는 저 학생들이 자기를 보는가 하고, 가만히 학생들의 동정을 보았다. 그러나 학생들은 모두 정면한 대로 까딱도 아니하고 앉았다. 월화는 영채를 보고 가만히,

"얘, 저 학생들은 우리가 보던 사람과는 딴 세상 사람이지?"

하였다.

과연 함 교장은 청년을 잘 교육하였다. 설혹 개성을 무시하고 만인을 한 모형에 집어넣으려는 구식 교육가의 때를 아주 다 벗지는 못하였으나, 그래도 당시 조선에는 유일한 가장 진보하고 열성 있는 교육가였다.

과연 평양 성내에 월화를 보고 눈에 음란한 웃음을 아니 띄우는 자는 대성학교 학생밖에 없을 것이다.

학생들도 만일 월화를 본다 하면 '어여쁘다' 하는 생각이 날는지도 모르고, '한 번 더 보자.' 하는 생각이 날는지도 모르거니와, 그네는 결코 다른 사람들과 같이, '저것을 하룻밤 데리고 놀

았으면 좋겠다.' 하는 생각을 두지 아니한다.

또 설혹 그네가 '저것을 내 것을 삼았으면.' 하는 생각이 난다 하더라도 결코 다른 사람들과 같이 무릎에 앉히고 희롱하려 함이 아니요, '나의 아내를 삼아 사랑하고 공경하리라.' 함이다. 다른 사람들은 월화를 다만 한 장난감으로 알되, 그네는 비록 기생을 천히 여긴다 하더라도 그 역시 내 동포거니 내 누이거니 하는 생각은 있다.

이윽고 함 교장이 연단에 올라선다. 만장에 박수가 일어나고, 월화도 두어 번 박수한다. 영채는 옳지 부벽루에서 말하던 이로구나 하였다.

함 교장은 위엄 있는 태도로 이윽히 회중을 내려다보더니,

"여러분!"

하고 입을 열어,

"여러분의 조상은 결코 여러분과 같이 마음이 썩어지지 아니하였고, 여러분과 같이 게으르고 기운 없지 아니하였소. 평양성을 쌓은 우리 조상의 기상은 웅대하였고, 을밀대와 부벽루를 지은 우리 조상의 뜻은 컸소이다."

하고 감개무량한 듯이 한참 고개를 숙이더니,

"여러분! 저 대동강에 물은 날로 흘러가느니, 평양성을 쌓고 을밀대를 짓는 우리 조상의 그림자를 비추었던 물은 지금 어디

간 곳을 알지 못하되, 오직 뚜렷한 모란봉은 만고에 한 모양으로 우리 조상의 발자국을 지니고 섰소이다. 아아, 여러분 아, 여러분의 웅장한 조상에게 받은 정신을 흘러가는 대동강에 부쳤는가, 만고에 우뚝 솟은 모란봉에 부쳤는가."

하고 흐르는 눈물로써 말을 잠깐 그치니, 만장이 숙연히 고개를 숙인다.

함 교장은 여러 가지로 조선 사람의 타락한 것을 개탄한 뒤에 일단 더 소리를 높여,

"여러분! 여러분은 무너져 가는 평양성과 을밀대를 다 헐어 내어 흘러가는 대동강수에 부쳐 보내고, 우리의 새로운 정신과 새로운 기운으로 새로운 평양성과 새로운 을밀대를 쌓읍시다."

하고 유연히 단을 내리니 만장이 박수갈채성에 한참이나 흔들리는 듯하다.

월화는 영채의 손을 꼭 쥐고 몸을 바르르 떤다. 영채는 놀라서 월화를 보니, 무릎 위 치맛자락에 굵은 눈물이 뚝뚝 떨어지더라. 영채도 함 교장의 풍채를 보고 연설을 들으매, 돌아가신 아버지의 생각이 나서 울면서 월화를 따라 집에 돌아왔다. 그러나 월화의 눈물은 영채의 눈물과는 달랐다. 월화의 눈물은 어떠한 눈물이던고.

34

집에 돌아와 월화는 펄썩 주저앉으며 영채더러,

"영채야, 나는 내가 구하던 사람을 찾았다. 나는 부벽루에서 함 교장의 풍채를 보고 말을 들으매, 자연히 정신이 황홀하여짐을 깨달았다. 그리고 오늘 저녁 그의 풍채와 말을 또 들으니, 내 마음은 온통 그이에게로 가고 말았다. 조선 천지에서 내가 찾던 사람을 이제야 만났구나."

하고 빙긋이 웃는다.

영채는 그제야 월화의 눈물 뜻을 깨달았다. 자기는 함 교장을 아버지같이 생각하였는데, 월화는 자기의 정든 임같이 생각하는구나 하였다. 그러고는 다시 월화의 얼굴을 보았다. 월화의 눈썹에는 맑은 눈물이 맺혔다.

월화는 다시,

"영채야, 너는 그때에 부벽루에서 부르던 노래 뜻을 아느냐? '천하 사람 꿈꿀 제 나만 일어나, 하늘을 우러러 슬픈 노래 부르네.' 이 노래 뜻을 아느냐?"

영채는 아는 듯도 하면서도 말할 수는 없어 잠자코 앉았다. 월화는 영채를 이윽히 보더니,

"온 조선 사람이 다 자고 꿈을 꾸는데 함 교장 혼자 깨어 일어

났구나. 우리를 찾아오는 소위 일류 신사님네는 다 자는 사람들인데, 그 속에 깨어 일어난 것은 함 교장뿐이로구나."

영채는 과연 그럴듯하다 하고,

"그러면 왜 하늘을 우러러 슬픈 노래를 부르나요?"

"깨어 일어나 본즉 천하 사람은 아직도 꿈을 꾸겠지. 암만 깨어라 깨어라 하여도 깰 줄을 모르고 잠꼬대만 하니 왜 외롭고 슬프지를 아니하겠니. 그러니까 하늘을 우러러 슬픈 노래를 부르는 것이지."

하고 영채의 손을 잡아끌어다가 자기의 무릎 위에 엎디게 하고,

"그런데 나도 역시 하늘을 우러러 슬픈 노래를 부른다."

영채는 얼마큼 알아들으면서도,

"왜? 왜 슬픈 노래를 불러?"

"평양성 내 오륙십 명 기생 중에 나밖에 깨인 사람이 누구냐. 모두 다 사람이 무엇인지, 하늘이 무엇인지도 모르는 중에 나밖에 깨인 사람이 누구냐. 나는 외롭구나, 슬프구나, 내 정회를 들어 줄 사람이라고는 너 하나밖에 없구나."

하고 영채의 등에 이마를 비비며 영채의 허리를 끊어져라 하고 끌어안는다.

영채는 이제는 월화의 하는 말을 다 알아듣는다. 월화는 다시 말을 이어,

"나는 지금 스무 살이다. 나는 이십 년 동안 찾던 친구를 이제는 찾아 만났다. 그러나 만나고 본즉 그는 잠시 만날 친구요, 오래 이야기하지 못할 친군 줄을 알았다. 그러니까 나는 그만 갈란다."

하고 영채를 일으켜 앉히며 더욱 다정한 말소리로,

"야, 너와 나와 삼 년 동안 동기같이 지내었구나. 이것도 무슨 큰 연분이로다. 안주 땅에 난 너와 평양 땅에 난 나와 이렇게 만나서 이렇게 정답게 지낼 줄을 사람이야 누가 뜻하였겠느냐. 이후도 나를 잊지 말고 '형님'이라고 불러 다고."

하면서 그만 울며 쓰러진다.

영채는 월화의 말이 왠지 이상하게 들려 몸에 오싹 소름이 끼치면서,

"형님! 왜 오늘 저녁에는 그런 말씀을 하셔요?"

하였다. 월화는 일어나 눈물을 뿌리고 망연히 앉았다가,

"너는 부디 세상 사람에게 속지 말고 일생을 너 혼자 살아라. 옛날 사람으로 벗을 삼아라. 만일 네 마음에 드는 사람 만나지 못하거든."

한다.

이런 말을 하고 그날 밤도 둘이서 한자리에 잤다. 둘은 얼굴을 마주 대고 서로 꽉 안았다. 그러나 나 어린 영채는 어느덧 잠

이 들었다.

월화는 숨소리 편안하게 잠이 든 영채의 얼굴을 이윽히 보고 있다가 힘껏 영채의 입술을 빨았다. 영채는 잠이 깨지 아니한 채로 고운 팔로 월화의 목을 꼭 쓸어안았다. 월화의 몸은 벌벌 떨렸다. 월화는 가만히 일어나 장문을 열고 서랍에서 자기의 옥지환을 내어 자는 영채의 손에 끼우고 또 영채를 꼭 껴안았다.

짧은 여름밤이 새었다. 영채는 어렴풋이 잠을 깨어 팔로 월화를 안으려 하였다. 그러나 월화가 누웠던 자리는 비었다. 영채는 깜짝 놀라 일어나서,

"형님! 형님!"

하고 불렀다. 그러나 대답이 없었다. 영원히 없었다.

영채는 자기 손에 낀 옥가락지를 보고 울었다. 그날 저녁때에 대동강에서 낚시질하던 배가 시체 하나를 얻었다. 그것은 월화였다.

월화는 유언도 없었으며 아무도 그가 죽은 이유를 아는 자가 없고, 오직 옥가락지를 낀 영채가 홀로 월화의 뜻을 알고 뜨거운 눈물을 흘릴 뿐, 그 소위 어미는 '안 된 년!' 하고 돈벌이할 밑천이 없어진 것을 원망하고, 평양 일부 김윤수의 아들은 '미친 년!' 하고 자기의 희롱거리 없어짐을 한탄하였다.

그의 시체는 굵다란 베에 묶어 물지게꾼 이삼 인이 두루쳐 메

어다가 북문 밖 북망산에 묻었다. 묻은 날 저녁때에 옥가락지 끼인 손이 꽃 한 줌과, 눈물 한 줌을 그 무덤 위에 뿌렸다. 비도 아니 세웠으니 지금이야 어느 것이 일대 명기 계월화의 무덤인 줄을 알리오. 함 교장은 이런 줄이야 알았는지 말았는지.

계월화는 과연 영채의 '형님'이었다. 벗이었다. 월화는 참 영채를 사랑하였다. 영채는 월화에게 큰 감화를 받았었다.

영채가 형식을 일생의 짝으로 알고 칠 년 동안 굳은 절개를 지켜 온 것도 월화의 힘이 반이나 되었다. 영채도 생각하기를 이형식을 찾다가 못 찾으면 월화의 뒤를 따라 대동강에 몸을 던지리라 하였다. 하다가 우연히 이형식의 거처를 알고, 이제는 내 소원을 이루었구나 하였다. 그러나 만일 형식이 이미 혼인을 하였으면 어찌할까, 혼인을 아니 했더라도 내 몸이 기생인 줄을 알고 나를 돌아보지 않으면 어찌할까 하였다.

형식의 거처를 안 지가 한 달이 넘도록 형식을 찾지 아니하고, 어제 형식을 찾아가서 자기의 신세를 이야기하다가 중도에 끊고 돌아옴도 이를 위함이었다.

형식의 집에서 돌아온 영채는 어떻게 되었는가.

35

영채가 형식을 대하여 자기의 신세를 말하다가 문득 생각한즉 자기는 기생의 몸이라 형식이 아직 혼인 아니하였다는 말을 들으며 잠깐 기뻐하였으나, 자기가 기생인 줄을 알면 형식은 반드시 자기를 돌아보지 아니하리라 하였다.

또 설혹 돌아볼 마음이 있다 하더라도 내 몸은 돈이 있고야 구원할 몸이거늘, 가만히 형식의 살림살이를 보매 자기를 구원할 능력이 없음을 깨달았다.

자기가 기생인 줄을 알려 일생에 그리워하던 형식에게서 마음으로까지 버림이 되기보다, 또는 나를 버리지 아니하더라도 구원할 힘이 없어 사랑하는 형식으로 하여금 부질없이 마음을 괴롭게 하기보다, 이러하기보다 차라리 대동강수에 풍덩실 몸을 던져 오 년 전에 먼저 떠난 월화의 뒤를 따라 저세상에서 월화로 더불어 같이 노닐려 하였다. 월화의 얼굴이 영채의 앞에 보이며 '영채야 나와 같이 가자.' 하는 듯하였다. 그래서 영채는 손에 있는 옥지환을 보다가 중도에 말을 끊고 집으로 돌아온 것이다.

영채는 곧 평양으로 내려갈 결심을 하였다. 몸을 던져 세상을 버릴진댄 사랑하던 '월화 형님'이 몸을 던지던 대동강을 찾아

가려 하였다. 평양에 가 우선 북망산에 아버지와 월화의 무덤을 찾아 그동안 지내오던 정회나 실컷 말하리라 하였다.

부친은 내가 기생 되었다는 말을 듣고 죽었으니 무덤에나마 가서 내가 기생으로 몸을 판 것은 부친과 두 형제를 구원하려 함임과, 기생이 된 지 육칠 년에 부친의 혈육을 받은 이 몸을 다행히 더럽히지 아니하였음과, 부친께서 이 몸을 허하신 이형식을 위하여 지금껏 아내의 절행을 지켜 온 것을 말하고, 죽은 후에 만일 영혼이 있거든 생전에 섬기지 못하던 한을 사후에나 풀리라 하였다.

만일 부친이 극락에 가셨거든 극락으로 찾아가고, 만일 지옥에 가셨거든 지옥으로 찾아가리라 하였다.

월화의 부탁을 나는 지켰다. 나는 세상에 섞이지 아니하고, 내가 생각하는 사람을 위하여 육칠 년간 고절(苦節)을 지켰다. 나는 월화가 하다가 남겨 둔 생활을 하였다. 나는 이제 네게로 돌아간다 하리라.

이러한 생각을 하니 영채의 몸은 바로 그때에 그 학생들이 '천하 사람 꿈꾸는데 나만 깨어서, 하늘을 우러러 슬픈 노래 부르도다.' 하는 노래를 부르던 학생들이 청류벽 위에 선 듯하다.

영채는 박명한 십구 년의 일생을 생각하였다. 더구나 형식을 대하였을 때에 말하던 과거의 기억이 바로 어저께 지난 일 모양으로 역력히 눈앞에 보이고, 그 모든 광경이 제가끔 영채의 가슴을 찌르고 창자를 박박 긁는 듯하다.

사람으로 세상에 생겨나서 즐거운 재미란 하나도 보지 못하고 꽃다운 청춘이 속절없이 대동강 무심한 물결 속에 스러질 것을 생각하니 원망스럽기도 하고 가이 없고 원통하기도 하다.

십구 년 일생의 절반을 무정한 세상과 사람에게 부대끼고 희롱감이 되다가 매양 그리고 바라던 이형식을 만나기는 만났으나, 정작 만나고 보니 이형식은 나를 건져 줄 것 같지도 아니하고……. 아아, 이것이 무슨 팔자인고 하고 그날 밤이 새도록 잠을 이루지 못하고 캄캄한 방에서 혼자 울었다.

이 팔은 어찌하여 생각하던 사람을 안아 보지 못하고, 이 젖은 어찌하여 사랑스러운 아들과 딸을 빨려 보지 못하는고, 가슴속에 가득 찬 정과 사랑을 생각하던 이에게 주어 보지 못하고 마는고.

내 몸은 일생에 '기생'이란 이름만 듣고, 어찌하여 '아내'라든가 '부인'이라든가 '어머니'라든가 '아주머니'라든가 하는 정답고 거룩한 이름을 못 듣고 마는고. '기생!''기생!' 에그 듣기 싫은 이름이다. '기생!'이라는 말만 하여도 치가 떨린다 하였다.

지금 황금을 가지고 자기의 몸을 사려는 사람이 사오 인이 된다고 한다. 지나간 칠 년 동안에 노래와 춤으로 수만 원 돈을 벌어 주어, 논밭도 사고 큰 집도 사고 비단 옷도 입게 되었으니 그만하면 자유로 놓아 주어도 마땅하건마는 아직도 욕심을 다 채우지 못하여 천 원이니 이천 원이니 하고 이 몸을 팔아먹으려 한다. 파는 놈도 파는 놈이거니와 사는 놈도 사는 놈이다.

지금까지는 이럭저럭 정절을 지켜 왔건마는 이제 몸이 뉘 첩으로 팔린 뒤에야 정절이 다 무슨 정절이뇨. 다만 죽을 뿐이다, 다만 죽을 뿐이다 하였다.

바라던 형식을 만나 본 것은 기쁘건마는 바라던 그 형식조차 나를 구원할 능력이 없는 것이 절통하다 하였다.

영채는 그만 절망하였다. 지금까지 자기는 잠시 타향에 길을 잃었다가 선한 세계, 선한 사람 사는 고향으로 돌아가 칠 년 전 자기의 가정에서 누리던 즐거움을 누릴 수 있을까 하였더니 모두 다 허사로다 하였다.

지금껏 유일한 선인으로 알아 오고 유일한 의지할 사람으로 알아 오던 형식도 정작 얼굴을 대하니 그저 그러한 사람인 듯, 칠 년간 악인들 사이에서 부대껴 오던 영채의 생각에는 형식같이 선한 사람은 얼굴이며 풍채며 말하는 것이 온통 항용 사람과 다르리라 하였다.

그러나 만나고 본즉 그저 그러한 사람이로구나, 옳다 죽는 수밖에 없다. 대동강으로 가는 수밖에 없다. 구태 더러운 세상에 섞여 구차히 목숨을 늘려가기는 차마 못 하리니 하루바삐 샛말간 대동강 물결 밑에서 정다운 월화를 만나 서로 안고 이야기하리라 하였다.

그러나 영채에게는 돈이 없었다. 이튿날 아침에 일어나 몇 친구에게 돈 오 원을 취하려 하였다. 그러나 마침내 얻지 못하고 점심때가 지나도록 방에 앉아 울었다. 형식이 김 장로의 집에서 선형과 순애를 대하여 즐거운 상상에 취하였을 때는 정히 영채가 자기 방에서 눈물을 흘리고 애통해하던 때였다.

이날 저녁에 영채를 찾아온 형식은 영채를 만났는가.

36

형식은 한참이나 '계월향'이라고 쓴 장명등을 보고 섰다가 희경을 돌려보내고 결심한 모양으로 문 안에 들어섰다. 객이 없는지 적적히 아무 소리도 아니 들린다. 서슴지 아니하고 마당에 들어서니 여러 방에 불을 켰으되 사람 그림자가 없다.

형식은 가슴을 두근거리면서 어떻게 찾을 줄을 몰라 다만 발소리를 내며 '에헴' 하고 크게 기침을 하였다. 저편 방으로서 뚱뚱한 노파가 나오는 것을 형식은 한 걸음 방 앞으로 가까이 갔다. 번쩍하는 화류자개 함롱이 보이고, 아랫목에는 분홍빛 그물 모기장이 걸리고, 오른편 구석에는 아롱아롱한 자루에 넣은 가야금이 비스듬히 벽에 기대어 섰다.

형식은 이것이 '영채의 방'인가 하였다. 그러고는 알 수 없는 슬픈 생각과 불쾌한 생각이 난다. 이 방에서 여러 남자로 더불어 저 가야금을 타고 소리를 하고 춤을 추었는가. 그러다가 저 모기장 속에서 날마다 다른 남자와……. 형식은 차마 더 생각하기가 싫었다. 그러나 영채는 어디 갔는가. 벌써 누구에게 '천원'에 팔려갔는가. 어제 저녁에 내 집에서 돌아오는 길로 팔려가지나 아니하였는가. 또는 만일 영채가 절개가 굳다 하면 벌써 어디 가서 자살이나 아니하였는가.

이때에 형식의 머릿속에는 수천 가지 생각이 뒤를 대어 나온다. 형식은 저편 방으로서 나오는 뚱뚱한 노파 – 노파라 하여도 사오십이나 되었을까. – 를 보고, '저것이 소위 어미로구나.' 하였다. 노파는 손에 태극선을 들고 담뱃대를 물었다. 지금까지 웃통을 벗고 앉았었는지 명주항라 적삼 고름을 매면서 나온다. '더러운 노파'라는 생각이 형식의 가슴을 불쾌하게 한다.

노파는 형식의 모양이 극히 초라한 것을 보고 경멸하는 모양으로,

"누구를 찾아요?"

한다.

일찍 형식이와 같이 초라하게 차린 자가 월향을 찾아온 적이 없었음이라. 노파의 생각에 아마 형식은 어떤 부자의 아들의 심부름꾼인가 하였다. 그러므로 기생의 집에 온 사람더러

"누구를 찾아요?"

하고 냉대함이다.

형식은 노파가 자기를 멸시하는 줄을 알았다. 그리고 더욱 불쾌한 마음이 생겼다. '나도 교육계에서는 상당히 이름 있는 사람인데.' 하였다. 그러나 노파의 눈에는 부자가 있고 오입쟁이가 있을 따름이요, '교육계에 상당한 이름 있는 사람'은 없었다.

형식이 만일 좋은 세비로 양복에 분홍 넥타이를 매고 술이 취하여 단장을 두르며 '여보게.' 하고 들어왔던들 노파는 분주히 담뱃대를 놓고 마당에 뛰어내리며 '에그, 영감께서 오시는구랴.' 하고 선웃음을 쳤으련마는, 굵은 모시 두루마기에 파리똥 묻은 맥고자를 쓰고, 술도 취하지 아니하고, 단장도 두르지 아니하고, '여보게.'도 부르지 아니하는 형식과 같은 사람은 노파가 보기에 극히 하등 사람이었다.

형식은 겨우 입을 열어,

"월향 씨 어디 갔소?"

하였다.

그러고는 곧 '월향'에게 '씨' 자를 달아 부른 것을 한하였다. 그러나 형식은 아직 남의 이름에 '씨' 자를 아니 달고 불러 본 적이 없다. 더구나 남의 여자의 이름을 부를 때에는 반드시 '씨'라는 존칭을 붙이는 것이 마땅하다 하였다. 소위 '배운 사람'들은 여학생을 보고 '씨'를 달고 기생을 보고 '씨'를 달지 아니할 줄을 알되, 형식은 여학생과 기생을 구별할 줄을 모른다.

형식의 생각에는 여학생이나 기생이나 사람은 마찬가지 사람이라 한다. 그러므로 형식은 '월향'에 '씨'를 붙이는 것이 옳으리라 하여 한참 생각한 뒤에 있는 용기를 다하여 '월향 씨 어디 갔소?'한 것이건마는 말을 하고 생각한즉 미상불 부끄럽기도 하다. 그리고 노파의 얼굴을 보았다.

노파는 웃음을 참는 듯이 입을 우물우물하더니,

"월향 씨가 손님 모시고 어디 갔소. 왜 그러시오?"

"어디 갔습니까?"

노파는 '이것이 과연 시골뜨기로구나.' 하면서,

"아까 오후에 청량리 나갔소. 여섯 점에 들어온다더니 아직 아니 오구려."

하고 성가신 듯이 '잘 가오.' 하는 말도 없이 안으로 들어가고 만다.

"누구요?"

하는 어떤 남자의 목소리에

"모르겠소. 웬 거랑방인데 왔구먼."

하는 그 노파의 평양 사투리가 들린다.

형식은 일변 실망도 하고, 일변 그 노파에게 멸시받은 것이 부끄럽기도 분하기도 하면서 발을 돌렸다.

'계월향! 계월향이 과연 박영채의 변명인가.'

하고 계월향의 내력을 물어보고도 싶었으나, 노파에게 그러한 멸시를 받고는 다시 물어볼 용기도 아니 나서 그만 대문 밖에 나섰다.

형식은 고개를 숙이고 아까 오던 길로 나온다. 아까 올 때에 '반나마 늙었으니…….' 하던 목소리로 '간다 간다네 나는 간다네.' 하는 소리가 들리고, 아까 모양으로 여럿이 함께 웃는 웃음소리가 들린다.

어찌할까 하고 형식은 생각하였다.

'청량리! 오후에 나가서 여섯 점엔 온다던 것이 아직 아니 들어와!'

형식은 이 말에 무슨 깊은 뜻이 있는 듯이 생각하고 몸이 오싹하였다.

'영채가 혼자 어떤 남자로 더불어 청량리에 가 있어! 더구나 밤이 여덟 시나 지났는데!'

하고 형식은 주먹을 불끈 쥐었다.

형식은 전속력으로 다방골 천변으로 내려온다. '옳다! 청량리로 가자' 하였다. 형식의 귀에 영채가 우는 소리로 '형식 씨, 나를 건져 주시오, 나는 지금 위급하외다.' 하는 듯하다.

형식은 지금 광충교로 지나가는 동대문행 전차를 잡아탈 양으로 구보로 종각을 향하여 뛰었다. 그러나 전차는 찌구덩 하고 소리를 내며 종각 모퉁이를 돌아 두어 사람을 내려놓고 달아난다. 형식은 그래도 십여 보를 따라갔으나 전차는 본체만체하고 청년 회관 앞으로 달아난다.

야시에는 아까보다도 사람이 많이 모였다. 종각 모퉁이 컴컴한 데로서 '에, 아이쓰구림, 아이쓰구림.' 하는 늙은 총각의 목소린 듯한 것이 들린다.

37

형식은 다음번 오는 전차를 탔다. 신호수가 푸른 등을 두르니, 전차는 찌국 하는 소리를 내며, 구부러진 데를 돌아간다. 형식은 조민한 생각에, 구리개로 서대문 가는 전차를 잘못 탔다.

형식은 전차에서 뛰어내려서 바로 뒤대어 오는 동대문행을 잡아탔다. 형식은 손수건으로 이마와 목의 땀을 씻었다. 차장은 형식의 차세를 받고 '딸랑' 하면서 유심히 형식의 얼굴을 본다. 형식의 얼굴은 과연 몹시 붉게 되었다.

형식은 전차 속을 한 번 둘러보고, 고개를 숙이고 눈을 감았다. 형식은 전차가 일부러 속력을 뜨게 하는 것같이 생각하였다. 과연 야시에 사람이 많이 내왕하여 운전수는 연해 두 발로 종을 딸랑딸랑 울리면서 천천히 진행하였다.

형식의 가슴에는 불이 일어난다. 형식은 활동사진에서 서양 사람들이 자동차를 타고 질풍같이 달아나는 양을 생각하고, 이런 때에 나도 자동차를 탔으면 하였다.

형식은 자기가 종로에서 자동차를 타고 철물교를 지나 배오개를 지나 동대문을 지나 친잠하시는 상원 앞 버들 사이를 지나 청량리를 지나 홍릉 솔숲 속으로 달려가는 것을 상상하였다. 그리고 자기가 어느 집에서 영채가 어떤 사람에게 고생을 당하는가 하고 땀을 흘리며 이집 저집으로 찾아다니는 양과, 여승들이 방글방글 웃으며 '모르겠습니다.' 할 때에 자기가 더욱 초조하여 하는 양을 상상하였다.

이때에 누가 형식의 어깨를 툭 치며,

"요, 어디 가는가?"

한다.

형식은 놀라 고개를 들었다. 신문기자 신우선이로다. 신우선은 형식의 곁에 앉아 그 대팻밥모자로 부채질을 하며,

"그래 어떤가? 김 장로의 따님이 자네를 사랑하던가?"

하고 곁에 앉은 사람이 듣는 것도 상관치 아니하는 듯이 큰소리로 말한다.

형식은 잠깐 아까 자기가 김 장로 집에서 선형과 순애를 대하였던 생각을 하고 곧 우선이 자기의 지금 가는 일에 도움이 될 것을 생각하였다. 형식은 우선의 귀에 입을 대고,

"여보게 큰일이 났네."

하였다. 우선은 껄껄 웃으며,

"아따, 자네는 큰일도 많데, 또 무슨 큰일인가?"

한다.

형식은 우선의 팔을 잡아당기어 말소리를 높이지 말라는 뜻을 표하고 다시 말을 이어 자기의 은인의 딸이 지금 기생으로 서울에 와 있는데, 그는 자기를 위하여 정절을 지켜 왔는데, 지금 여러 유력한 사람들이 그를 자기네의 손에 넣으려 하는데, 지금 청량리에서 어떤 사람에게 위협을 당하는 중인데, 지금 자기는 그를 구원하러 가는 길이라 하고 마침내,

"여보게, 자네가 좀 도와주어야 되겠네."

하고 말을 맺었다.

형식은 이러한 말을 할 때에 영채가 방금 어떤 남자에게 위급한 위협을 받는 양이 눈에 보이는 듯하였다.

우선은,

"응, 응, 그래, 응."

하고 형식의 가늘게 하는 말을 주의하여 듣더니,

"그래, 그 이름은 무엇인가?"

"본명은 박영채인데 계월향이라고 한다네."

하고 '계월향'이 과연 '박영채'인가 하고 의심도 하였다.

우선은 '계월향'이란 말을 듣고, 또 계월향이, 형식의 은인의 따님이란 월향이 형식을 위하여 정절을 지킨다는 말을 듣고 깜짝 놀랐다. 우선은 눈이 둥글하여지며,

"여보게, 그게 참말인가?"

하고 형식의 얼굴을 보았다.

형식은 조민한 마음을 이기지 못하는 듯 숨소리가 커지며,

"참말일세, 참말이어!"

하고 영채가 어제 저녁에 자기를 찾아왔단 말과 자기를 찾아와서 신세타령을 하던 말과, 자기가 방금 다방골 월향의 집으로 다녀온다는 말을 하고 다시,

"그런데 나를 좀 도와주게."

한다.

"도오다이몬 슈텐(동대문 종점)! 동대문이올시다."

하는 차장의 소리에, 두 사람은 말을 끊고 전차에서 내렸다.

아직도 청량리 가는 전차가 오지 아니하였다.

우선이 형식의 말을 듣고 놀란 것은 까닭이 있다. 그 까닭은 이러하다. 우선이도 계월향을 처음 보고 그만 정신을 잃은 여러 사람 중의 하나이다.

우선은 백에 하나도 쉽지 아니한 호남자였다. 풍채는 좋겠다, 구변이 있겠다, 나이는 불과 이십오륙 세로되, 문여시(文與詩)를 깨끗이 하겠다, 원래 서울에 똑똑한 집 자손으로 부귀한 집 자제들과 친분이 있겠다, 게다가 당시 서슬이 푸른 대신문의 기자였다. 이러므로 그는 계집을 후리는 데는 갖은 능력과 자격이 구비하였다.

그는 여러 기생을 상종하였고, 또 연극장의 차리는 방(樂屋)에 출입하여 삼패며 광대도 희롱하였다. 이렇게 말하면 신우선이란 사람은 계집 궁둥이나 따라다니는 망가자와 같이 들리되, 그에게는 시인의 아량이 있고 신사의 풍채가 있고 정성이 있고 의리가 있었다. 그의 친구는 그의 방탕함을 책망하면서도 오히려 그의 재주와 쾌활한 기상을 사랑하였다. '신우선은 중국 소설에 뛰어나오는 풍류 남자라.' 함은 형식이 그를 평한 말이니, 과연 그는 소주, 항주 근방에 당나라 시절 호협한 청년의 풍이 있었다.

신우선이 계월향에게 마음을 둔 것은 한 달쯤 전이었다. 우선은 자기의 힘을 믿으매 월향도 으레 자기의 손에 들려니 하였다. 월향이 여러 부호가 자제의 청을 거절하는 것은 일생을 의탁할 만한 영웅 재자를 구함이라 하고, 자기는 족히 그 후보자가 되리라 하였다.

그래서 우선은 남들이 돈과 육욕으로 월향을 달랠 때에, 자기는 인물과 재주와 기상으로 월향을 달래리라 하였다. 물론 우선은 돈으로 경쟁할 만한 힘은 없었다. 그래서 우선은 밤마다 시를 지어 혹은 우편으로 혹은 직접 월향에게 주었다. 이러노라면 월향은 자기의 인격과 천재를 알아보고 '이제야 내 배필을 만났구나.' 하면서 두 팔을 벌리고 자기에게 안기려니 하였다.

그러하던 즈음에 형식에게서 이러한 말을 들으니 놀라는 것도 마땅하다.

38

신우선은 전차 오기를 기다리면서 괴로워하는 형식의 얼굴을 보았다. 발전소에서는 쿵쿵쿵 하는 발동기 소리가 나고 누런

복장 입은 차장과 운전사들이 전등 빛 아래 왔다 갔다 하였다.

우선은 생각하였다. '월향이 나더러 평양 친구를 묻던 것이 그 때문이로구나.' 하였다. 한번 우선이 월향을 찾아가서 여러 가지 이야기를 하다가 월향이 농담 모양으로 웃으며,

"나리께 평양 친구가 계셔요?"

하고 우선에게 물었다.

우선은 월향이 평양 사람이니까 평양 친구를 묻는 줄로 생각하고,

"이삼 인 되지."

하였다. 월향은,

"그래, 그 어른들은 다 무엇을 하시는가요?"

하였다.

이때에 월향은 첫째에 이형식의 거처를 알려 함과, 평안도 사람들이 서울에 와서 어떻게 지내는가를 알려 하는 두 가지 목적이 있었다. 월향도 평안도 학생들이 많이 서울에 와 있는 줄은 알건마는 몸이 기생이 되어서는 그 평안도 학생들과 또 평안도 사람 신사들이 어떠한 모양을 하고 있는지 알 길이 없었다.

월향에게도 평안도 신사가 삼사 인 놀러 왔었다. 그네들은 다 번적하는 양복을 입고 일본말로 회화를 하며 동경에 가서 대학교에 다니던 이야기를 하고 매우 젠체하며 신사인 체하였다.

그러나 월향은 사 년 전 부벽루에서 월화가 '저것들은 허자비에 옷을 입힌 것이라.' 하던 말을 생각하고 '저들도 역시 허자비에 옷을 입힌 것이다.' 하였다. 그러고는 월향의 생각에 '저것들이 평안도 사람으로 서울에 와 있는 일류 신사인가.' 하고 자기의 고향을 위하여 슬퍼하였다.

그러하던 차에 우선이 '평안도 친구가 이삼 인 있지.' 하는 말을 듣고, 행여나 그 속에 '월화의 이상적 인물'이 됨직한 사람이 있는가 하고, 또 그 사람이 자기가 기다리는 이형식이나 아닌가 하였다.

월향의 눈에는 우선은 조선에 드문 남자라 하였다. 옛날 시에 있는 듯한 남자라 하였다. 그리고 그 의식의 호탕함을 더욱 사랑하여 '월화 형님에게 보였으면.' 하기도 하였다. 그러므로 우선의 친구라 하면 상당한 사람이려니 하고,

"그래 그 어른들은 다 무엇을 하시는가요?"

하고 물음이다. 우선은,

"혹은 교사도 하고, 글짓기도 하고, 실업도 한다."

하였다.

월향은 더욱 더욱 유심하게,

"그중에 누가 제일 좋은 사람이에요? 누가 제일 이름이 있어요?"

하였다.

우선은 유심히 월향의 얼굴을 보며 '옳지, 저 계집이 본고향 사람 중에 배필을 구하는 모양이구나.' 하고 얼마만큼 시기하는 생각이 나서,

"그중에 이형식이란 사람이 제일 유망하지마는."

하고 이형식의 가치를 낮추기 위해 '하지마는'에 힘을 주었다.

월향은 가슴이 갑자기 뛰었다. 그러나 그 빛을 감추고 아양을 부리며,

"유망하지마는 어때요?"

하였다.

우선은 자기가 친구의 험담을 한 듯하여 적이 부끄러운 생각이 나면서,

"응, 이형식이 좋은 사람이지……. 매우 유망하지."

하고는 그래도 행여나 이형식에게 월향을 빼앗길까 두려워,

"아직 유치하지……. 때를 못 벗어서."

하고 자기보다 훨씬 낮은 사람 모양으로 말하였다.

물론 이것이 거짓말은 아니다. 우선은 결코 형식을 자기보다 인격으로나 학식으로나 문필로나 승하다고는 생각하지 아니한다. 그뿐더러 자기와 평등이라고도 생각지 아니한다. 그래서 '형식은 우선 한문이 부족하니까.' 하고 형식이 자기보다 일문

과 영문이 넉넉한 것은 생각지 아니한다.

그리고 자기는 어디까지든지 형식의 선배로 자처하며, 형식도 구태여 우선과 평등을 다투려 하지 아니하고, 우선이 선배로 자처하면 형식도 우선을 선배 모양으로 대접하였다. 그리하다가 일전에 우선이 형식에게 허교하기를 청할 적에도 형식은 윗사람에게서 허락을 받는 모양으로 극히 공손하였다. 그러나 우선은 결코 형식을 미워하거나 멸시하지 아니하였다.

우선은 '형식의 유망함'을 진실로 믿었다. 그러므로 월향에게 '유망은 하지마는 아직 때를 못 벗었어.' 한 것은 결코 형식을 비방함이 아니요, 자기가 형식에게 대한 진정한 비평을 말한 것이다.

'아아, 그때 내가 월향에게 형식을 소개한 것이 이러한 뜻을 가졌던가.' 하고 다시금 전차를 기다리고 섰는 형식을 보았다.

형식은 조민한 듯이 왔다 갔다 하며 동편만 바라보고,

"어째 전차가 아니 오는가?"

"밤이 깊었으니까 삼십 분에 한 번씩이나 다니는지."

하고 우선은 형식의 괴로워함을 동정하였다.

형식은 애처로워서 우선을 손을 꼭 쥐며,

"참, 오늘 저녁 힘을 써 주게."

하였다.

외로운 형식의 지금 경우에는 우선이밖에는 믿는 사람이 없었다. 우선이만 자기를 도와주면, 영채는 건져 낼 수가 있거니 하였다. 우선은

"걱정 말게."

하고 돌아서면서 픽 웃었다. 그 웃음에는 까닭이 있었다.

우선은 경성학교 교주 김 남작의 아들 김현수와 배명식 양인이 월향을 청량리로 데리고 갔단 말을 월향의 집에서 듣고, 월향은 오늘 저녁에는 김현수의 손에 들어가는 줄을 짐작하였다. 그래서 우선은 빨리 종로 경찰서에 가서 형사에게 귓속말을 하여 후원을 청하고, 김현수의 계교를 깨뜨리려 하였다.

월향을 아주 김현수의 손에서 뽑아 내지 못한다 하더라도, 그 사실을 신문에 발표하여 실컷 분풀이나 하고, 혹 될 수 있으면 김현수에게서 맥주 값이나 빼앗으려 하였다.

아까 철물교에서 전차를 탄 것은 바로 종로 경찰서로서 나오던 길이었다.

그러한 일이러니 이제 들어 본즉, 월향은 형식에게 마음을 바친 사람이라 한다. 미상불 시기로운 생각도 없지 아니하나 형식의 뜻을 이뤄 줌이 옳은 일이라 하였다.

39

두 사람은 청량사에 다다랐다. 두 사람의 뒤를 따르는 사람은 종로 경찰서의 이 형사였다. 우선은 김현수의 가는 집을 잘 알았다.

그 집은 우물 북쪽에 있는 조그마한 암자라, 여러 암자 중에 제일 깨끗하고 조용한 암자였다. 우선은 형식에게 손짓을 하여 문밖에 서 있으라 하고 가만히 안에 들어갔다. 형식은 '여기 영채가 있는가.' 하고 다리를 떨며 귀를 기울였다. 똑똑지는 아니하나 여자의 괴로워하는 소리가 나는 듯하다.

형식은 손으로 가슴을 만지며 한 걸음 더 들어서서 귀를 기울였다. 과연 여자의 괴로워하는 소리로다. 형식은 정신을 차리지 못하고 뛰어 들어갔다. 방에는 불이 켜 있고, 문이 닫혔는데 머리를 깎은 사람의 그림자가 얼른얼른한다.

형식의 호흡은 차차 빨라진다. 우선이 창으로 엿보다가 고양이 모양으로 가만가만히 나오면서 형식의 어깨에 손을 짚고 가늘게 일본말로,

"모 다메다(벌써 틀렸다)."

한다.

형식은 그만 눈에 불이 번뜻 하면서 '흑' 하고 툇마루에 뛰어

오르며 구두 신은 발로 영창을 들입다 찼다. 영창은 와지끈 하고 소리를 내며 방 안으로 떨어져 들어간다. 형식은 영창을 떠들고 일어나는 사람을 얼굴도 보지 아니하고 발길로 차 넘겼다. 어떤 사람이 형식의 팔을 잡는다. 형식은 입에 거품을 물고,

"이놈, 배명식아!"

하고는 기가 막혀 말이 아니 나온다.

형식은 아니 잡힌 팔로 배 학감의 면상을 힘껏 때리고, 아까 형식의 발길에 채어 거꾸러진 사람을 힘껏 이삼 차나 발길로 찼다. 그 사람은 저편 문을 열고 뛰어나갔다. 형식은,

"이놈, 김현수야!"

하고 소리를 쳤다. 그러고는 넘어져 깨어진 영창을 들었다.

여자는 두 손으로 낯을 가리고 흑흑 느낀다. 손과 발은 동여매였다. 그리고 치마와 바지는 찢겼다. 머리채는 풀려 등에 깔렸고, 아랫입술에서는 빨간 피가 흐른다. 방 한편 구석에는 맥주병과 얼음 그릇이 넘느른하고 어떤 것은 쓰러졌다.

형식은 얼른 치마로 몸을 가리고 손발 동여 맨 여자를 안아 일으켰다. 여자는 얽어 매인 두 손으로 낯을 가리운 대로 울기만 한다. 우선도 방 안에 들어왔다. 얽어 매인 손발을 풀면서 형식더러,

"두 사람은 포박되었네."

하고 웃는다.

형식은 이러한 경우에 웃는 우선을 원망스럽게 생각하였다. 그러나 우선은 이러한 사건을 형식의 모양으로 그리 큰 사건이라고는 생각지 아니한다. 우선은 천하만사를 웃고 지내려는 사람이었다.

형식은 얼굴에 꼭 대고 있는 여자의 손목을 풀었다. 그러나 여자는 여전히 손을 낯에서 떼지 아니하고 운다. 형식은 얼마큼 분한 마음이 스러지고 냉정하게 생각할 여유가 생겼다. 형식은 우뚝 서서 옷고름이 온통 풀어지고 옷이 흘러내려 하얀 허리가 한 뼘이나 내놓인 것을 보고 새로운 슬픔이 생긴다.

형식은 '이것이 과연 박영채인가.' 하고 '박영채가 아니면 좋겠다.' 하였다. 그리고 옷을 보고 머리를 보았다. 물론 그 여자는 모시 치마도 입지 아니하고, 서양 머리도 쪽 찌지 아니하였다.

형식은 그 치마를 만든 감이 다만 무슨 비단이거니 할 따름이요, 무엇인지를 몰랐다. 머리에 핏빛 같은 왜증댕기를 들이고 손에는 누런 빛 있는 옥지환을 꼈다. 형식은 그 여자의 얼굴을 보고 싶었다. 그러나 차마 그 얼굴을 보고자 아니하였나니, 대개 그 얼굴이 '박영채'일까 보아 두려워함이다.

우선은 그가 월향인 줄을 알았다. 그러나 월향이 그 친구 되는 이형식의 은인의 따님이요, 또 이형식을 위하여 정절을 지킨다는 말을 듣고는 월향이더러 '얘, 월향아.' 하고 부르기도 미안하고, 또 월향의 곁에 가까이 가기도 미안하였다. 그래서 한 걸음쯤 형식의 뒤에 서서 형식의 하는 양만 보고 섰다. 그러나 그 여자는 낯에 손을 대고 울 뿐이라 형식도 무어라고 부를 줄을 몰라 한참이나 우두커니 섰다가 그 여자더러,

"여보시오! 그 짐승 놈들은 포박되었으니 안심하시오."

하였다.

'안심하시오' 하는 형식도 그 안심하라는 것이 무슨 뜻인지를 몰랐다. 그 짐승 놈들이 포박되고 아니되기에 무슨 안심하고 안심 아니 함이 있으리오. 아까 우선이 형식에게 한 말과 같이 '모다메다(벌써 틀렸다).'가 아니뇨. 우선은 참다못하여,

"여보시오. 박영채 씨!"

하였다.

우선은 그 여자가 월향인 줄을 알며 또 월향은 즉 박영채인 줄을 알았다. 그러므로 한 달 동안이나 '얘, 월향아!' 하던 것을 고쳐 '여보시오, 박영채 씨!' 한 것이다. 갑자기 '씨'를 달고 '얘'를 변하여 '여보시오' 하기가 보통 사람에게는 좀 어려운 일이건마는 우선에게는 그처럼 어려운 일이 아니라 우선은 다시,

"여보시오! 박영채 씨! 여기 이형식 형이 오셨습니다."

하였다.

이 말을 듣고 여자는 몸을 흠칫하며 두 손을 갑자기 떼더니 정신없는 듯한 눈으로 형식을 본다. 형식도 그 얼굴을 보았다. 그는 월향이었다! 박영채였다! 영채도 형식을 보았다. 그는 형식이었다! 이형식이었다!

형식과 영채는 한참이나 나무로 새긴 사람 모양으로 마주 보았다. 우선은 말없이 마주 보는 두 사람을 번갈아 보았다. 이렇게 세 사람은 한참이나 마주 보았다.

이윽고 우선의 눈에는 눈물이 핑 돌았다. 다음에 형식과 영채의 눈에도 눈물이 돌았다. 영채는 피 흐르는 입술을 한 번 더 꽉 물었다. 옥으로 깎은 듯한 영채의 앞 이빨이 빨갛게 물이 든다. 형식은 두 팔로 가슴을 안으며 고개를 돌린다.

우선은 형식과 함께 고개를 돌렸다. 형식은 소리를 내어 운다. 영채는 다시 앞으로 쓰러지며 운다. 우선도 입술을 물고 옷소매로 눈물을 씻었다.

종소리가 서너 번 뚱……뚱 울어 온다.

40

형사는 김현수, 배명식 양인에게 박승을 지워 마당으로 끌고 들어왔다. 형식은 당장 마주 나가서 그 두 사람의 살을 뜯어먹고 뼈를 갈아먹고 싶었다. 두 사람은 그래도 부끄러운 듯이 고개를 숙였다.

그러나 그네는 결코 후회하는 것은 아니었다. 그네의 생각에 기생 같은 계집은 시키는 말을 아니 들으면 강간을 하여도 관계치 않다 한다. 그네는 여염집 부인이 남의 남자와 밀통함이 죄인 줄을 알건마는 기생 같은 것은 으레 아무나 희롱하는 것이 마땅하다 한다. 여염집 부녀에게는 정절이 있으되, 기생에게는 정절이 없는 것이라 한다.

과연 그네의 생각하는 바는 옳다. 법률상 기생은 소리와 춤으로 객을 대하는 것이라 하건마는, 기실은 어느 기생치고 밤마다 소위 '손을 보지' 아니하는 자가 없다. 그러므로 김현수나 배명식의 생각에, 기생이라는 계집사람은 모든 도덕과 모든 인륜을 벗어난 일종 특별한 동물이라 하였다. 그러므로 그가 오늘 저녁에 한 일이 결코 도덕이나 양심에 거슬리는 행위인 줄로는 생각지 아니한다.

다만 귀찮은 법률이라는 것이 있어 '부녀의 의사를 거슬리고 육교를 한 것'을 강간죄라 할 것이 두려울 뿐이었다. 그러므로 그네가 만일 이 자리를 벗어나기만 하면 내일 아침부터는 자기네는 아무 죄도 없는 사람인 줄로 알 것이다.

다만 배명식은 소위 교육자라는 명목을 띠고서 이러한 허물로 박승을 지게 되면, 경성학교의 학감의 지위가 위태할 것을 근심하였을 뿐이다.

형식은 분한 마음으로 고개를 숙인 두 사람을 보았다. 김현수로 말하면 마땅히 그러할 사람이라 하더라도, 소위 교육자라 일컫는 배명식이 이런 대죄악을 범하였음을 보고 더욱 분하였다.

형식은 배의 곁에 서며 조롱하는 목소리로,

"여보, 배형. 이게 무슨 짓이오? 교육가로 강간이란 말이 웬 말이오?"

하였다.

배명식은 할 말이 없었다. 그러나 '이형식이 왜 이 일에 참견하는가?' 하고 그것을 이상히 여겼다. 그리고 이형식은 상관없는 일에 참견하는 놈이라 하고 괘씸하게도 여겼다. 자기가 강간죄를 범하였으니, 형사의 포박을 당하는 것은 마땅하거니와 상관없는 이형식에게 책망을 받을 이유야 무엇이랴 하였다.

그리고 이렇게 생각하였다. 아마 이형식도 표면으로는 품행이 단정한 체하면서도 속으로 기생집에를 다녀 월향과 친하였다가, 자기가 월향을 손에 넣으려는 것을 시기하여 형사를 데리고 온 것이라 하였다. 그렇지 아니하면 이형식이 상관도 없는 일에 형사를 데리고 오며 저렇게 성낼 까닭이 없으리라 하였다.

배명식은 직접으로 자기의 이해에 상관되는 일이 아니고는 슬퍼할 줄도 모르고 괴로워할 줄도 모르는 사람이다. 자기의 자식이 칼로 손가락을 조금 벤 것을 보면 명식은 슬퍼할 줄을 알지마는, 남의 집의 아들이 죽는 것을 보더라도 '참 슬프옵니다.' 하고 입으로는 남보다 더 간절한 듯이 말하는 대신에 마음으로 슬퍼할 줄을 모르는 사람이로다.

만일 영채가 자기의 누이동생이거나 딸이었던들, 남이 영채를 강간하는 것을 보면 반드시 형식보다 더욱 분을 내어 칼을 들고 덤비려니와 영채가 누이도 아니요, 딸도 아니므로 그가 강간을 받아도 관계치 않고 죽더라도 관계치 않다 한다.

형식은 김현수를 대하여,

"여보, 당신은 귀족이오! 귀족이란 악한 일을 하는 사람이라는 칭호는 아니지요. 당신도 사오 년간 동경에 유학을 하였소. 당신이 어느 회석에서 말한 것을 기억하시오? 당신은 일생을 교육 사업에 바친다고 한 말을."

하고 형식은 발을 굴렀다.

현수는 시골 상놈한테 큰 수모를 당한다 하였다. 암만하여도 나는 남작이요, 수십만 원 부자요, 너는 가난한 일 서생이 아니냐. 지금은 네가 나를 이렇게 모욕하되, 장차 네가 내 발 앞에 꿇어 엎드릴 날이 있으리라 하였다.

나는 이렇게 형사에게 포박을 당하더라도 내일 아침이면 놓여나올 수도 있건마는, 너는 한 번 옥에 들어가기가 바쁘게 일생을 그 속에서 썩으리라 하였다. 네가 아무리 행실이 단정하다 하더라도 일생에는 무슨 허물도 있으리니, 그때에는 내가 오늘 받은 수모를 네게 갚으리라 하였다.

그리고 아까 영채를 안던 쾌미를 생각하매 중도에 방해를 더한 형식의 행위가 괘씸하다 하였다. 그러나 이 자리에서는 말할 바가 아니니 외딴 청량리 솔 수풀 속에서는 남작의 권위와 황금의 힘도 부릴 수가 없었다.

우선은 형식이 두 사람을 크게 책망할 줄 알았더니 교실에서 학생들에게 행실 잘하기를 가르치는 모양으로 말함을 보고 형식은 아직도 세상을 모르는 도련님이라 하였다. 만일 내가 형식이 되었으면 이러한 때를 당하여 실컷 꾸지람이나 톡톡히 하여 분풀이를 하련마는 하였다.

그러나 형식으로는 이보다 이상 더 심한 책망을 할 줄을 몰랐다. 그래서 형식이 마침내 다시 한 번 발을 구르며,

"여보! 사람들이 되시오!"

하였다.

형식은 생각에 아마 이만하면 저 두 사람들이 양심에 부끄러움이 생겨 '다시는 이러한 일을 아니하리라.' 하고 아프게 후회

할 줄을 믿었다. 두 사람이 고개를 숙이고 앉았는 것은 아마 자기의 말에 부끄러움과 후회가 생겨 그러하는 것이거니 하였다.

그러나 두 사람은 기실 부끄럽기는 하였으나 후회하지는 아니하였다.

우선은 참다못하여,

"자네는 영채 씨 모시고 들어가게. 이 일은 내가 맡음세."

하였다.

41

열한 시가 넘어서 영채는 집에 돌아왔다. 형식은 영채의 집 문밖까지 왔다가 자기 숙소로 돌아갔다.

청량리로서 다방골까지 오는 동안에 두 사람은 아무 말도 없었고, 서로 얼굴도 보지 아니하였다. 차마 말을 할 수도 없고, 서로 얼굴도 볼 수가 없었음이다. 두 사람은 기쁜 줄도 슬픈 줄도 모르고, 장차 어떻게 될 것인가도 생각지 아니하였다. 두 사람은 생각이 많기는 많으면서도 또한 아무 생각이 없음과 같았다. 줄여 말하면 두 사람은 아무 정신도 없이 집에 돌아온 것이다.

영채는 비틀거리는 걸음으로 제 방에 들어갔다. 방 안에 들어서자마자 소리를 내어 울며 쓰러졌다. 노파는 저편 방에서 잠이 들어 있다가 울음소리를 듣고 치마도 아니 입고 뛰어나와 영채의 방문 밖에 와서 영채의 울어 쓰러진 양을 보고,

"왜 늦었느냐, 왜 우느냐?"

하면서 영채의 찢어진 옷을 보았다.

그리고 고개를 끄덕끄덕하며 빙긋이 웃었다. '영채가 오늘은 서방을 맞았구나.' 하였다. 자기도 십오륙 세 적에는 영채와 같이 누구를 위하는지 모르게 정절을 지키던 것을 생각하였다. 그러다가 민 감사의 아들에게 억지로 정절이 깨지던 일을 생각하였다. 자기도 그때에 대드는 민 감사의 아들을 팔로 떠밀다가 '이년! 괘씸한 년!' 하는 책망을 듣고 울던 일을 생각하였다.

그러나 그로부터는 자기는 기쁘게 남자를 보게 된 것을 생각하였다. 또 같은 남자와 오래 있기보다는 가끔 새로운 남자를 대하는 것이 더 즐겁던 것도 생각하였다. '나는 열아홉 살 적에 적어도 백 명은 남자를 대하였는데.' 하고 영채가 오늘에야 비로소 남자를 대하게 된 것을 불쌍하게 여겼다.

그리고 영채가 지금까지 남자를 대하지 아니함으로 얼마만큼 교만한 마음이 있어 항상 자기를 멸시하는 빛이 있더니, 이제는 영채도 자기에게 대하여 큰소리를 못하리라 하고 또 한 번 빙긋이 웃었다.

'치마를 왜 찢겨? 치마를 찢기도록 반항할 것이 무엇이어?' 하고 노파는 흐득흐득 느끼는 영채의 등을 보며 생각한다.

못생긴 김현수가 영채에게 떠밀치던 양과 더 못생긴 배명식이 떠밀치고 악을 부리는 영채의 팔을 잡아 주던 양과, 영채가 이를 빠드득 하고 갈던 양을 생각하고 노파는 또 한 번 웃었다. '못생긴 년! 저마다 당하는 일인데.' 하고 노파는 영채가 아직 철이 나지 못하여 그러함을 속으로 비웃었다. '남작의 아들! 그 좋은 자리에!' 하고, 영채가 아직 철이 아니 나서 '좋은 자리'를 몰라보는 것이 가엾기도 하고 가증하기도 하다 하였다.

'내가 젊었다면' 하고 시기스럽기도 하였다. '지금이야 누가 나를 돌아보아야지.' 하고 늙은 것이 분하기도 하였다. '나는 저 못생긴 영감쟁이도 좋다고 하는데, 젊은 사람…… 게다가 남작의 아들을 마다고' 하는 영채가 밉기도 하였다. 그리고 지나간 사오 년 동안 영채가 밤에 '손님을 치렀다면, 일 년에 백 명씩을 치르더라도 한 번에 오 원치고 오백 명에 이천오백 원쯤은 더 벌었을 것을, 내가 약하여 저년의 미련한 고집을 들어주었구나.' 하고 영채를 발길로 차고도 싶었다. 그동안 영채를 공연히 먹여 수고 입혀 순 것이 한이라고도 하였다.

'그러나 이제는 손을 치르기 시작하였는데' 하고 여간 '천 원' 돈에 영채를 김현수에게 파는 것이 아깝다. 이대로 한 이삼 년 더 두고 이전에 밑진 것을 봉창하리라 하였다.

'옳지, 그것이 상책이다.' 하고 또 한 번 웃었다. 만일 김현수의 첩으로 팔더라도 이번에는 '이천 원'을 청구하리다. 김현수가 이제는 이천 원이 아니라 이만 원이라도 아끼지 아니하리라 하였다. 옳다, 그것이 좋다. 영채를 오래 두면, 혹 병이 들는지도 모르니, 약값을 없이하고, 혹 송장을 치르는 것보다 한꺼번에 이천 원을 받고 팔아 버리는 것이 좋다 하였다.

내일 아침에는 식전에 김현수가 오렷다. 오거든 그렇게 계약을 하리라 하고 또 한 번 웃었다.

노파는 영채가 점점 더욱 느끼는 양을 보았다. 그러고는 양미간을 찌푸렸다. 그리고 무서운 마음이 생겼다. 한 번 평양에 있을 때에 김윤수의 아들이 억지로 영채의 몸을 범하려다가 영채가 품에서 칼을 내어 제 목을 찌르려던 것을 생각하였다. 그 후부터 김윤수의 아들이 '독한 계집년!' 하고 다시 오지 아니하던 것을 생각하였다.

그리고 노파는 얼른 영채의 방 안을 둘러보고 또 영채의 손을 보았다. 혹 칼이나 없는가 하고, 그리고 노파의 머리에는 '칼', '아편', '우물', '한강'이란 생각이 휙휙휙 돌아간다.

노파는 소름이 죽 끼쳤다. 그리고 영채를 보았다. 영채는 두 손으로 제 머리채를 감아쥐었다. 영채의 등이 들먹들먹한다.

노파는 눈이 둥그레졌다. 영채는 벌떡 일어나 시퍼런 칼을 뽑아 들고 자기에게 달려들어 '이년아! 이 도둑년아!' 하고 자기의 가슴을 푹 찌르고 칼을 둘러 자기의 갈빗대가 부걱부걱 하고 소리를 내는 듯하였다. 또 영채가 그 칼을 뽑아 자기의 목을 찌르니 빨간 피가 콸콸 솟아 자기의 얼굴과 팔에 뿌려지는 듯도 하였다. 노파는 또 한 번 흠칫하면서 길게 한숨을 쉬었다.

노파는 가만히 영채의 문 안에 들어섰다. 영채는 그런 줄도 모르고 혼자말로,

"월화 형님! 월화 형님!"

하며 빠드득 이를 간다.

노파는 흠칫하고 도로 문밖에 나섰다. '영채를 달래자.' 하였다. 그리고 '영채가 불쌍하구나.' 하였다. '영채를 꼭 안아 주자.' 하였다. '팔 년 동안이나 길러 온 내 딸이로구나!' 하였다.

그리고 빙그레 웃으며,

"월향아! 애, 월향아!"

하면서 문 안에 들어갔다.

42

"얘, 월향아!"

하고 불러도 대답이 없음을 보고 노파는 영채의 곁에 웅크리고 앉아서 영채의 등을 흔들며,

"얘, 월향아! 왜 우느냐?"

하였다.

영채는 고개를 들어 노파를 보았다. 그 치마도 아니 입은 두 다리와 뚱뚱한 몸뚱이가 구역이 날 듯이 더럽게 보인다. 더구나 그 음흉하고도 간사하여 보이는 눈이 더욱 불쾌하다. 저 노파는 내 피를 빨아먹고 저렇게 뚱뚱하여졌구나.

내가 칠 년간 갖은 고락을 다 겪은 것도 저 노파 때문이요, 내가 십구 년 동안 지켜 오던 정절을 이렇게 더럽히게 됨도 저 노파 때문이로구나. 이년의 할멈쟁이를 아싹아싹 깨물고 씹어 주고 싶구나 하였다.

오늘 나를 청량리에 보낸 것도 저 노파의 꾀로구나, 저 노파가 내가 이렇게 될 줄을 알면서 나를 청량리에 보내었구나, 하고 원망스럽게 노파를 보았다.

노파는 피가 선 영채의 눈을 보고 무서운 마음이 생기는 것을 억지로 참고 더욱 다정한 목소리로,

"웬일이냐, 네 입에 피가 묻었구나. 입술이 터졌느냐?"

영채는 이것이 다 너 때문이로다 하면서,

"내가 깨물었소! 뜯어먹을 양으로 깨물었소! 남들이 내 살을 다 뜯어먹는데, 나도 내 살을 뜯어먹을 양으로 깨물었소!"

이 말을 할 때에 영채는 노파의 두텁게 생긴 입술을 깨물어 뜯고 싶었다. 노파는 곁에 있는 수건을 집어 들고 영채의 목에 팔을 걸며,

"아프겠구나. 피를 좀 씻자."

한다.

노파의 마음에는 진정으로 영채가 불쌍하다는 생각이 난다. 영채는 노파의 눈에 눈물이 그렁그렁한 것을 보고 '그래도 사람의 마음이 조금은 남았구나.' 하면서, 노파가 수건으로 자기의 입에 피를 씻는 것을 거절하지도 아니하였다. 그리고 저 노파의 눈에도 눈물이 있는 것을 이상히 여겼다. 영채가 칠 년 동안이나 노파와 함께 있으되 아직 한 번도 눈물을 흘리는 것을 보지 못하였다.

한 번 노파의 어금니에 고름이 들어서 사흘 동안이나 눈물을 흘려 본 일이 있으나, 그 밖에 누구를 불쌍히 여긴다든가, 또는 제 신세를 위하여서 흘리는 눈물을 보지 못하였다. 영채는 노파의 눈물을 보고 저 눈물 맛은 쓰고 차리라 하였다. 영채는 물어

뜯긴 입술이 아픈 줄도 모른다.

노파는 입술이 아플까 보아서 부드러운 명주 수건으로 가만가만히 피를 씻는다. 씻으면 또 나오고 씻으면 또 나오고 깊이 박힌 두 앞이빨 자국으로 새빨간 핏방울이 연하여 솟아나온다. 명주 수건은 그만 피로 울긋불긋하게 되고 말았다.

노파는 '휘' 하고 한숨을 쉬며 그 피 묻은 수건을 물에 비추어 본다. 영채도 그 수건을 보았다. '저것이 내 피로구나. 저것이 내 부모께 받은 피로구나.' 하였다.

그리고 치마 앞자락이 찢어진 것을 생각하고, 아까 청량리 일을 생각하고, '우후! 이 피가 이제는 더러운 피가 되었구나.' 하고 노파에게서 피 묻은 수건을 빼앗아 입으로 빡빡 찢으며 또, '이 피가 더러운 피로구나, 더러운 피로구나!' 하고 몸을 우둘 떤다.

영채의 눈앞에는 아까 청량리에서 만나던 광경이 더욱 분명하게 보인다. 김현수의 그 짐승 같은 눈, 그 곁에 서서 땀내 나는 손수건으로 영채의 입을 틀어막던 배명식의 모양, 배명식이 영채의 두 팔을 꽉 붙들 때에 미친 듯한 김현수가 두 손으로 자기의 두 귀를 꽉 붙들고 술 냄새와 구린내 나는 입을 자기의 입에 대던 모양, '이 계집을 비끄러맵시다.' 하고 김현수가 자기 두 발을 붙들고 배명식이 눈을 찡긋찡긋하며 자기의 두 팔목을 대님

짝으로 동여매던 모양, 그러한 뒤에, '이년, 이 발길년! 이제도' 하고 김현수가 껄껄 웃던 모양이 더욱 분명하게 보인다.

영채는 두 주먹으로 가슴을 두드리고 발버둥을 치며,

"칼을 주시오! 칼을 주시오! 이 입술을 베어 내어 버리렵니다. 칼을 주시오!"

하고 운다. 노파는 영채를 껴안으며,

"얘, 얘, 월향아! 정신을 차려라, 정신을 차려!"

하고 노파의 눈에 고였던 눈물이 영채의 머리 위에 떨어진다.

"얘, 월향아! 참으려무나, 참아."

영채의 몸은 추워하는 사람 모양으로 떨린다. 영채는 또 아랫입술을 꽉 물었다. 따끈따끈한 핏방울이 영채의 가슴에 있는 노파의 손등에 떨어진다.

노파는 얼른 영채의 어깨 위로 영채의 얼굴을 보았다. 영채의 입술에서는 샘물 모양으로 피가 솟는다. 앞이빨에 빨갛게 핏물이 들고 이빨 사이로 피거품이 나와서는 뚝뚝뚝 떨어진다. 흐트러진 머리카락이 눈과 뺨을 가리어 그림자에 영채의 얼굴은 마치 죽은 사람과 같다.

노파는 영채의 가슴 안았던 팔을 풀어 영채의 목을 안고 영채의 뺨에 자기의 뺨을 비볐다. 영채의 뺨은 불덩어리와 같이 덥다. 노파는 흑흑 느끼며,

"월향아, 내가 잘못하였다, 내가 잘못하였다. 월향아, 참아라, 내가 죽일 년이로다"

하고 엉엉 소리를 내어 울었다.

노파는, '월향이 이처럼 마음이 굳은 계집인 줄은 몰랐구나.' 하였다. '내가 잘못하여 불쌍한 월향이 피를 흘리는구나.' 하였다. '아아 어여쁜 월향! 내 딸 월향이!' 하고 노파는 마음속으로 합장 재배하였다.

노파는 더욱 울음소리를 내며 영채의 뺨에다 제 뺨을 비비고 영채의 향내 나는 머리카락을 입으로 씹었다. 영채의 찢기고 구겨진 치마 앞자락에는 새빨간 피가 뚝뚝 떨어졌다. 영채가 이빨로 물어뜯은 피 묻은 명주 수건 조각이 영채의 발 앞에 넘너른하여 전등 빛에 반짝반짝한다. 아롱아롱한 자루에 넣어 비스듬히 벽에 세운 가야금이 웬일인지 두어 번 스르릉 운다.

저편 방에서 노파를 기다리던 영감쟁이가 허리띠도 아니 매고 영채의 문밖에 와서,

"흥, 울기들은 왜?"

한다.

43

형식은 집에 돌아왔다. 노파는 형식이 전에 없이 늦게 온 것을 보고 제 방에 누운 대로,

"왜 늦으셨어요?"

한다.

그러나 형식은 대답도 아니하고 자기의 방에 들어가 불을 켜고, 모자도 쓴 대로 두루마기도 입은 대로 책상 앞에 앉았다. 노파는 대문을 잠그고 가만가만히 형식의 방문 앞에 와서 형식의 얼굴을 보았다. 형식은 눈을 감고 앉았다. 노파는 요새에 형식에게 무슨 걱정이 있는고 하였다.

형식은 이 집에 삼 년이나 있었다. 그러므로 노파는 형식을 친자식과 같이 동생과 같이 여겼다. 이제는 형식은 자기 집에 유하는 객이 아니요, 자기의 가족과 같이 여겼다. 그러므로 부엌에서 형식의 밥상을 차릴 때에도, 이것은 내 집에 와서 돈을 주고 밥을 사 먹는 손님의 밥이라 하지 아니하고, 수십 년 전에 자기 남편의 밥상을 차리던 생각과 정성으로 하였다. 노파는 친구도 없고 친척도 없다. 노파의 이 세상에서 유일한 친구는 형식뿐이었다.

형식도 노파를 사랑하고 공경하였다. 형식은 노파에게 극히

경대하는 언어와 행동을 하고 그러면서도 어머니 모양으로 친하게 정답게 하였다. 형식은 노파가 무슨 걱정을 하는 양을 볼 때에는 담배를 들고 노파의 방에 가거나, 노파를 자기의 방에 청하여다가 여러 가지 재미있는 이야기로 노파를 위로하였다.

그러면 노파는 반드시 '그렇지요, 세상이란 그렇지요.' 하고 걱정이 다 스러져 웃고는 형식에게 과일도 사다 주고 떡도 사다 주었다.

노파도 형식의 말을 들으면 무슨 근심이나 다 스러지거니와, 형식도 노파를 위로하고 나면 이상하게 마음에 기쁨을 깨달았다. 혹 형식이 일부러 불쾌한 일이 있는 체, 성나는 일이 있는 체 하면, 노파는 담배를 들고 형식의 방에 와서 열심으로 형식을 위로하였다.

노파가 형식을 위로하는 말은 대개는 형식이 노파를 위로하던 말과 같았다. 대개 노파는 이 세상에 친구도 없고, 글도 볼 줄 모르는 사람이다. 지식을 얻을 데는 형식밖에 없었다. 그러므로 노파가 지금 가지고 있는 지식은 대개 형식의 위로하는 말에서 얻은 것이다. 형식의 말은 노파에게 대하여는 철학이요, 종교였다. 그러나 노파는 이것을 형식에게서 얻은 줄로 생각지 아니하고 이것은 제 속에서 나오는 지식이거니 한다.

이는 결코 남의 은혜를 잊어서 그러는 것이 아니라 형식에게서 얻은 줄을 모르는 까닭이다. 그러므로 노파가 형식을 위로하려 할 때에는 첫마디만 들으면 형식은 노파의 하려는 말을 대강은 짐작하고 혼자 빙긋이 웃곤 하였다. 그러나 열 번에 한 번이나 혹은 스무 번에 한 번씩 노파의 특유한 사상도 있었다.

노파는 극히 둔하나마 추리력이 있었다. 형식에게서 들은 재료로 곧잘 새로운 명제를 궁리하여 내는 수도 있었다.

노파의 하는 말은 자기에게 들은 것인 줄은 알면서도 같은 말이라도 노파의 입으로서 나오면 새로운 맛이 있었다. 다 같이 '세상이란 다 그렇고 그렇지요.' 하는 말이라도 형식의 입에서 나올 때와 노파의 입에서 나올 때와는 뜻과 맛이 달라진다. 이러므로 형식은 노파에게서 제가 하던 말을 도로 들으면서도 큰 위로를 받았다. 그러나 노파가 특별히 발명한 진리인 듯이 형식의 하던 말을 낭독할 때에는 형식은 웃음을 금하지 못하였다.

아무려나 노파도 형식을 좋아하고 형식도 노파를 좋아하였다. 그러나 형식도 노파를 불쌍히 여기고 노파도 형식을 불쌍히 여겼다. 노파는 젊었을 때에 어떤 양반집 종이었다. 그러다가 그 양반집 대감의 씨를 배에 받아 한참은 서슬이 푸르렀다.

그 대감의 사랑은 극신하여 농부들도 자기를 우러러보고 자기도 동무들에게 자랑하였다. 그러나 노파는 그 늙은 대감에게 만족하지 못하여 몰래 그 대감집에 다니는 어떤 젊고 어여쁜 문

객과 밀통하다가 마침내 대감에게 발각되어, 그 문객은 간 곳을 모르게 되고 자기는 인두로 하문을 지짐이 되어 그만 사오 삭의 영화가 일조에 한바탕 꿈이 되고 말았다. 그러므로 노파는 벼슬하는 양반의 세력 좋음을 잘 보았다.

그의 생각에 세상에 벼슬을 못 하는 남자는 불쌍한 사람이라 한다. 그래서 노파는 삼 년 전부터 형식에게 벼슬하기를 권하였다. 그러나 형식은 웃으며,

"나와 같은 사람에게 누가 벼슬을 주나요?"

하였다.

노파는 형식의 재주 있음을 알고 사람이 좋음을 안다. 그러므로 형식은 마땅히 벼슬을 하여야 할 사람이라고 생각한다.

노파는 형식을 찾아오는 금줄 두르고 칼 찬 사람들을 볼 때마다 '왜 우리 형식 씨는 벼슬을 아니하는고.' 하고 혼자 형식을 위하여 괴로워한다. 그래서 그 금줄 두르고 칼 찬 손님이 돌아가면 으레

"왜 나리께서는 벼슬을 아니하셔요?"

한다. 그때마다 형식은

"내게야 누가 벼슬을 주나요?"

하고 웃는다.

그러나 아무리 말을 하여도 형식이 듣지 아니함을 보고 노파

는 일 년 전부터는 그러한 말을 하지 아니하였다. 다만 형식에게 벼슬하는 친구들이 찾아오는 양과, 여러 사람이 '이 선생'이라고 부르는 양을 보고 '대체 형식도 벼슬은 아니할 망정 저 사람들만은 하거니.' 하고 혼자 위로한다.

그래서 근래에는 형식을 부를 때에 '나리'라 하지 아니하고 '선생'이라고 부르게 되었다. 그러나 '벼슬을 하였으면' 하는 생각도 아직도 가슴속에 깊이 박혔다.

노파는 한참이나 문밖에 서서 형식의 하는 양을 보고 무슨 말을 하려다가 '아마 무슨 생각을 하는 게지.' 하고 가만히 제 방으로 들어간다. 그러나 자리에 누워서도 잠이 못 들고 가끔가끔 담배를 피워 물고는 머리를 내밀어 형식의 방을 건너다보았다.

그러나 노파가 한참을 자고 나서 건너다볼 적에도 형식의 방에는 아직 불이 아니 꺼졌다.

44

형식은 노파가 문밖에 와 섰던 줄도 모르고 영채를 생각하였다. 청량사에서 보던 광경을 생각하였다.

김현수가 영창을 떠들고 일어나던 것과 영채의 입술에 피가 흐르던 것과 영채의 옷이 흘러내려 하얀 허리가 한 뼘이나 드러났던 것을 생각하였다. 그리고 우선이 '모 다메다.' 하던 것을 생각하였다. 영채는 과연 김현수에게 몸을 더럽힘이 되었는가 하고 생각을 하였다.

우선이 창으로 엿보고 '모 다메다.' 하던 것이 무슨 뜻인가 하였다. 그것이 '벌써 영채의 몸은 더러워졌다.' 하는 뜻일까, 또는 우선이 다만 더러워질 뻔하던 것을 보고 그러하였음이 아닐까.

형식은 자기가 발길로 영창을 차기 전에 한 번 창으로 엿보았다면 좋을 것을 하였다. 암만하여도 우선의 '모 다메다.' 하던 뜻을 '영채의 몸은 먼저 더러워졌다.' 하는 뜻으로 해석하기는 싫다. 마침 더러워지려 할 때에 하늘의 도움으로 나와 우선이 영채를 구원한 것이 아닐까. 그렇다, 그렇다! 하고 형식은 안심하는 듯이 한숨을 쉬었다.

그러나 그 손발을 동여 맨 것이 무슨 뜻일까. 그 치마와 바지가 찢어지고 다리가 드러났음이 무슨 뜻일까. 또 영채가 두 손으로 낯을 가리고 입술을 물어뜯은 것이 무슨 뜻일까. 그리고 나에게 대하여 아무러한 말도 아니한 것이 무슨 뜻일까. 아아, '모 다메다.' 하던 우선의 말이 참말이 아닐까. 옳다! 옳다! 영채의 몸은 더러워졌구나. 영채의 몸은 김현수에게 더러워졌구나 하였다.

그리고 형식은 두 주먹을 불끈 쥐어서 공중에 두어 번 내둘렀다. 그리고 궐련 한 대를 붙여서 흡연도 아니하고 폭폭 빨았다. 그 담배 연기가 눅눅하고 바람 없는 공기 중에 퍼질 줄을 모르고 형식의 후끈후끈하는 머릿가로 물결을 지며 돌아간다.

형식은 반도 다 타지 못한 궐련을 마당에 홱 집어 내던지고 두 손으로 머릿가로 뭉게뭉게 돌아가는 담배 연기를 홰홰 젓는다. 담배 연기는 혹은 빠르게 혹은 더디게 길을 잃은 듯이 사방으로 흩어진다. 천장에서 자던 파리가 놀라 왕왕하더니 도로 소리가 없어진다. 형식은 또 고개를 숙이고 그린 듯이 앉았다.

대체 영채는 지금까지 처녀였을까 하였다. 칠팔 년을 기생으로 지내면서 처녀로 있을 수가 있을까 하였다. 또 매음하지 아니하고 기생 노릇을 할 수가 있을까 하였다. 한두 번은 모르되, 열 번 스무 번 남자가 육욕과 돈으로 후릴 때에 영채라는 계집아이가 족히 정절을 지켰을까 하였다.

설혹 혈통이 좋고 어려서 《내칙》과 《열녀전》을 배웠다 하더라도그것을 가지고 능히 칠팔 년간 수십 번, 수백 번의 힘센 유혹을 이길 수가 있을까 하였다.

형식은 자기가 지금까지 읽어 오던 소설의 계집 주인공과 신문이나 말로 들어 온 계집의 일을 생각하여 보았다.

옛날 중국의 소설이나 우리나라 이야기책을 보건대 과연 송죽 같은 절개를 지켜 온 여자도 있었다. 그러나 그것은 소설 중에 있는 일이다. 현실에 그러한 일이 있을 수가 있을까 하였다. 옛날 소설에는 몸이 기생이 되어서도 팔에 앵혈이 지지 아니했다는 여자가 있었다. 그러나 현실에 그러한 사람이 있을 수가 있을까, 십팔구 세나 된 여자가 매양 청구하여 오는 남자를 거절할 수가 있을까.

설혹 영채가 정절이 세상에 뛰어나 능히 모든 유혹을 다 이긴다 하더라도 그동안에 김현수와 같은 사람이 없었을까. 김현수와 같은 사람은 서울에만 있을 것이 아니요, 또 서울에도 한 사람만 있을 것이 아니다. 그동안 청량사에서 당하던 일과 같은 일을 여러 번 당하지 아니하였을까. 그렇다! 영채는 도저히 처녀 될 리가 만무하다 하고, 형식은 벌떡 일어나 방 안으로 왔다 갔다 하였다.

형식은 다시 앉아서 담배를 피워 물었다. 그리고 자기의 과거를 생각하였다. 형식은 과연 오늘날까지 일찍 계집을 본 적이 없었다. 이십사 세가 되도록 계집을 본 적이 없다 하면 극히 정결한 청년이라 할지라. 그러나 형식은 진실로 뜻이 굳고 마음이 깨끗하여 이러한 정절을 지켜 온 것일까. 이렇게 생각하고 형식은 고개를 흔들었다.

일찍 동경에 있을 때에 어떤 여자가 주인 노파를 통하여 형식에게 사랑을 구한 적이 있었다. 그때에 형식은 주저함도 없이 그 청구를 거절하였다. 그 후에도 두어 번 청구가 있었으나 여전히 거절하였다.

그러나 형식의 마음이 과연 이처럼 깨끗하였던가. 형식의 양심의 힘이 과연 이렇게 굳세었던가. '그게 말이 되오? 못 하지요!' 하고 굳세게 거절한 뒤에 형식의 마음은 도리어 이 거절한 것을 후회하였다. '내가 못생겼다. 왜 거절을 하여!' 하고 다시 청구를 하거든 슬그머니 못 견디는 체하리라 하였다. 즉 이 청구를 거절한 것은 형식의 마음이 아니요, 형식의 입이었다.

형식은 '어떠시오?' 하고 빙그레 웃는 그 주인 노파의 말에 '좋소.' 하기가 부끄러워서 '아니오!' 한 것이나, 그 주인 노파가 만일 형식의 '아니오!'를 '좋소.'로 들어 주어, 어느 날 저녁에 그 여자를 데려다가 형식의 방에 넣어 주었다면 형식은 그 노파를 '괘씸하다.' 하고 원망하였을까. 형식은 고개를 흔들었다.

그 후에 하루 저녁은 그 여자가 주인 노파의 방에 와서 잤다. 그날 형식이 자리를 펼 때에도 노파가 슬그머니 눈짓을 하였다. 그러나 형식은 소리를 가다듬어, '아니오!' 하였다. 그러고는 그 노파가 이 '아니오!'를 반대로 들어 주었으면 하고 유심하게 웃었다.

노파도 웃었다. 그러고는 자리에 누워서 이제나저제나 하고 그 여자가 올라오기를 기다렸다. 혹 일도 없이 뒷간에 오르내리면서 헛기침도 하였다.

그 이튿날 아침에 형식은 주인 노파가 너무 정직한 것을 한하였다. 그렇게 생각하고 형식은 고개를 흔들며 한 번 더, '처녀 될 리가 만무하다.' 하였다.

45

형식은 노파가 건넌방에서 담뱃대 떠는 소리를 들었다. 그리고 또 궐련을 피우면서 생각하였다.

그러면 어떡할까. 영채를 어떻게 할까. 은인의 따님인 것을 위하여 내 아내를 삼을까. 그러하는 것이 내 도리에 마땅할까.

형식의 눈앞에는 어제 저녁 바로 이 방에 앉았던 영채의 모양이 보인다. '아버지는 옥중에서 굶어 돌아가시고…….' 할 때의 눈물 그렁그렁한 영채의 얼굴은 과연 어여뻤다. 그때에 형식은 영채를 대하여 황홀하였다. 그리고 영채와 회당에서 혼인할 광경과 영채와 자기와의 사이에 어여쁘고 튼튼한 아들과 딸이 많이 날 것도 상상하였다.

형식은 지금, 어제 저녁에 영채가 앉았던 자리를 보고 그때의 광경과 그때의 상상하던 바를 생각했다. 그리고 형식은 한참이나 황홀하였다.

'그러나!' 하고 형식은 눈을 번쩍 떴다. '그러나 영채는 처녀가 아니다. 설혹 어제까지는 처녀라 하더라도 오늘 저녁에는 이미 처녀가 아니로다.' 하고 청량사의 광경을 한 번 다시 그렸다.

어제 저녁에는 행여나 영채가 어떠한 귀한 가정의 거둠이 되어 마치 선형이나 순애 모양으로 번뜻하게 여학교를 졸업하고 순결한 처녀로 있으려니 하였다. 만일에 기생이 되었더라도 자기를 위하여 정절을 지켰으려니 하였다. 그러나 이제는 영채는 처녀가 아니로다 하고 형식은 고개를 숙였다. 그리고 한참이나 있었다. 또 건넌방에서 노파의 담뱃대 떠는 소리가 들린다.

형식은 또 고개를 들었다. 방 안을 돌아보았다. 이때에 형식의 머리에는 아까 김 장로의 집에서 선형과 순애를 대하여 앉았던 생각이 난다. 그 머리로서 나는 향내, 그 책상을 짚고 있던 투명할 듯한 하얀 손가락, 그 조금 구기고 때가 묻은 옥색 모시 치마, 그 넓적한 옥색 리본, 그 적삼 등에 땀이 배어 부드럽고 고운 살이 말갛게 비치던 모양이 말할 수 없는 향기와 쾌미를 가지고 형식의 피곤한 신경을 지극한다.

또 이것을 대할 때에 전신이 스르르 녹는 듯하던 즐거움과, 세상만사와 우주에 만물이 모두 다 기쁨으로 빛나고 즐거움으로 노래하는 듯하던 그 기억이 아주 분명하게 일어난다.

형식은 선형을 선녀 같은 처녀라 한다. 선형에게는 일찍 티끌만 한 더러운 행실과 티끌만 한 더러운 생각도 없었다. 선형은 오직 맑고 오직 깨끗하니, 마치 눈과 같고 백옥과 같고 수정과 같다 하였다. 이렇게 생각하고 형식은 빙긋이 웃었다. 그리고 또 눈을 감았다.

형식의 앞에는 선형과 영채가 가지런히 떠 나온다. 처음에는 둘이 다 백설 같은 옷을 입고 각각 한 손에 꽃가지를 들고 다른 한 손은 형식의 손을 잡으려는 듯이 손길을 펴서 형식의 앞에 내밀었다. 그리고 두 처녀는 각각 방글방글 웃으며, '형식 씨! 제 손을 잡아 주셔요, 네.' 하고 아양을 부리는 듯이 고개를 살짝 기울인다. 형식은 이 손을 잡을까 저 손을 잡을까 하여 자기의 두 손을 공중에 내들고 주저한다.

이윽고 영채의 모양이 변하여지며 그 백설 같은 옷이 스러지고 피 묻고 찢어진, 이름도 모를 비단 치마를 입고, 그 치마 째어진 데로 피 묻은 다리가 보인다. 영채의 얼굴에는 눈물이 흐르고 입술에서는 피가 흐른다. 영채의 손에 들었던 꽃가지는 금시에 간 데가 없고, 손에는 더러운 흙을 쥐었다.

형식은 고개를 흔들고 눈을 떴다. 그러나 여전히 백설같이 차리고 방글방글 웃는 선형은 형식의 앞에서 손을 내밀고, '형식

씨! 제 손을 잡으세요, 네.' 하고 고개를 잠깐 기울인다. 형식이 정신이 황홀하여 선형의 손을 잡으려 할 때에 곁에 섰던 영채의 얼굴이 귀신같이 무섭게 변하며 빠드득 하고 입술을 깨물어 형식을 향하고 피를 뿌린다. 형식은 흠칫 놀라 흔들었다.

형식은 다시 일어나 방 안으로 왔다 갔다 거닐다가 뒤숭숭한 생각을 없이하노라고 학도들이 부르는 창가를 읊조리며 마당에 나왔다. 아까 소낙비 지나간 자취도 없이, 하늘은 샛말갛게 맑고 물 먹은 별이 졸리는 듯이 반짝반짝한다. 남쪽이 훤한 것은 진고개의 전등 빛이라 하였다.

형식은 물끄러미 하늘을 쳐다보았다. 저 반짝반짝하는 별에서 내려오는 듯한 서늘한 바람이 사람의 입김 모양으로 이따금 이따금 형식의 더운 낯으로 스쳐 지나간다. 형식의 물 끓듯 하던 가슴은 얼마만큼 서늘하게 된 듯하다.

저 별들은 언제부터나 저렇게 반짝반짝하는가. 또 무엇하러 저렇게 반짝반짝하는가. 누가 이 별은 여기 있게 하고, 저 별은 저기 있게 하여 이 모양으로 있게 하였는고. 저 별과 별 사이로 보이는 아무것도 없는 컴컴한 허공으로 바로 날아 올라가면 어디로 갈 것인고.

형식은 동경서 유학할 때에 폐병 들린 선생에게 천문학 배우던 생각을 하였다. 그 선생이 매양,

"여러분에게 천문학자 되기는 권하지 아니하거니와, 밤마다 하늘을 바라보는 사람이 되기는 간절히 권하오."

하고 기침이 나서 타구에 핏덩이를 토하던 생각이 난다.

뒤숭숭한 세상 생각에 마음이 괴로울 적에 한 번 끝없는 하늘과 수없는 별을 바라보면 천사만려가 봄눈 스러지듯 하는 것이라고 형식도 말로는 하였었다. 그러나 그는 아직 하늘을 바라보지 아니치 못하도록 마음이 괴로워 본 적이 없었다. 그러나 지금에 그는 그 천문학 선생의 하던 말을 깊이깊이 깨달았다. 형식은 기쁨을 못 이기는 듯,

"무궁한 시간의 일점과 무궁한 공간의 일점을 점령한 인생에게 큰일이라면 얼마나 크고 괴로운 일이라면 얼마나 괴로우랴."

하였다.

그리고 한 번 다시 하늘을 우러러보고 고개를 숙여 기도를 올렸다.

46

형식은 석 점이나 지나서야 잠이 들어 아침 아홉 시가 되도록 잤다. 형식은 몹시 몸과 정신이 피곤하여 반쯤 잠을 깨고도 여

러 가지로 뒤숭숭한 꿈을 꾸었다.

노파는 벌써 조반을 차려 놓고 사오 차나 형식의 방을 엿보았다. 형식이 두루마기를 입은 채로 자리도 아니 펴고 자는 것을 보고 노파는 '웬일인고?' 하였다. 그러나 노파는 어제 저녁 형식이 늦게 잔 줄을 알므로 깨우려도 아니하고 모처럼 만들어 놓은 장찌개가 식는 것을 근심하였다.

이때에 신우선이 대팻밥모자를 제쳐 쓰고 단장을 두르며 들어오더니 노파를 보고,

"편안하시오. 이 선생 있소?"

하고 쾌활히 점잖이 묻는다.

노파는 신우선을 잘 안다. 그리고 '시원한 남자'라고 형식을 대하여 비평한 일이 있었다. 노파는 웃고 마주 나오면서,

"어제 저녁에 늦게 돌아오셔서 새벽이 되도록 앉아서 무슨 생각을 하시더니 아직도 주무십니다그려. 저렇게 조반이 다 식는데."

하고 장찌개를 생각한다.

노파가 만드는 장찌개는 그다지 맛있는 것은 아니었다. 그러나 노파는 자기가 된장찌개를 제일 잘 만드는 줄로 자신하고 또 형식에게도 그렇게 자랑을 하였다.

형식은 그 된장찌개에서 흔히 구더기를 골랐다. 그러나 노파

의 명예심과 정성을 깨뜨리기가 미안하여, '참 좋소.' 하였다. 그러나 '참 맛나오.' 하여 본 적은 없었다. 그러나 노파는 이 '참 좋소.'로 만족하였다.

한 번 신우선이 형식으로 더불어 저녁을 같이 먹을 때에도 노파가 자랑하는 된장찌개가 있었다. 그때에 마침 굵다란 구더기가 신우선의 눈에 띄어 신우선은 그 험구로 노파의 된장찌개가 극히 좋지 못함을 비웃었다. 곁에 있던 형식이 황망하게 우선의 입을 막았으나 우선은 일부러 빙긋 웃어 가며 소리를 높여 노파의 된장찌개 만드는 솜씨의 졸렬함을 공격하였다. 그때에 노파는 건넌방 툇마루에서 분한 모양으로 담배를 빨다가,

"나이 많으니깐 그렇구려."

하고 젊었을 때에는 잘 만들었다는 뜻을 표하였다. 그 후로부터 노파는 우선을 '쾌활한 남자'라고 칭찬하지 아니하게 되었다.

그러나 우선을 보면 여전히 친절하게 하였다. 대개 더 자기의 된장찌개를 공격할까 두려워함이로다.

우선은 형식에게 이 말을 들었음이라,

"요새는 된장찌개에 구더기나 없소?"

하고 형식의 방에 들어가 큰 소리로,

"여보게, 일어나게 일어나! 이게 무슨 잠이란 말인가."

하였다.

형식은 어렴풋이 우선과 노파의 회화를 들으면서도 아주 잠을 깨지 못하였다가 우선의 큰 목소리에 눈을 비비며 일어나 책상 위에 놓인 둥그런 자명종을 본다.

우선은,

"시계는 보아 무엇하게. 열 점일세. 열 점이어! 자 어서 세수하고 옷 입게. 조반 먹고."

시계는 아홉 점 반이었다. 형식은 우선이 '어서 옷 입고.' 하는 말을 듣고 비로소 어제 저녁 생각을 하고 영채의 생각을 하였다. 그리고 우선의 낯빛을 보고 무슨 일이 생긴 줄을 깨닫고, 또 그 일이 영채의 일인 줄도 짐작하였다. 그리고 어제 저녁 자기 혼자 잠을 못 이루고 생각하던 일을 생각하였다.

형식은,

"왜 무슨 일이 있는가?"

"어서 세수하고 조반을 먹어! 제가 할 걱정을 내가 하는데."

하고 책상 곁에 가서 영문책을 빼들고 초이스 독본 삼 권 정도의 영어로 한 자 두 자 뜯어본다.

형식은 무슨 일인지는 모르나 우선의 낯빛을 보고 말하는 양을 보매, 대체 영채에게 관한 일이거니 하면서 칫솔을 물고 수건을 들고 나간다. 우선은 형식의 세수하러 나가는 양을 보고 '너도 걱정이로구나.' 하였다.

우선은 형식의 인격이 으레 영채를 아내로 삼으리라 하였다. 그러나 영채를 아내로 삼으면 형식의 머릿속에 청량사 일이 늘 남아 있어 형식을 괴롭게 하리라 하였다. 그러나 형식을 괴롭게 하고 아니하게 함은 자기의 손에 있다 하였다. 대개 영채가 처녀요 아님을 아는 이는 김현수와 배명식과 자기의 삼 인이 있을 따름이다. 우선은 이 비밀을 가지고 오래 두고 형식의 마음을 괴롭게 하리라. 그도 아니하면 자기가 영채를 어르다가 가만히 떨어진 분풀이를 어디다 하리요 하였다.

그러나 이는 우선의 악의에서 나옴이 아니라 어디까지든지 인생을 장난으로 알려 하는 우선의 한 희롱에 지나지 못하는 것이다. 그러나 형식은 우선과 같이 세상을 장난으로 알지는 못하는 사람이다.

형식은 어디까지든지 인생을 엄숙하게 보려 한다. 그러므로 우선은 이럭저럭 한 세상을 유쾌하게 웃고 지나면 그만이로되, 형식은 인생에서 무슨 뜻을 캐어 내려 하고 세상을 위하여 힘 있는 데까지는 무슨 공헌을 하고야 말려 한다.

그러므로 형식에게는 인생의 어떠한 작은 현상이나 세상의 어떠한 작은 사건이라도 모두 엄숙하게 연구할 제목이요, 결코 우선과 같이 웃고 지내어 보내지 못한다.

우선은 이러한 형식을 일컬어 아직도 '탈속을 못 하였다.' 하고, 형식은 우선을 일컬어 '세상에 무해무익한 사람'이라 한다. 그렇다고 우선은 세상의 문명과 행복을 증진하는 데 대하여 전혀 무관언(無關焉)하냐 하면 그는 그런 것이 아니다.

우선도 아무쪼록 세상에 유익한 일을 하려고는 한다. 다만 그는 형식과 같이 열렬하게 세상을 위하여 일생을 버리려는 열성이 없음이니, 형식의 말을 빌건대 우선은 '개인 중심의 중국식 교육을 받은 자'요, 형식 자기는 '사회 중심의 희랍식 교육을 받은 자'다. 바꾸어 말하면, 우선은 한문의 교육을 받은 자요, 형식은 영문이나 독문의 교육을 받은 자다.

형식은 두어 번 칫솔을 왔다 갔다 하고 얼른 세수를 하고 들어와 거울을 보고 머리를 가른다. 우선은 까닭도 없이 이 머리 가르는 것을 미워하여 형식을 보면 매양 머리를 깎으라 하고, 이따금 무슨 전제(前提)로 그러한 결론(結論)을 하는지 '머리를 가르는 자는 무기력한 자'라 한다.

우선은,

"무슨 일이어? 응, 무슨 일이어?"

하고 된장찌개의 구더기를 골라 가며 간절히 듣고 싶어하는 형식의 묻는 말에는 대답도 아니하고, 방 안에서 벙글벙글 웃으면서 왔다 갔다 거닐다가 형식이 분주히 밥상을 물리기를 기다려 형식을 끌고 나간다.

노파는 밥상을 들내어 가면서 같이 나가는 두 사람의 얼굴을 유심히 보더니 밥상을 마루에 갖다 놓고 허리를 펴며,

"무슨 일이 있는고?"

한다.

47

우선은 형식의 기뻐할 것을 상상하고 마치 누구를 전에 못 보던 좋은 구경터에 데리고 가는 모양으로 형식을 데리고 다방골 계월향의 집을 찾았다.

형식도 종각 모퉁이를 돌아설 때부터 우선이 자기를 영채의 집으로 끌고 가는 줄을 알았다. 그리고 우선이 자기를 이리로 끌고 올 때에는, 또 우선이 기뻐하는 양을 보건대 무슨 좋은 일이 있는 줄도 생각하였고, 또 그 좋은 일이라 함은 아마 영채의 몸을 구원하는 일인 줄도 생각하였다.

그러나 '벌써 늦었다.' 하였다. 벌써 영채는 처녀가 아니라 하였다. 그리고 어제 저녁에 영채와 선형이 하얀 옷을 입고 웃으면서 각각 한편 손을 내밀며 '제 손을 잡아 줍시오. 네.' 하다가 영채의 몸이 문득 변하던 것도 생각하였다. 더구나 영채의 얼굴

이 귀신같이 무섭게 되고, 입술에서 흐르는 피를 자기의 몸에 뿌리던 것을 생각하였다.

두 사람은 문밖에 다다랐다. 우선은 형식을 보고 씩 웃으며,

"이 계월향이라는 장명등도 오늘까지일세그려."

하였다. 그리고 단장으로 그 장명등을 서너 번 때리며,

"흥 오늘 저녁에도 누가 계월향을 찾아서 놀러 올 테지. 왔다가 계월향을 만나지 못하고 돌아가는 꼴이 장관이겠네."

하고 한 번 더 단장으로 깨어져라 하고 장명등 지붕을 때리고 껄껄 웃는다.

장명등은 아픈 듯이 찌국찌국 소리를 내며 우쭐우쭐 춤을 춘다. 형식은 '깨어지면 어쩌나.' 하고 속으로 생각할 뿐이요, 아무 말도 아니하고 웃지도 아니하였다. 우선은 형식의 얼굴에 기쁜 모양이 없는 것을 보고 얼마만큼 낙심한 듯 시치미 떼고 크게,

"이리 오너라!"

하고 부른다. 행랑에서 어멈이 어린애에게 젖을 먹이든지 옷을 치키며 나와,

"나리, 오십시오? 이리 오너라는 무엇이야요, 그냥 들어가시지!"

한다.

형식은 '많이 다녔구나.' 하였다. 그리고 우선이도 영채의 정

절을 깨뜨린 한 사람인가 하였으나 곧 격소하였다.

우선은 단장으로 어멈을 때리는 모양을 하면서,

“아직도 영감이라고 아니 부르고, 나리라고 불러!”

하고 넓적한 앞니를 보이며 깔깔 웃으면서,

“아씨 계시냐?”

하고 묻는다.

“아씨께서 오늘 아침 차로 평양을 내려가셨어요!”

우선은 놀랐다. 형식도 놀랐다. 더구나 우선은 아주 낙담한 듯이 고개를 흔들며,

“왜? 무슨 일로?”

“모르겠어요, 제가 압니까? 어제 저녁 열한 점이 친 다음에야 들어오시더니만……, 한참이나 울음소리가 나더니……, 그 담에는 잠이 들어서 어찌 되었는지 모르겠는데요……. 오늘 식전에 마님께서 구루마를 불러오라 하세요. 그래 아씨께서 어느 연회에를 가시는가…… 연회라면 퍽도 이르다…… 아마 노들 뱃놀이가 있는 게다 했지요. 했더니 아홉 점 반 차로 아씨께서 평양엘 가신다구요.”

하고 어멈은 아주 유창하게 말한다.

형식은 ‘숫보기는 아니로다.’ 하고 놀라면서도 그 어멈의 얼굴을 자세히 보았다. 어멈의 얼굴에는 의심하는 빛이 있다. 형

식은 '평양은 무엇하러 갔는가?' 하였다. 방에서 어린애가 울어 방으로 들어가려는 어멈에게 우선이 말소리를 낮추어,

"아침에 누구 오든 않았던가?"

"아무도 아니 왔어요. 저……."

하고 두어 집 건넛집을 가리키며,

"저 댁 아씨가 목욕 같이 가자고 오셨더군요."

하고 방으로 들어가 '울지 마라!' 하고 어린애의 엉덩이를 때리는 소리가 난다.

형식은 저렇게 우리를 대하여서는 얌전하게 말하던 사람이 방에 들어가 어린애를 대하여서는 저렇게 함부로 한다 하였다.

우선은 단장으로 땅바닥에 무슨 글자를 쓰더니 형식더러,

"아무려나 들어가 보세그려. 노파에게 물어보면 알 터이지."

하고 대팻밥모자를 벗어 들고 앞서서 들어간다.

그러나 우선의 말소리에는 아까 쾌활하던 빛이 없다. 형식도 뒤를 따랐다.

형식은 어제 저녁 이 마당에 서서 그 노파에게 멸시당하던 일을 생각하였다. 그리고 빙긋 웃었다. 형식은 이만큼 오늘은 냉정하였다. 도리어 우선이 지금은 형식보다 더 애가 탄다.

방에는 사람이 없고 마루에 노파의 이른바 '못생긴 영감쟁이'가 무슨 이야기책을 보다 말고 목침을 베고 코를 곤다. 우선은

이 '영감쟁이'를 잘 알았다. 이 영감쟁이는 평양 외성에 어떤 부자의 자제로 시 잘 짓고 소리 잘하고 삼사십 년 전에는 평양 성내에 모르는 이 없는 오입쟁이였다. 그러나 십유여 년 방탕한 생활에 여간 재산은 다 떨어 없애고, 속담 말 모양으로 남은 것이 '뭣' 하나밖에 없게 되었다. 그래서 하릴없이 일찍 자기의 무릎에 앉히고 '어허둥둥' 하던 이 노파의 집에 식객인지 남편인지 모르는 손이 된 지가 벌써 십여 년이 되었다.

처음에는 노파와 가다가다 다투기도 하고, 혹 심히 성이 나면 '괘씸한 년' 하고 호령도 하더니, 이삼 년래로는 그도 못 하고 사흘에 한 번씩 노파에게 '나가 뒈져라.' 하는 소리를 들으면서도 다만 껄껄 웃으며 '죄 되느니라.' 할 따름이요, 반항할 생각도 못하게 되었다. 그러나 노파는 대개는 '영감쟁이'를 친절하게 대접을 하였다. 그리고 더욱 기특한 것은, 밤에 잘 때에는 반드시 노파가 자기의 손으로 자리를 깔고, 이 '영감쟁이'를 아랫목에 누이었다.

우선은 서슴지 아니하고 구두를 신은 대로 마루에 올라서서 단장으로 마루를 울리며 누구를 부르는지 모르게,

"여보. 여보."

하였다.

형식은 어제 저녁에 섰던 모양으로 서서 어제 저녁에 보던 모

양으로 영채의 방을 보았다. 방 안의 모든 것은 그대로 있구나 하였다. 그러나 어제 저녁 모양으로 마음이 번민하지는 아니하였다.

48

우선은 대답이 없는 것을 보고 이번에는 구두와 단장으로 한꺼번에 마루를 쾅쾅 울리며 성난 듯이 더욱 소리를 높여,

"여보! 노파!"

하였다. '노파!' 하고 우선의 부르는 소리가 우스워 형식은 씩 웃었다.

이윽고 마당 한 모퉁이로서 노파가,

"아따, 신 주사시구랴! 남 뒷간에 가 있는데 야단을 하시오?"

하고 치마고름을 고쳐 매면서 들어온다. 오다가 형식을 이윽히 본다. 어제 저녁에 와서 '월향 씨 있소?' 하던 사람이로구나 하고, 그러면 그가 '신 주사의, 심부름꾼이던가.' 하였다.

형식도 '네가 나를 멸시하였구나.' 하였다. 노파는 형식은 별로 중요한 인물이 아닌 듯이 마루에 올라서며 아주 친근한 모양으로 우선에게,

"어떻게 일찍 오셨구려!"
하고는 발로 '영감쟁이'를 툭툭 차며 부르짖는 목소리로,
"여보, 일어나소! 손님 오셨소."
하고,
"그렇게 눕고 싶거든 땅속에나 들어가지?"
하고 발로 '영감쟁이'의 목침을 탁 찬다.

목침은 곁에 놓인 소설책을 내던지고 저편으로 떽데구루 굴러가서 벽을 때리고 우뚝 섰다. '영감쟁이'는 센 터럭이 몇 오리가 아니되는 맨송맨송한 머리를 마루에 부딪고 벌떡 일어나며,
"응, 그게 무슨 버르장이란 말인고."
하고 우선은 본 체도 아니하고 일어나 자기 방으로 들어간다.

형식은 그 '영감쟁이'를 보고, 자기의 죽은 조부를 생각하였다. 원래 부자던 자기의 조부도 전래하는 세간을 다 팔아 없이하고, 아들 형제는 먼저 죽고 손자인 자기는 일본에 가 있고 조그마한 오막살이에 일찍 기생이던 형식의 서조모에게 천대받던 생각을 하였다. 그러나 형식은 자기의 조부는 저 '영감쟁이' 보다는 고상하던 사람이라 하였다.

우선이는 급한 듯이,
"그런데 아씨가 평양을 가셨어요?"
하는 것을 대답도 아니하고 노파는 먼저 영채의 방에 들어가 우

선을 보고,

"이리 들어오시구려, 집 무너지겠소."

한다. 우선은,

"이리 들어오게그려."

하고 유심한 웃음으로 형식을 부르고 자기도 구두를 벗고 방으로 들어간다.

형식은 한 걸음 방을 향하여 나가다가 그 자개 함롱과 아롱아롱한 자루에 넣은 가얏고와 아랫목에 걸린 분홍 모기장을 보고 갑자기 불쾌한 마음이 생긴다. 그래서 구두를 벗으려다 말고 웃으며,

"나는 여기 앉겠네."

하고 마루에 걸어앉는다. 우선은,

"들어오게그려. 오늘부터는 자네가 이 방에 주인이니."

하고 일어나 형식의 팔을 당긴다.

형식은 갑자기 얼굴이 발갛게 된다. 우선은 '아직도 어린애로다.' 하고 형식의 팔을 끈다.

노파는 우선이 형식을 친구로 대우하는 양을 보고 한 번 놀라고, 또 '오늘부터는 자네가 주인일세.' 하는 것을 보고 두 번 놀라서 눈이 둥그레졌다가 워낙 능란한 솜씨라 선웃음을 치며 일어나,

"나리 들어오십시오. 나는 누구신 줄도 모르고……. 어제 저녁에는 실례하였습니다……. 너무 검소하게 차리셨으니까."

한다.

형식은 부끄럽고 가슴이 설레는 중에도 '흥, 지금은 내가 누구인지 아느냐?' 하면서 권하는 대로 방에 들어갔다. 들어가 앉으며 노파의 시선을 피하는 듯이 방 안을 한 번 더 돌아보았다. 모기장의 주름이 어제와 같으니, 영채가 어제 저녁에는 모기장을 아니 치고 잤구나 하였다. 그리고 영채가 저 벽에 기대어 잠을 못 이루고 괴로워하였는가 하매 자연히 마음에 슬픔이 생긴다. 형식의 눈은 모기장으로서 문 달린 벽으로 돌았다.

형식은 멈칫하였다. 그 벽에는 찢어진 치마가 걸렸다. 형식의 머릿속에는 청량리 광경이 빙그르 돈다. 그 치마 앞자락에는 피가 묻었다. 형식은 남모르게 떨리는 숨소리를 죽이고 입술을 꽉 물었다. 그리고 '나도 영채 모양으로 입술을 무는구나.' 하고 차마 더 보지 못하여 찢어진 치마에서 눈을 떼었다.

동대문 오는 전차 속에서 영채가 치마의 찢어진 것을 감추는 양을 보고, 계집이란 이러한 때에도 인사를 차린다 하던 생각이 난다. 바로 치마 밑에 피 묻은 명주 수건 조각이 형식의 눈에 들었으나 형식은 그것이 무엇인지 몰랐다. 지금껏 형식의 냉정하던 가슴에는 차차 뜨거운 풍랑이 일어나기 시작한다.

‘왜 평양을 갔을까?’ 하는 생각이 무슨 무서운 뜻을 품은 듯이 형식의 마음을 괴롭게 한다.

형식은 어서 우선이 노파에게 영채가 평양에 간 이유를 물었으면 하였다.

우선은 담배를 피워 물더니,

“대관절 아씨는 어디 갔소?”

한다.

월향이라고는 부르기가 어렵고, 그렇다고 영채 씨라고 부르면 노파가 못 알아들을 듯하여 둥그스름하게 ‘아씨’라 함이다. 노파는 우선이 장난으로 그러는 줄 알므로 웃지도 아니한다.

“평양에 잠깐 다녀온다고 오늘 식전에 벼락같이 떠났어요. 오랫동안 성묘를 못 하였으니 잠깐 아버님 산소에나 다녀온다고요.”

한다.

노파는 이 두 사람이 어제 저녁 사건을 모르려니 한다. 그리고 아마 우선이 저 친구를 데리고 놀러 온 것이거니 한다. 저 새로운 친구도 아마 월향의 이름을 듣고 한 번 만나 볼 양으로 어제 저녁에 왔다가 헛길이 되고, 아마 자기의 초라한 모양을 보고 월향을 내놓지 아니하는가 보아서 오늘은 월향과 친한 우선을 데리고 온 것이거니 하였다. 그리고 저러한 주제에 기생 오

입은 다 무엇인고 하였다.

영채가 평양에 성묘하러 갔단 말을 듣고 형식은 감옥에서 죽었다는 박 선생을 생각하였다. 그러나 박 선생의 얼굴을 다 상상하기도 전에, '영채가 성묘하러'갔다는 말의 '성묘'란 말이 말할 수 없는 무서움을 가지고 형식의 가슴을 누른다. 형식은 불의에

"성묘!"

하고 소리를 내었다.

그 소리에 우선과 노파는 형식의 얼굴을 보았다. 형식의 눈에는 분명히 놀람과 무서움의 빛이 보이었다.

노파는 무슨 생각이 나는지 일어나 저편 방으로 간다.

49

우선도 영채가 갑자기 평양에 갔단 말에 무슨 뜻이 있는 듯하게 생각하였다. 그리고 일어나 제 방으로 가는 노파에게 눈을 주었다. 이 '성묘'라는 알 수 없는 비밀을 설명할 자는 그 노파려니 하였다. 그리고 그 노파가 갑자기 일어나 제 방으로 가는 것이 이 비밀을 설명하는 데 가장 중대한 사건이라 하였다.

형식과 우선 두 사람의 눈은 노파가 없어지던 문으로 몰렸다. 두 사람은 무슨 큰 사건이 발생하기를 기다리는 듯이 숨소리를 죽였다.

여름 볕이 모닥불을 퍼붓는 모양으로 마당을 내리쪼여, 마치 흙에서 금시에 불길이 피어오를 듯하다. 기왓장에 볕이 비치어 천장으로 단김이 확확 내려온다. 형식이 오늘 아침에 새로 입은 모시 두루마기 등에는 땀이 두어 군데 내비친다. 우선도 이마에 땀방울이 솟건마는 씻으려 하지도 아니하고 대팻밥모자로 부치려 하지도 아니한다.

함롱 밑 유리로 만든 파리통에는 네다섯 놈 파리가 빠져서 벽으로 헤어 오르려다가 빠지고, 헤어 오르려다가는 빠지고 한다. 어디로서 얼룩고양이 하나가 낮잠을 자다가 뛰어나오는지 영채의 방 앞에 와서 하품을 하고 기지개를 하면서 형식과 우선을 본다.

이윽고 노파가 봉투에 넣은 편지를 하나 들고 나오며 우선을 향하여,

"월향이 정거장에서 바로 차가 떠나려는데 이것을 주면서 이 형식 씨가 누군지 이형식 씨라는 이가 오시거든 드리라고 합데다."

하고 그 편지를 우선에게 주며 얼른 형식의 얼굴을 본다.

아까 정거장에서 노파가 이 편지를 받을 때에는 이형식이라는 이가 아마 어떤 월향에게 놀러 다니는 사람이거니 하고, 월향이 특별히 편지를 하리만큼 친한 사람이면 자기가 모를 리가 없겠는데 하고 의심하였다. 그러나 차가 빨리 떠나므로 자세히 물어보지도 못하고, 아마 어떤 사람에게 물어보면 알려니 하고 있었다.

그러다가 우선과 형식의 행동이 영채의 일을 근심하는 듯하는 양을 보고, 더구나 형식이 이상히 고민하는 낯빛을 보일 뿐더러 '성묘!' 하고 놀라는 양을 보고, 혹 그가 '이형식'이라는 사람이나 아닌가 하여 이 편지를 내어 온 것이요, 또 우선에게 이 편지를 주면서도 얼른 형식의 낯빛을 엿봄이다.

형식은 우선이 받아 든 편지 피봉에 매우 익숙한 글씨로 '이형식 씨 좌하(李亨植氏座下)'라 한 것을 보고,

"에!"

하고 놀라는 소리를 발하면서 우선의 손에서 그 편지를 빼앗아 봉투의 뒤 옆을 보았다. 그러나 뒤 옆에는 '유월 이십구 일 조(六月二十九日朝)'라고 쓴 밖에는 아무것도 쓰지 아니하였다.

형식의 그 편지 든 손은 떨린다. 우선도 '무슨 까닭이 있구나.' 하고 숨소리를 죽였다.

노파는 두 사람의 놀라는 얼굴을 보고 '웬일인가.' 하여 역시

놀랐다. 그리고 월향이 이번에 평양에 간 것에 무슨 큰 뜻이 있는 듯하다 하였다.

오늘 아침 월향은, 어제 저녁의 슬퍼하던 빛이 없어지고 일찍 일어나 세수하고, 분을 바르고, 향수를 뿌리고, 모시 치마저고리에 여학생 모양으로 차리고 아직 자리에서 일어나지도 아니한 노파의 방에 와서 아주 유쾌한 듯이 방글방글 웃으며,

"어머니, 어제 저녁에는 제가 잘못하였습니다. 자고 나서 생각하니 그런 우스운 일이 없어요."

하기에, 걱정을 품고 자던 노파는 너무도 기뻐서 월향의 손을 잡으며,

"그러니라. 잘 생각하였다. 내가 기쁘다."

하였다. 그리고 이제는 안심이로다. 이제는 밤에 손님도 치르게 되려니 하고 두 겹으로 기뻤었다. 그때에 영채는 말하기 미안한 듯이 한참이나 주저하더니,

"어머니, 저는 평양이나 한 번 갔다가 오려 합니다. 가서 오래간만에 아버지 성묘도 하고 좀 바람도 쏘이게……."

하였다.

노파는 그 슬퍼하고 고집하던 마음을 고친 것이 반갑고, 어제 저녁에 월향을 안고 울 때에 얼마큼 애정도 생겼고 – 자고 나서는 사분의 삼이나 식었건마는 – 또 조그마한 일이면 제 소원대

로 하여 주는 것이 좋으리라 하여,

"그래라. 석 달이나 넘었는데 한 번 가고 싶진들 않겠느냐. 가서 동무들이나 실컷 찾아보고 한 삼사 일 놀다가 오너라."

하고 몸소 정거장에 나가서 이등 차표와 점심 먹을 것과, 칼표 궐련까지 넉넉히 사 주고,

"가거든 아무아무에게 문안이나 하여라. 분주해서 편지도 못 한다고."

하는 부탁까지 하였다.

그러므로 대체 월향은 이삼 일 후면 방글방글 웃으면서 돌아오려니만 믿고 있었더니, 지금 우선과 형식 양인이 이 편지를 보고 대단히 놀라는 양을 보매, 월향이 이번 평양에 간 것에 무슨 깊고 무서운 사정이 있는 듯하여 가슴이 뜨끔하다.

노파는 불현듯 오 년 전 월화의 생각을 하고, 월향이 항상 월화가 준 누런 옥지환을 끼고 있던 것을 생각하고, 어제 저녁 청량리 일을 생각하고 눈이 둥그레지며,

"월향이 왜 평양에 갔을까요?"

하고 두 사람이 노파에게 물으려던 말을 노파가 도리어 두 사람에게 묻는다.

형식이 그 편지를 들고 멍멍하니 앉았는 양을 보고 우선도 조민한 마음을 이기지 못하여,

"여보게, 그 편지를 뜯게."
한다.

형식은 떨리는 손으로 봉투의 한편 끝을 잡았다. 그러나 형식은 차마 떼지 못한다. 그 손은 점점 더 떨리고 그 얼굴의 근육은 점점 더욱 긴장하여진다. 우선은,

"어서, 어서!"
하고 봉투를 떼기를 재촉한다.

노파는 저 속에서 무슨 말이 나오겠는고 하고, 봉투의 한편 끝을 잡은 형식의 손만 본다. 세 사람의 가슴은 엷은 여름옷 아래서 들먹들먹하고, 세 사람의 등에는 땀이 내어 배었다.

문 앞에 서서 방 안을 들여다보던 고양이가 지붕에 참새를 보고 '냥' 하면서 뛰어간다.

형식의 떨리는 손은 마침내 그 봉투의 한편 끝을 찢었다. 찢는 소리가 대포 소리와 같이 세 사람의 가슴에 울렸다.

50

떨리는 형식의 손에는 편지가 들렸다. 그리고 한편 끝이 떨어진 봉투는 형식의 무릎 위에 떨어졌다. 노파는 앉은 대로 한 걸

음 몸을 움직여 형식의 곁에 가까이 오고, 우선은 몸과 고개를 형식의 어깨 곁으로 굽혔다.

형식의 가슴은 펄떡펄떡 뛰고, 우선과 노파의 눈은 유리로 만든 것 모양으로 가만히 형식의 손이 한 간씩 한 간씩 펴는 편지 글자 위에 박혔다.

형식은 슬픔을 억제하는 듯이 어깨를 두어 번 추더니 편지를 읽는다. 편지는 흐르는 듯한 궁녀체 언문으로 썼다. 우선과 노파의 전신의 신경은 온통 귀와 눈으로 모였다.

형식은 '이형식 씨 전 상서(李亨植氏前上書)'라 한 것은 빼어놓고 본문부터,

"어제 저녁에 칠 년 동안이나 그리고 그리던 선생을 뵈오매, 마치 이미 세상을 버리신 어버이를 대한 듯하여 기쁘기 그지없었나이다.

칠 년 전 선생께옵서 안주를 떠나실 때에 집 앞 버드나무 밑에서 이 몸을 껴안으시고, '잘 있거라 다시는 볼 날이 없겠다.' 하시고 눈물을 흘리시던 것과, 그때에 아직도 열두 살 된 철없는 이 몸이 선생의 가슴에 매달리며 '가지 마오, 어디로 가오, 나와 같이 갑시다.' 하던 것을 생각하오매 자연히 비감한 마음을 이기지 못하여 소리를 내어 울었나이다.

이렇게 이별하온 후 칠 년 동안 의지할 데 없는 외롭고 어린

이 몸이 부평과 같이 바람 가는 대로, 물결 가는 대로 갖은 고초를 다 겪으며 동서로 표류하올 때에 눈물인들 얼마나 흘렸으며 한숨인들 얼마나 쉬었사오리이까.

오직 한 가지 바라는 것은, 평양 감옥에서 철창의 신음을 당하시는 부친을 뵈옴이라, 열세 살 된 계집의 몸이 바람에 불리는 나뭇잎 모양으로 이리 굴고 저리 굴며, 이리 부딪고 저리 부딪쳐 평양 감옥에 흙물 옷을 입으신 부친의 얼굴을 대하기는 하였사오나, 무섭게 여윈 그 얼굴을 대할 때에 어린 이 몸의 가슴은 바늘로 쑥쑥 찌르는 듯하였나이다.

이에 철없는 이 몸은 감히 옛날 어진 여자의 본을 받아 몸으로써 부친을 구하려는 마음을 품고, 어떤 사람의 소개로 기생에 판 것은 이 몸이 열세 살 되던 해 가을이로소이다.

그러하오나 이 몸을 팔아 얻은 이백 원은 이 몸을 팔아 준 사람이 가지고 도망하니 부모의 혈육을 팔아 얻은 돈으로 부친의 몸을 구원하지도 못하고 철장에서 신음하시는 늙으신 부친에게 맛난 음식 한 때도 받들어 드리지 못한 것이 골수에 사무치는 원한이거든, 하물며 이 몸이 기생으로 팔림을 위하여 부친과 두 형이 사오 일 내에 세상을 버리시니 슬프다, 이 무슨 변이오리이까.

이 몸이 전생에 무슨 죄가 중하여 어려서 부친과 두 형을 옥에 가시게 하고, 다시 이 몸으로 말미암아 부친과 두 형으로 하여금 원망의 피를 뿜고 세상을 버리시게 하나이까. 오호라! 이를 생각하오매 가슴이 터지고 골수가 저리로소이다.

이 몸이 만일 적이 어짐이 있었던들 마땅히 그때에 부친의 뒤를 따랐을 것이건마는 차홉다! 완악한 이 목숨은 그래도 끊어지지 아니하고 부지하였나이다.

부친과 두 형을 여읜 후, 이 몸이 세상에 믿을 이가 누구오리까. 선생께서도 아시려니와 이 몸이 의지할 곳이 어디오리까. 아아, 하늘뿐이로소이다. 땅이 있을 뿐이로소이다. 그리하고 세상에 있어서는 선생뿐이로소이다.

이 몸은 그로부터 선생을 위하여 살았나이다. 행여나 부평같이 사방으로 표류하는 동안에 그리고 그리던 선생을 만날 수나 있을까 하고 그것을 바라고 이슬 같은 목숨이 오늘까지 이어 왔나이다.

이 몸은 옛날 성인과 선친의 가르침을 지키어 선친께서 세상에 계실 때에 이 몸을 허하신 바 선생을 위하여 구태여 이 몸의 정절을 지키어 왔나이다. 이 몸이 이 몸의 정절을 위하여 몸에 지니던 것을 여기 동봉하였나이다.

그러나 이 몸은 이미 더러웠나이다. 아아, 선생이시여, 이 몸은 이미 더러웠나이다. 약하고 외로운 몸이 애써 지켜 오던 정절은 작야에 물거품에 돌아가고 말았나이다.

이제는 이 몸은 천지가 허하지 못하고 신명이 허하지 못할 극흉 극악한 죄인이로소이다. 이 몸이 자식이 되어는 어버이를 해하고, 자매가 되어는 형제도 해하고, 아내가 되어는 정절을 깨뜨린 대죄인이로소이다.

선생이시여! 이 몸은 가나이다. 열아홉 해의 짧은 인생을 슬픈 눈물과 더러운 죄로 지내다가 이 몸은 가나이다. 그러나 차마 이 더럽고 죄 많은 몸을 하루라도 세상에 두기 하늘이 두렵고 금수와 초목이 부끄러워, 원도 많고 한도 많은 대동강의 푸른 물결에 더러운 이 몸을 던져 탕탕한 물결로 하여금 더러운 이 몸을 씻게 하고, 무정한 어별로 하여금 죄 많은 이 살을 뜯게 하려 하나이다.

선생님이시여! 이 세상에서 다시 선생의 인자하신 얼굴을 대하였으니 그만하여도 하늘에 사무친 원한은 푼 것이라 하나이다. 후일 대동강 상에서 선생의 옷에 뿌리는 궂은비를 보시거든 박명한 죄인 박영채의 눈물인가 하소서.

이 편지 마치고 붓을 떼려 할 제 뜨거운 눈물이 앞을 가리오나이다. 오호라! 선생이시여! 부디 내내 안녕하시고 국가의 동량(棟樑)이 되셔지이다."

하고 떨리는 붓으로, '歲次丙辰六月二十九日午前二時에 죄인

朴英采는 泣血百拜(세차병진 유월 이십구일 오전 두 시에 죄인 박영채는 읍혈백배)'라 하였다.

차차 더 떨던 형식의 손은 그만 편지를 무릎 위에 떨어뜨렸다. 그리고 흑흑 느끼며 굵은 눈물을 무릎 위에 펴 놓인 편지 위에 떨어뜨린다. 떨어진 눈물은 편지에 쓰인 글자를 더욱 뚜렷하게 만든다.

우선도 소매로 눈물을 씻고, 노파는 치마로 낯을 가리오고 방바닥에 엎드린다. 한참이나 말이 없다. 마당에서는 점점 더 단김이 오른다.

51

형식은 소매로 눈물을 씻고, 무릎 위에 놓인 눈물에 젖은 영채의 편지를 눈이 가는 대로 여기저기 다시 보았다. 그러나 형식의 눈에는 그 편지의 글자가 자세히 보이지 않는 듯하였다. 형식은 편지를 둘둘 말아 방바닥에 내려놓고 그 편지와 동봉하였던 조그마한 봉투를 떼었다.

우선과 노파의 눈물 흐르는 눈은 다시 형식의 손에 있는 조그마한 봉투로 모였다. 형식은 그 봉투 속에 무슨 무거운 것이 있음을 보고, 봉투를 거꾸로 들어 자기의 무릎 위에 쏟았다. 빨간 명주 헝겊으로 싼 길쭉한 것이 나온다. 형식은 실로 묶은 것을 끊고 그 명주 헝겊을 풀었다. 명주 헝겊 속에서 여러 해 묵은 듯한 장지 뭉텅이가 나온다. 형식은 그 뭉텅이를 들고 무엇을 잠깐 생각하는 듯하더니, 다시 그 장지 뭉텅이를 폈다. 형식은 '응!' 하고 놀라는 소리를 발한다. 우선과 노파의 눈은 그 뭉텅이로부터 형식의 얼굴로 옮았다. 그리고 형식의 뚝 부릅뜬 눈에는 새 눈물이 고임을 보았다.

우선과 노파의 눈은 다시 형식의 떨리는 손에 든 장지 조각으로 옮았다. 그 장지 조각에는 ㄱㄴㄷ과 가나다를 썼다. 아이들이 처음 언문을 배울 때에 써 가지는 것이었다. 그 글씨는 어리었다. 형식은 체면도 보지 아니하고 그 장지 조각에 이마를 비비며 소리를 내어 운다. 우선과 노파는 웬일인지 모르고 형식의 들먹들먹하는 등만 본다. 형식은 안타까운 듯이 그 종이에다 얼굴을 부비며 더욱 우는 소리를 높인다. 우선도 눈에 새로 눈물이 돌면서도 '형식은 어린애로다.' 하였다.

형식은 십여 년 전 생각을 한다. 형식이 처음 박 진사의 집에 갔을 때에는 영채의 나이 여덟 살이었다. 그때에 영채는《천자문(千字文)》과《동몽선습(童蒙先習)》과《계몽편(啓蒙篇)》과《무제시(無題詩)》를 읽었다. 그러나 아직도 언문을 배우지 못하였다. 한 번은 박 진사가 '국문을 배워야지.' 하면서 좋은 장지에 가나다를 써 주었다. 그러나 어린 영채는 밖에 가지고 나가 놀다가 어디서 그 종이를 잃어버렸다. 이에 영채는 아버지의 책망이 두려워 눈에 눈물이 그렁그렁하여서 그때 열세 살 된 형식에게 몰래 청하였다. 그때에는 아직 형식과 영채가 말을 하지 아니하던 때라, 영채는 부끄러운 듯이 반쯤 외면하고 주먹으로 눈물을 씻으면서,

"저, 언문 써 주셔요."

하였다.

이 말을 할 때의 영채의 얼굴과 태도는 형식의 눈에 더할 수 없이 아름다웠다. '참 어여쁜 계집애로다.' 하고 형식도 부끄러운 생각이 나면서,

"네, 내일 아침에 써 드리지요."

하고 오 리(五里)나 되는 종이 장사 집에 몸소 가서 장지를 사다가 – 이 종이가 그 종이다. – 있는 정성을 다 들이고, 있는 힘을 다하여 넉 장이나 써 버리고야 이것을 썼다.

그것을 써서 책 사이에 끼워 두고 '어서 아침이 왔으면' 하고 잠을 이루지 못하였다. '저, 언문 써 주셔요.' 하고 모로 서서 주먹으로 눈물을 씻는 영채의 모양이 열세 살 되었던 형식의 가슴 속에 깊이깊이 박혔다.

그 이튿날 아침에 형식은 더욱 양치와 세수를 잘하고 두루마기를 방정히 입고 그 종이 – 이 종이로다. – 를 접어 품에 품고 대문에 서서 영채가 나오기를 기다리던 생각은 마치 사랑을 하는 남자가 사람 없는 곳에서 그 사랑하는 처녀를 기다리는 생각과 같았다.

이윽고 영채도 누가 보기를 꺼리는 듯이 사방을 돌아보며 가만가만 나오다가 형식의 곁에 와서는 너무 기쁜 듯이 얼굴이 빨개지며 형식의 허리를 꼭 쓸어안았다. 형식은 자기의 가슴에 치는 영채의 머리를 살짝 만졌다. 지금 세수를 하였는지 머리에는 물이 묻었다. 그러고는 품속에서 그 종이 – 이 종이로다. – 를 내어 영채에게 주었다. 그 종이는 형식의 가슴의 체온으로 따뜻하였다. 영채도 그 종이의 따뜻함을 깨달았는지 한 걸음 물러서서 가만히 형식의 눈을 보더니 낯이 빨개지며 뛰어 들어갔다.

'이것이 그 종이로구나!' 하고 형식은 고개를 들어 다시금 그 종이와 글자를 보았다. 그 글자가 제가끔 과거의 이야기를 하는 듯이 안주에서 지내던 일과, 자기의 그 후에 지내던 일과, 영채의 이야기와 편지와 자기의 상상으로 본 영채의 일생이 번개 모양으로 형식의 머리로 지나간다.

형식은 한 번 더 입술을 물며 – 이것은 부지불식간에 영채에게 배운 것 – 그 종이를 끝까지 폈다. 그 끝에는 새로 쓴 글씨로,

"이것이 이 몸이 평생 지니고 있던 선생의 기념이로소이다."
하였다.

우선과 노파도 이 글을 보고 형식의 우는 뜻을 대강 짐작하였다. 그리고 우선은 그 종이를 형식의 손에서 당기어 한 번 더 보았다. 노파도 우선과 함께 그 종이를 보았다. 형식은 다시 무릎 위에 있는 종이 뭉텅이를 풀었다. 그 속에서는 '황옥지환(黃玉指環)' 한 짝과 조그마한 칼 하나가 나온다. 그 칼날이 번적할 때에 세 사람의 가슴은 뜨끔하였다. 노파는 속으로 '저것이 이태 전에 김윤수의 아들 앞에서 뽑던 칼이로구나.' 하였다. 형식은 그 칼을 집어 안과 밖을 보았다. 안 옆에 행서로, '일편심(一片心)'이라고 새겼다.

형식과 우선도 대개는 그 칼의 뜻을 짐작하였다.

형식은 다시 그 지환을 집었다. 노파는

"어째 한 짝만 있는고."
하였다.

형식은 그 지환에 아무것도 쓰지 아니하였음을 보고 지환을 쌌던 종이를 집었다. 그 종이에는 잘게 쓴 글씨로,

"이것은 평양 기생 계월화의 지환이로소이다. 계월화가 어떤 사람인가를 알으시려거든 아무러한 평양 사람에게나 물으소서. 월화가 이 몸에게 이 지환을 준 뜻은 썩어진 세상에 물들지

말라는 뜻이로소이다. 이 몸은 이제 힘껏 이 지환이 가르치는 바를 행하였나이다. 장차 이 지환을 대동강에서 원혼이 된 월화에게 돌려보내려니와 이 한 짝을 선생께 드림이 또한 무슨 뜻이 있는가 하나이다."

하고 아까 편지의 모양으로 연월일시 죄인 박영채 읍혈백배라 하였더라.

52

세 사람은 말이 없이 고개를 숙였다. 그리고 제가끔 제 생각을 하였다. 한참이나 이러하다가 노파가 숨이 차서,

"여봅시오, 이 일을 어찌해요?"

하고 형식과 우선의 눈을 번갈아 본다.

노파의 일생에 남의 일을 위하여 이처럼 진정으로 슬퍼하고 걱정하고 마음이 괴로워하기는 처음이다. 노파는 어제 저녁에 진정으로 영채를 안고 울던 생각을 하였다. 그때에 영채가 생각하던 바와 같이 노파가 진정으로 남을 위하여 눈물을 흘린 것은 그때가 처음이었다.

영채의 입술에서 흐르는 피가 따끈따끈하게 노파의 손등에

떨어질 때에, 또 영채가 '남들이 다 내 살을 뜯어먹으니 나도 내 살을 뜯어먹으렵니다.' 하고 피 나는 입술을 더욱 꽉꽉 물어뜯을 때에 노파의 마음은 진실로 거북하였다.

그때에 노파가 영채의 뺨에다 자기의 뺨을 대고 엉엉 소리를 내어 울 때에는 노파의 마음은 진실로 '참사람'의 마음이었다. 그때에 노파가 마음속으로 영채를 향하여 합장 재배할 때에 노파의 영혼은 더러운 죄 껍데기를 벗어 버리고 하느님이나 부처의 맑은 모양을 분명히 보았다. 그리고 자기가 이백 원에 사서 돈벌이하는 기계로 부리던 월향이라는 기생의 속에는 자기가 절하고 우러러볼 만한 무엇이 있음을 보았다. 그리고 명일부터는 영채를 자유의 몸을 만들고 자기도 새로운 사람이 되어서 영채와 자기와 정다운 모녀가 되어 서로 안고 서로 위로하며 즐겁게 깨끗하게 세상을 보내리라 하였다.

그리고 자리에 돌아와 벌써 코를 고는 '영감쟁이'를 볼 때에 '에그 더러운 짐승.' 하고 옷을 입은 대로 저 윗목에서 혼자 누워 잤다. 그때에 '에그, 더러운 짐승'이라 함은 다만 '영감쟁이'의 몸뚱이가 더럽다는 뜻은 아니었다. 지금 영채의 영혼과 자기의 영혼과 하느님과 부처를 본 눈으로 '영감쟁이'의 때 묻은 사람을 볼 때에 자연히 구역이 난 것이다.

마치 더러운 집에서 생장한 사람이, 자기의 집이 더러운 줄을 모르다가도 한 번 깨끗한 집을 본 뒤에는 자기의 집이 더러운 줄을 깨닫는 모양으로, 노파는 일생에 깨끗한 영혼과 참사람을 보지 못하다가 따끈따끈한 영채의 피에 오십여 년 죄악에 묻혀 자던 깨끗한 영혼이 깜짝 놀라 눈을 떠서, 백설과 같고 수정과 같은 영채의 영혼을 보고, 그를 보던 눈으로 자기의 영혼을 본 것이다. 그러다가 영감쟁이의 '사람'을 보니 비로소 더러운 줄을 깨달은 것이다. 그러나 아침에 영채가 분을 바르고 향수를 뿌리고 방글방글 웃으며 들어오는 양을 보매 노파의 영혼의 눈은 다시 감기어, 어제 저녁에 보던 영채의 '속사람'을 보지 못하고 다만 영채의 육체만 보았을 뿐이다. 그때에 어제 저녁의 기억은 마치 수십 년 전에 지나간 일과 같았다.

그러므로 영채가 '생각하여 보니까 우스운 일이야요.' 할 때에 노파는 옳다구나 하고 '잘 생각하였다. 과연 그러하니라.' 하고 다시 영채를 돈벌이하는 기계로 삼으려 하는 욕심이 났었다.

그래서 영채를 평양에 보낸 후로부터 지금 영채의 편지를 볼 때까지 노파는 영채로 하여금 밤에 '손을 보게' 할 생각과, 김현수에게 이천 원에 팔아먹을 생각만 하였다. 그러나 영채의 편지를 보매 갑자기 그러한 생각이 스러지고 칼과, 지환과, 형식의 눈물을 볼 때에 어제 저녁 떴던 노파의 영혼의 눈이 뜨였다.

노파는 오늘 아침 영채에게 '잘 생각하였다. 과연 그러하니라.' 하던 것을 생각하매, 일변 부끄럽기도 하고 일변 영채의 '속사람'에 대하여 죄송하기도 하였다. 마치 눈앞에 영채가 보이며 '흥, 잘 생각하였다!' 하고 노파의 하던 말을 조롱하는 듯도 하다.

노파의 눈에 늠실늠실하는 대동강이 보인다. 영채가 어떤 조그마한 바윗등에 서서 눈물을 흘리며 두 손에 치맛자락을 들고 물속에 뛰어들려 한다. 그때에 자기가 '월향아, 월향아, 내가 잘못하였다. 내가 죽일 년이다.' 하고 뒤로 뛰어 들어가 월향을 붙들려 한다. 그러나 월향은 고개를 돌려 씩 웃고 '흥, 틀렸소. 내 몸은 더러웠소!' 하면서 그만 물속에 들어가고 만다. 자기는 그 바윗등에서 발을 동동 구르며 '월향아, 내가 잘못하였구나. 네 몸을 더럽히게 한 것이 내로구나. 월향아, 용서하여라.' 하는 듯하다. 그리고 어저께 '할 수 없소. 죽으려니까.' 하고 실망하는 김현수더러 '여봅시오, 남자가 그렇게 기운이 없소? 한 번 이러면 그만이지!' 하고 눈을 찡긋하여 김현수에게 월향을 강간하기를 권하던 생각이 난다.

옳다, 그렇다! 월향의 정절을 깨뜨린 것은 나로구나, 월향을 죽인 것은 나로구나, 하고 가슴이 타는 듯하여 입으로 숨을 쉬면서 또 한 번,

"아이구, 이 일을 어쩌면 좋아요?"

하고 안타까운 듯이 두 무릎으로 방바닥을 탁탁 친다.

형식은 지금껏 이 비극을 일으킨 것이 다 저 더러운 뚱뚱한 더러운 노파라 하여 가슴이 아프고 원망이 깊을수록, 지극히 미워하는 눈으로 노파를 흘겨보더니, 노파가 심하게 고민하는 양을 보고 '네 속에 졸던 영혼이 깨었구나.' 하면서 예수와 함께 십자가에 달리던 도적을 생각하였다.

그리고 저 노파는 역시 사람이라, 나와 같은 영채와 같은 사람이라 하는 생각이 나서 노파의 괴로워하는 모양이 불쌍히 보인다. 그러나 형식은, 노파가 아까 자기더러 '나는 누구신 줄도 모르고' 하던 것을 생각하니 금시에 동정하는 마음이 스러지고 아까보다 더 한층 싫고 미운 생각이 난다. 그래서 형식은 한 번 더 노파를 흘겨보았다. 노파는 형식의 흘겨보는 눈을 보고 또,

"아이구, 이 일을 어째요."

하고 무릎으로 방바닥을 친다.

우선은 묵묵히 앉았더니 형식더러,

"여보, 얼른 평양 경찰서에 전보를 놓고 밤차로 노형이 평양으로 가시오!"

한다.

53

우선은 속으로 영채의 이번 행위는 마땅하다 하였다. 정조가 여자의 생명이니 정조가 깨어지면 몸을 죽이는 것이 마땅하다. 그러므로 여자 된 영채가 어제 저녁 청량사 사건에 대하여 잡을 길은 이 길밖에는 없다 하였다. 그리고 영채는 '과연 옳은 여자로다.' 하고 존경하는 마음이 생기고, 자기가 여태껏 영채를 유혹하던 것이 부끄럽다고 생각하였다. 그러나 자기의 사상에는 모순이 있는 줄을 우선은 모른다.

영채가 기생 월향일 때에는 기생이니까 정절을 깨뜨려도 상관이 없고, 월향이 영채가 된 뒤에는 기생이 아니니까 정절을 지킴이 마땅하다. 이것이 분명한 모순이건마는 우선은 그런 줄을 모른다. 우선의 생각을 넓히면 '열녀는 열녀니까 정절을 깨뜨림이 죄이거니와, 열녀 아닌 여자는 열녀가 아니니까 정절을 깨뜨려도 죄가 아니다.' 함과 같다. 그러면 이는 선후(先後)를 전도(顚倒)함이니, 열녀니까 정절을 지키는 것이 아니라 정절을 지키니까 열녀거늘, 우선의 생각에는 열녀면 정절을 지킬 것이로되, 열녀가 아니면 정절을 지키지 아니하여도 좋다 함이다.

그러므로 우선은 영채가 열녀인 줄을 모를 때에는 정절을 깨뜨려 주려 하다가 열녀인 줄을 안 뒤에는 영채의 정절을 깨뜨리려 한 것을 후회하고 부끄러워함이다. 아무려나 우선은 영채의 이번 행위가 가장 좋은 행위라 한다. 그러나 형식은 이 일에 대하여 우선의 생각하는 바와는 다르게 생각한다. 형식도 영채가 그처럼 정절이 굳은 것을 감탄은 한다. 죽으려고까지 하는 깨끗하고 거룩한 정신을 보고 존경도 한다.

그러나 형식의 생각에는 우선과 같이 '영채의 이번 행위가 가장 옳은 일'이라고는 생각지 아니한다. 사람의 생명은 우주의 생명과 같다. 우주가 만물을 포용하는 것처럼 인생도 만물을 포용한다. 우주는 결코 태양이나 북극만으로 그 내용을 삼지 아니하고, 만천의 모든 성신과 만지의 모든 만물로 포용을 삼는다.

그러므로 창궁에 극히 조그마한 별도 우주의 전생명의 일부분이요, 내지 지상의 극히 미세한 풀잎 하나, 티끌 하나도 모두 우주의 전생명의 일부분이다. 태양이 지구보다 위대하니, 태양이 우주의 생명에 대한 관계가 지구의 그것보다 크다고는 할지나, 그렇다고 태양만이 우주의 생명이요, 지구는 우주의 생명에 관계가 전무하다고는 못할 것이다. 또 태양계에 있어서는 태양이 중심이로되, 무궁대한 전우주에 대하여는 태양 그 물건도 한 티끌에 지나지 못하는 것이다. 이와 같이 사람의 생명도 결코 일의무나 일도덕률을 위하여 존재하는 것이 아니요, 인생의 만반 의무와 우주에 대한 만반 의무를 위하여 존재하는 것이다.

그러므로 충이나, 효나, 정절이나, 명예가 사람의 생명의 중심은 아니니, 대개 사람의 생명이 충이나 효에 재함이 아니요, 충이나 효가 사람의 생명에서 나옴이다.

사람의 생명은 결코 충이나 효에 속한 것이 아니요, 실로 사람의 생명이 충, 효, 정절, 명예 등을 포용하는 것이 마치 대우주의 생명이 북극성이나 백랑성이나 태양에 재함이 아니요, 실로 대우주의 생명이 북극성과 백랑성과 태양과 기타 큰 별, 잔별과 지상의 모든 미물까지도 포용함과 같다. 사람의 생명의 발현은 다종다양하니, 혹 충도 되고 효도 되고 정절도 되고 기타 무수무한한 인사현상(人事現象)이 되는 것이다. 그중에 무릇 민족을 따라, 혹은 국정을 따르고, 혹은 시대를 따라 필요성이 무수무궁한 인사현상 중에서 특종한 것 한 개나 또는 수 개를 취하여 만반 인사행위(人事行爲)의 중심을 삼으니 차 소위 도요, 덕이요, 법이요, 율이다.

무릇 사회적 생활을 완성하려면 사회의 각원이 그 사회의 도덕 법률을 권권복응(卷卷服膺)함이 마땅하되 그러나 결코 이는 생명의 전체는 아니니, 생명은 하여(何如)한 도덕 법률보다도 위대한 것이다. 그러므로 생명은 절대요, 도덕 법률은 상대니, 생명은 무수히 현시의 그것과 상이한 도덕과 법률을 조출(造出)할 수 있는 것이다. 이것이 형식이 배워 얻은 인생관이다.

그러므로 영채가 정절이 깨어짐을 위하여 목숨을 버리려 함은 효와 정절이라는 일도덕률을 인생인 여자의 생명의 전체로 오인한 것이라 하였다. 효와 정절이 현시에 있어서는 여자의 중심되는 덕이다. 그렇다 하더라도 그는 여자인 인생의 생명의 소산이요, 일부분이라 하였다.

영채는 과연 부모에게 대하여 효하지 못하였다. 지아비에게 대하여 정하지 못하였다. 그러나 그도 자기의 의지로 그러한 것이 아니요, 무정한 사회가 연약한 그로 하여금 그리하지 아니하지 못하게 한 것이다. 설혹 영채가 자기의 의지로 효와 정에 대하여 생명의 의무를 다하지 못하였다 하자. 그렇다 가정하더라도 영채는 생명을 끊을 이유가 없다.

효와 정은 영채의 생명의 의무 중에 둘이니, 설혹 중요하다 하더라도 부분은 전체보다 작으니, 이 두 의무는 실패하였다 하더라도 아직도 영채의 생명에는 백천무수(百千無數)의 의무가 있다. 그의 생명에는 아직도 충도 있고, 세계에 대한 의무도 있고, 동물에 대한 의무도 있고, 산천이나 성신에 대한 의무도 있고 부처에 대한 의무도 있다. 이렇게 무수한 의무를 가진 귀중한 생명을 다만 두 가지 – 비록 중하다 하더라도, 또 부득이한 것인데 – 를 위하여 끊으려 하는 영채의 행위는 결코 '옳다'고는 할 수가 없다. 그러나 순결하고 열렬한 사람이 자기의 중심적 의무를 생명으로 삼음은 또한 인생의 자랑이라 하였다.

형식은 이론으로는 영채의 행위를 그르다 하면서도 정으로는 영채를 위하여 울지 아니치 못하였다. 그러나 형식은 영채를 '낡은 여자'라 하고, 다시 형용사를 붙여서 순결 열렬한 구식 여자라 하였다. 그러나 우선은 이번 영채의 행위는 절대적으로 선하다 한다. 하나는 영문식이요, 하나는 한문식이로다.

54

형식은 노파와 함께 남대문역에서 기차를 탔다. 형식은 어느덧 잠깐 잠이 들었다 번쩍 눈을 뜨니, 승객들은 혹은 창에 기대어, 혹은 팔을 베고, 혹은 고개를 젖히고 곤하게 잠이 들었다. 서넛쯤 저편 걸상에 어떤 인부 패장 같은 사람이 혼자 깨어서 눈을 번뜻번뜻하면서 담배를 피운다. 어느덧 차창에는 새벽빛이 비치었다.

형식은 맞은편 걸상에서 입으로 침을 흘리며 자는 노파를 보았다. 그리고 '더러운 계집' 하고 얼굴을 찡그렸다. 형식은 노파의 일생을 생각하여 보았다. 본래 천한 집에 생장하여 좋은 일이나 좋은 말은 구경도 못하다가 몸이 팔려 기생이 되매, 평생에 만나는 사람이 짐승 같은 오입쟁이가 아니면 짐승 같은 기생들뿐이요, 평생에 듣는 말과 하는 말은 전혀 음란한 소리와 더러운 소리뿐이다.

만일 글을 알아서 옛사람의 어진 말이나 들었어도 조금은 '사람'이라는 생각이 났으련마는, 노파의 얼굴을 보니, 원래 천질이 둔탁한 데다가 심술과 욕심과 변덕이 많을 듯하고 또 까만 눈썹이 길게 눈을 덮은 것을 보니 천생 음란한 계집이다.

이러한 계집은 어려서부터 가르치고 가르치더라도 악인이 되기 쉬우려든, 하물며 평생을 더러운 죄악 세상에서 지냈으므로 짐승 같은 마음은 자랄 대로 자라고 '사람스러운 마음'은 눈을 뜰 기회가 없었다. 그는 일찍 선이란 말이나 덕이란 말을 들어 본 적이 없었고, 선한 사람이나 덕 있는 사람을 접하여 본 적이 없었다.

그러므로 노파의 생각에, 세상은 다 자기네 사회와 같고 사람은 다 자기와 같다 하였다. 그러므로 자기는 결코 남보다 더 착한(악한) 사람이라고도 생각지 아니하였고, 하물며 남보다 더 못생긴 사람이라고도 생각하지 아니하였다. 차라리 그도 이따금 남의 일을 보고 '저런 악한 사람이 있는가?' 하기도 하였다. 아니, 하기도 하였을뿐더러 항용 선하노라 자신하는 세상 사람과 다름이 없었다.

그러므로 저 노파는 '참사람'이라는 것을 볼 기회가 없었고, 또 보려 하는 생각도 없었고, 따라서 '참사람'이 되려는 생각을 하여 본 적도 없었다. 자기는 자기가 '참사람'이거니 하였다. 그러므로 칠 년 동안이나 아침저녁 '참사람'인 영채를 보면서도, 다만 월향이라는 살과 뼈로 생긴 기생을 보았을 뿐이요, 그 속에 있는 영채라는 '참사람'을 보지 못하였었다.

그러므로 영채가 정절을 지키려 할 때에 노파는 도리어 영채를 미련하다 하고 철이 없다 하고 고집불통이라 하였다.

노파가 보기에 기생이란 마땅히 아무러한 남자에게나 몸을 허하는 것이 선한 일이었다. 그러므로 이 선을 깨뜨리고 정절을 지키려 하는 영채는 노파가 보기에 악이었다.

이렇게 생각하고 형식은 다시 노파의 얼굴을 보았다. 이때에는 노파에게 대한 밉고 더러운 생각이 스러지고 도리어 불쌍한 생각이 난다.

형식은 생각하였다. 자기도 그 노파와 같은 경우에 있었다면 그 노파와 같이 되었을 것이요, 그 노파도 자기와 같이 십오륙 년간 교육을 받았으면 자기와 같이 되리라 하였다.

그리고 차 실내에 곤하게 잠든 여러 사람을 보았다. 그중에는 노동자도 있고, 신사도 있고, 욕심꾸러기 같은 사람도 있고, 흉악한 듯한 사람도 있다. 또 그중에는 조선 사람도 있고 일본 사람도 중국 사람도 있다. 그들이 만일 깨어 앉아 서로 마주 본다 하면 혹 남을 멸시할 자도 있을 것이요, 혹 남을 부러워할 자도 있을 것이요, 혹 저놈은 악한 놈이요, 저놈은 무식한 놈이요, 저 놈은 무례한 놈이라 하기도 할지나, 만일 그네를 어려서부터 같은 경우에 두어 같은 교육과 같은 감화와 같은 행복을 누리게 하면, 혹 선천적 유전의 차이는 있다 할지라도 대개는 비슷비슷한 선량한 사람이 되리라 하였다.

그리고 또 한 번 자는 노파의 얼굴을 보았다. 이때에는 노파가 정다운 듯한 생각이 난다. 저도 역시 사람이리다. 나와 같은, 영채와 같은 사람이로다 하였다.

그리고 엊그제 김 장로의 집에서, 십자가에 달린 예수의 화상을 보고 상상하던 생각이 난다. 다 같은 사람으로서 혹은 춘향이 되고, 혹은 이 도령이 되고, 혹은 춘향모도 되고, 혹은 남원부사도 되어 혹은 사랑하고, 혹은 미워하고, 혹은 때리고, 혹은 맞고, 혹은 양반이 되고, 선인이 되고, 혹은 상놈이 되고, 악인이 된다 하더라도 원래는 다 같은 '사람'이라 하였다.

그리고 노파의 얼굴을 보니 마치 어머니나 누이를 대하는 듯 사랑스러운 생각이 난다. 노파가 영채의 죽으려는 결심을 보고 일생에 처음 '참사랑'을 발견하고, 영혼이 깨어 일생에 처음 진정한 눈물을 흘리면서 영채를 구원할 양으로 멀리 평양에까지

내려오는 것이 기쁘기도 하고 고맙기도 하였다.

형식은 노파에게 대하여 정다운 마음을 이기지 못하여 담요 끝으로 노파의 배를 가리어 주었다.

형식은 여기가 어딘가 하고 차창으로 내어다보았다. 이윽고 고동 소리가 들리자, 차가 어떤 다리를 건너는 소리가 난다.

형식의 머릿속에는 '대동강' 하는 생각이 번개같이 지나간다. 아, 영채는 어찌 되었는가. 이미 대동강의 푸른 물결에 몸을 잠갔는가. 또는 경찰의 손에 붙들려 지금 어느 경찰서 구류간에서 눈물을 흘리고 지내는가.

형식은 가만히 노파의 어깨를 흔들면서,

"여봅시오, 여봅시오! 대동강이외다."

하였다.

형식이 이렇게 노파에게 정답게 말한 것은 이번이 처음이었다. 어제 노파의 집에서 '괘씸한 계집!' 하고 생각한 이래로 칠팔 시간이나 마주 앉아 오면서도 밉고 더러운 생각에 아무 말도 아니하였다. 노파는 번쩍 눈을 뜨고 일어나며,

"에? 대동강!"

하고 차창을 내다본다.

어스름한 새벽빛에 대동강 물은 소리 없이 흐르고, 기차는 평양역을 향하여 길게 고동을 편다.

형식과 노파의 머리에는 영채의 생각이 있다.

55

형식은 차창을 열고 멀리 능라도 편을 바라보았다. 새벽 어스름에 아무것도 똑똑히 보이지는 아니하나, 평양 경치를 여러 번 본 형식의 눈에는 '저것이 능라도, 저것이 모란봉, 저기가 청류벽.' 하고 어렴풋하게 마음으로 지정하였다.

형식은 어저께 보던 영채의 편지를 생각하였다. '이 몸을 대동강의 푸른 물에 던져…….' 하고 형식은 한숨을 쉬었다. 그리고 저 컴컴한 능라도 근방에 영채의 모양이 눈에 번쩍 보이는 듯하다.

'탕탕한 물결로 하여금 이 몸의 더러움을 씻게 하고, 무정한 어별로 하여금 이 죄 많은 살을 뜯게 하려 하나이다.'

형식은 영채의 시체가 바로 철교 밑으로 흘러 내려오는 듯하여 얼른 창밖에 머리를 내밀어 물을 내려다보았다. 철교의 기둥에 마주쳐 둥그스름하게 물결이 지는 것이 보인다.

형식은 목에 무엇이 떨어짐을 깨달았다. 형식은 고개를 들어 하늘을 보았다. 하늘에는 컴컴한 구름이 움쩍도 아니하고 무겁게 덮여 있고 가는 안개비가 내리며 이따금 조금 굵은 빗방울이 떨어진다. 서늘한 바람이 지나가며, 형식의 길게 가른 머리카락이 펄펄 날린다. 형식은 무슨 무서운 것을 본 듯이 고개를 흠칫하고 차창에서 끌어들였다.

'만일 대동강 상에서 선생의 소매를 적시는 궂은비를 보시거든 죄 많은 박영채의 눈물인 줄 하소서…….' 하던 영채의 편지의 일절이 번쩍 눈에 보인다.

형식은 곁에 놓인 가방에서 그 언문 쓴 종이와 칼과 지환을 싼 뭉텅이를 내었다. 내어서 보려 하다가 다시 가방에 집어넣었다. 차는 철교를 지났다. 좌우편에는 길게 늘어선 빈 화차(貨車)와 조그만 파수막들이 보인다. 노파는 멍하니 차창으로 내다보던 눈으로 형식을 보며,

"어떻게 되었을까요?"

한다. 그 눈과 얼굴에는 아직도 진정으로 걱정하는 빛이 보인다. 형식은 노파의 눈 뜬 영혼이 아직도 깨어 있구나 하였다.

노파는 아까 무서운 꿈을 꾸었다. 꿈에 자기가 차를 타고 평양으로 내려오는데, 차가 대동강 철교 위에 다다랐을 때에 철교가 뚝 부러져 자기의 탔던 차가 대동강 물속에 푹 잠겼다. 노파는 '사람 살려요!' 하고 울면서 겨우 하여 물위에 떠올랐다. 그러나 장마 때가 되어 흙물 같은 커다란 물결이 노파의 머리를

여러 번 덮었다. 노파는 '아이구, 죽겠구나.' 하고 엉엉 울면서 물에 떴다 잠겼다 하였다. 이때에 노파의 눈앞에는 하얀 옷을 입은 영채가 우뚝 나섰다.

영채는 어제 아침에 자기의 방에 와서 하던 모양으로 방글방글 웃으며 '생각하여 보니깐 우스운 일이야요.' 한다. 노파는 팔을 내밀고 '내가 잘못하였다. 용서하여라. 내 팔을 잡아당겨 다고.' 하였다. 그러나 영채는 노파의 팔을 잡으려 아니하고 갑자기 얼굴이 새파랗게 변하며 하얀 이빨로 입술을 꼭 깨물어 새빨간 피를 노파의 얼굴에 뿌렸다. 노파는 이마와 뺨에 마치 끓는 물과 같이 뜨거운 핏방울이 뛰어옴을 깨달았다. 노파는 '영채야, 나를 살려 다고.' 하면서 물속에서 허우적거리다가 잠을 깨었다. 노파는 잠이 깨자 곧 대동강을 내려다보았다. 그러나 일기가 오랫동안 가물었으므로 대동강물은 꿈에 보던 것과 같지는 아니하였다.

그러나 꿈과 같이 철교가 떨어지지나 아니할까 하고 열차가 철교를 다 지나도록 무서운 마음에 치를 떨다가 열차가 아주 육지에 나설 때에 비로소 마음을 놓고 한숨을 후 쉬며 형식에게,

"어떻게 되었을까요?"

하고 영채의 일을 물었다. 형식은 웃으며,

"어저께 전보를 놓았으니까 아마 경찰서에 가 있겠지요."

하고 말소리와 태도로 '걱정 없지요.' 하는 뜻을 표하였다.

노파는 형식의 말에 얼마만큼 안심하였다. 그러나 아직 전보의 힘과 경찰서의 힘을 이용하여 본 일이 없는 노파에게는 형식의 말에 아주 안심하기는 어려웠다. 노파도 전보가 기차보다 빨리 가는 줄을 알건마는 하고많은 사람에 어느 것이 영채인 줄을 어떻게 알리요 한다.

더구나 노파는 일생을 기생계에서 지내므로 경찰이란 자기를 미워하는 데요, 성가스럽게 구는 데로만 생각한다. 그리고 영채가 아마 경찰서에 있으리라는 형식의 말을 듣고, 지기가 일찍 평양서 밀매음 사건에 관하여 이삼 일 경찰서 구류간에서 떨던 생각을 하였다. '그러나 지금은 여름이니까.' 하고, 영채는 경찰서에서 지난밤을 지냈더라도 자기와 같이 떨지는 아니하였으리라 하고 얼마만큼 안심을 하였다.

두 사람이 탄 열차는 평양역에 도착하였다. '헤이죠오' 하는 역부의 외치는 소리와 딸깍딸깍 하는 나막신 소리가 차가 다 서기도 전부터 들린다.

아까부터 짐을 묶고 옷을 입던 사람들은, 제가 먼저 내릴 양으로 남을 떠밀치고 나기기도 하고, 혹은 가장 점잖은 듯이 빙그레 웃으며 일부러 남들이 먼저 나가기를 기다리기도 한다.

형식과 뚱뚱한 노파도 플랫폼에 내렸다. 어느 군대의 어른이

가는지 젊은 사관들이 일등차실 곁에 서서 여러 번 모자에 손을 대어 허리를 굽힌다. 뚱뚱한 서양사람 두엇이 바지에 두 손을 찌르고 주위의 사람들은 눈도 떠 보지 아니하면서 뚜벅뚜벅 왔다 갔다 한다. 어떤 일본 부인이 차를 아니 놓칠 양으로 커다란 '신겐부쿠로(信玄袋)'를 들고 통통통 뛰어 들어온다.

북으로 더 갈 승객들은 세수도 아니한 얼굴에 맨머릿바람으로 우두커니 나와 서서 아는 사람이나 찾는 듯이 입구를 바라보고 섰다. 개찰인은 빈 가위를 떼걱떼걱하고 섰다.

형식과 노파는 출구를 나섰다. 지켜 섰던 순사가 흘긋 두 사람의 뒤를 본다. 형식과 노파는 인력거에 올랐다. 두 인력거는 여러 인력거와 앞서거니 뒤서거니 뾰족한 비를 지나서 아직 전등이 반짝반짝하는 평양 시가로 들어간다.

안개비는 여전히 부슬부슬 온다.

56

형식은 인력거 위에서 자기가 첫 번째 평양에 오넌 생각을 하였다. 머리는 아직 깎지 아니하여 부모상으로 흰 댕기를 드리고, 감발을 하고, 어느 봄날 아침에 칠성문으로 들어왔다. 칠성문 안에서 평양 시가를 내려다보고 '크기는 크구나.' 하였다.

그때에 형식은 열한 살이었다. 그러나 평양이란 이름과 평양이 좋다는 말을 들었을 뿐이요, 평양이 어떠한 도회인지, 평양에 모란봉 청류벽이 있는지 없는지도 몰랐다. 형식은 그때에 《사서》와 《사략》과 《소학》을 읽었다. 그러나 그때에는 학교라는 것도 없었으므로 조선 지리나 조선 역사를 읽어 본 적이 없었다.

형식은 생각하였다.

'문명한 나라 아이들 같으면 평양의 역사와 명소와 인구와 산물도 알았으리다.'

그때에 형식은 대동문 거리에서 처음 일본 상점을 보았다. 그리고 그 유리창이 큰 것과 그 사람들의 옷이 이상한 것을 보고 재미있다 하였다. 형식은 갑진년에 들어오던 일본 병정을 보고 일본 사람들은 다 저렇게 검은 옷을 입고, 빨간 줄 두른 모자를 쓰고 칼을 찼거니 하였었다. 그래서 대동문 거리로 오르내리며 기웃기웃 일본 상점을 보았다. 어떤 상점에는 성냥과 석유 상자가 놓였다. 형식은 아직도 그렇게 많은 성냥을 보지 못하였었다. 그래서 '옳지, 성냥은 다 여기서 만드는구나.' 하고 고개를 까닥까닥하였다. 또 일본 사람들이 마주 앉아서 이야기하고 웃는 것을 보고 '어떻게 서로 말을 알아듣는가.' 하고 이상히 여겼다. 형식의 귀에는 모든 말이 다 같은 소리로 들렸었다.

더욱 형식의 눈에 재미있게 보이는 것은 일본 부인의 머리와 등에 매달린 허리띠였다. 형식은 저기다가 무엇을 넣고 다니는고 하였다. 이 의문은 오래도록 풀지 못하였다.

또 형식은 대동문 밖에 나서서 대동강을 보았다. 청천강보다 '좀 클까' 하였다. 그리고 '화륜선'을 보았다. 시꺼먼 굴뚝으로 시꺼먼 연기를 피우고 뺑 하고 이상한 소리를 내면서 돛도 아니 달고 다니는 '화륜선'은 참 이상도 하다 하였다. 그 '화륜선' 위에 사람들이 왔다 갔다 하는 것을 보고 '나도 한 번 저기 타 보았으면.' 하였다.

형식은 '물지게가 많기도 하다.' 하였다. 형식의 생장한 촌중에는 그 앞에 술도 하고 겨울에 국수도 누르는 주막에 물지게가 있을 뿐이었다. 그래서 물지게란 주막에 있는 것이거니 하였다. 그러므로 형식은 대동문으로 수없이 많이 들었다 나갔다 하는 물지게를 보고 '평양에는 주막도 많다.' 하였다. 그리고 '평양 감사'라는데 평양 감사가 어디 있는고 하고 한참이나 평양 감사의 집을 찾다가 말았다. 이런 생각을 하고 형식은 호로 구멍으로 거리를 내다보며 혼자 싱긋 웃었다. 선자가 사람을 가득히 싣고 요란한 소리를 내며 형식의 인력거 곁으로 지나간다.

형식은 또 생각을 잇는다. 그날 종일 평양 구경을 하다가 관

앞 어떤 객주에 들었다. 탕건 쓴 주인이,

"너 돈 있니?"

할 때에 형식은 '스무 냥이나 있는데' 하고 자기의 주머니를 생각하면서,

"돈 없겠소!"

하고 '나도 손님인데.' 하면서 서슴지 아니하고 아랫목에 내려가 앉던 것을 생각하였다. 그 이튿날이 평양장이라 하여 감발한 황화(荒貨) 장수들이 십여 인이나 형식의 주막에 들었다.

형식은 얼마만큼 무서운 생각이 있으면서도 아주 태연한 듯이 벽에 바른 종이의 글을 읽었다. 그러나 밤에 자려 할 때에 같이 있던 이삼 인이 서로 다투어 형식의 곁에서 자려 하였다. 형식은 무서운 마음이 생겨서 방 구석에 말없이 앉아서 그 사람들이 하는 양을 보았다. 그러나 형식의 손에는 목침이 들렸다.

세 사람은 한참이나 다투더니 그중에 제일 거무튀튀하고 무섭게 생긴 사람이 웃고 형식을 안으며,

"얘 나하고 자자. 돈 줄께."

하고 형식의 목을 쓸어안으며 입을 맞추려 한다.

형식은 울면서 방 안에 둘러앉은 십여 명을 보았다. 그러나 모두 벙글벙글 웃을 뿐이요 그중에 한 사람이,

"얘, 나하고 자자."

하며 자기의 주머니에서 엽전을 한 줌 집어낸다.

형식은 반항하였다. 그러나 그 거무튀튀한 사람의 구린내 나는 입이 형식의 입에 닿았다. 형식은 머리로 그 사람의 면상을 깨어져라 하도록 들입다 받고 그 사람이 번쩍 고개를 잦기는 틈을 타서 손에 들었던 목침으로 그 사람의 가슴을 때렸다. 그 사람은 얼른 목침을 피하고 일어나면서 형식의 머리채를 잡아 흔들며 형식의 머리를 벽에 부딪친다. 형식은 이를 갈며 울었다. 이때에 저편 구석에 말없이 앉았던 키 큰 사람이 일어나 달려오더니 형식의 머리채를 잡은 사람의 상투를 잡아당기며 주먹으로 가슴을 서너 번 때리더니 방바닥에 그 사람을 엎드려 놓고,

"이놈! 이 짐승 놈?"

하고 발길로 찬다.

여러 사람은 다 놀라 일어났다. 그러나 감히 대어드는 자가 없었다. 이러한 생각을 하다가 형식은 문득 영채를 생각하였다. 영채와 자기와는 이상하게 같은 운명을 지내어 오는 듯하다 하였다. 그리고 영채가 더욱이 정다워지는 듯함을 깨달았다. 영채는 자기의 아내로 삼아 일생을 서로 사랑하고 지내야 하리라 하였다.

그러나 영채는 살았는가. 살아서 경찰서에 있는가. 또 영채의 편지가 생각나고 아까 대동강을 건너올 때에 떠오르던 바를 생

각하였다. 그리고 그 편지와 그 언역 쓴 종이를 넣은 가방이 자기의 무릎 위에 놓인 것을 보았다. 그리고 평양 경찰서의 집과 문과 그 속에 앉아서 사무를 보는 사람들을 상상하고 영채가 울면서 혼자 앉았는 방과 자기와 노파가 영채의 방에 들어가는 모양을 상상하였다.

인력거가 우뚝 서고 인력거꾼이 호로를 벗긴다. 형식의 앞에는 회칠한 서양제 집이 있다. 문 위에는 '平壤警察署(평양 경찰서)'라고 대자로 새겼다.

57

형식은 가슴이 설렁거리면서 경찰서 문 안에 들어섰다. 사무 보는 책상과 의자가 다 보이고, 저편 유리창 밑에 어떤 흰 정복에 칼도 아니 차고 어깨에 수건을 건 순사가 앉아 신문을 본다.

형식은 아직도 조선 땅에서 경찰서에 와 본 적이 없었다. 일찍 동경에서 어떤 경찰서에 불려가 차를 마시고 담배를 피우면서 서장과 말하여 본 적은 있었으나 인민이 관청에 오는 자격으로 경찰서에 와 본 적은 없었다. 그는 톨스토이의 《부활》을 읽어 러시아 경찰서의 모양을 상상할 뿐이었었다. 형식은 얼마큼

불쾌한 생각을 품으면서 모자를 벗고,

"여쭈어 볼 말씀이 있습니다."

하고 얼굴을 붉혔다.

노파는 형식의 곁에 서서 무서움과 괴로움으로 치를 떤다. 그러나 순사는 그 말을 못 들은 모양. 형식은 좀더 소리를 높여,

"여쭈어 볼 말씀이 있습니다."

하였다. 그제야 순사가 신문을 든 채로 고개를 돌려 형식과 노파의 얼굴과 모양을 유심히 보더니,

"무슨 일이오?"

한다. 형식은 서장이 오기 전에 자세히 알 수 없으리라 하면서,

"어저께, 서울서 평양 경찰서로 어떤 부인 하나를 보호하여 달라는 전보를 놓았는데요……."

형식의 말이 끝나기 전에 순사가,

"부인?"

한다.

형식과 노파의 생각에는 '옳지, 영채가 여기 있는 게로다.' 하였다.

"네, 부인 하나를 보호하여 달라고 전보를 놓았는데요……. 그래서 지금 어젯밤 차로 내려왔는데요. 혹 그 부인이 지금 이 경찰서에 있습니까?"

하면서 형식은 그 순사의 얼굴을 보았다.

순사는 말없이 신문을 두어 줄 더 읽더니 의자에서 일어나 두 사람의 곁으로 오면서,

"부인을 보호하여 달라고 평양 경찰서로 전보를 놓았어요?"

하고 형식의 말을 잘 알아듣지 못한 듯이 소리를 높여 묻는다.

형식은 얼마만큼 실망하였다. 만일 평양 경찰서에서 영채를 붙들었으면 저 순사가 모를 리가 없으리라 하였다. 노파도 눈이 둥그레지며 순사에게,

"어떤 모시 치마 적삼 입고 서양 머리로 쪽찐 십팔구 세나 된 여자가 오지 아니하였어요?"

하고 눈에서 눈물이 흐른다.

순사는 무엇을 생각하는 듯이 한참이나 고개를 기웃기웃하고 바지에 한 손을 꽂고 책상과 의자 사이를 지나 저편으로 들어가고 만다. 두 사람은 실망하였다.

영채는 평양 경찰서에 없구나 하였다. 만일 영채가 여기 없다 하면 어디 있을까. 어저께 넉 점에 평양에 내려서 자기의 부친과 월화의 무덤을 보고 그 길로 청류벽으로 나와 연광정 밑에서 물에 뛰어든 것이 아닐까. 그렇다. 영채는 죽었구나 하였다.

노파가 형식의 팔을 잡으며 우는 소리로,

"웬일이야요?"

한다.

형식은 울음을 참느라고 입술을 물었다.

"설마 죽기야 하였겠어요. 이제 서장이 오면 알 터이지요."
하고 노파를 위로는 하면서도 자기도 영채가 살았으리라고는 생각지 아니한다.

그래서 속으로 '왜 죽어!' 하였다. 《소학》과 《열녀전》이 영채를 죽였구나 하였다. 만일 자기가 한 시간만 영채에게 이야기를 할 기회가 있었더라도 영채가 죽지는 아니하였으리라 하였다.

형식은 이번에는 소리를 내어,

"왜 죽어?"
하였다.

노파는 '설마 죽었을라고요.' 하는 형식의 말에 얼마만큼 마음을 놓았다가 '왜 죽어?' 하는 형식의 탄식에 다시 절망이 되었다. 노파는 형식의 손을 꽉 쥐며,

"에그, 이 일을 어째요?"
하고 운다.

그리고 '나 때문에 영채가 죽었구나.' 하는 생각이 더욱 노파의 가슴을 찌른다. '아까, 꿈자리가 좋지 못하더니.' 하고 꿈꾸던 생각을 한다. 하얀 옷을 입고 물위에 서서 '흥, 생각하니깐 우스워요.' 하다가, 갑자기 얼굴이 무섭게 변하며 입술을 깨물어 자

기의 얼굴에 뜨거운 피를 뿜던 것이 생각이 난다.

그리고 그것이 영채의 혼령이 아니던가 하였다. 어저께 해지게 대동강에 빠져 죽은 영채의 혼령이 자기의 꿈에 들어온 것이 아닌가 하였다. 그리고 두 손으로 얼굴을 가리었다. 아아, 영채의 원혼이 밤낮 내 몸에 붙어서 낮에는 병이 되고 밤에는 꿈이 되어 나를 괴롭게 하지나 아니하겠는가 하였다.

자기가 오늘부터 병이 들어 얼마를 신고하다가 마침내 영채에게 붙들려 가지나 아니할까, 또는 장차 서울에 올라가는 길에 영채의 원혼이 대동강 철교를 그 입술을 물어뜯던 모양으로 물어뜯어 자기 탄 기차가 대동강에 빠지지나 아니할까 하였다. 무섭게 변한 영채의 모양이 방금 노파의 앞에 섰는 듯도 하였다.

노파는 마침내 울며 형식의 어깨에 얼굴을 비빈다. 형식도 울음을 참으면서 흑흑 느끼는 노파의 등을 만지며,

"울지 마십시오. 이제 서장이 나오면 알지요."

한다.

이윽고 아까 그 순사가 들어가던 곳으로 다른 순사 하나가 나온다. 그 순사도 두 사람의 모양을 유심히 보더니 책상 서랍에서 어떤 전보를 내보며,

"노형이 이형식이오?"

하고 형식을 본다. 형식은 순사의 손에 있는 전보를 슬쩍 쳐다

보면서,

"네, 내가 이형식이오."

노파가 우는 소리로,

"나리께서 그런 여자를 보셨습니까?"

한다.

순사는 그 말에는 대답도 아니하고,

"이 전보는 받았지요. 그래서 정거장에 나가 보았지마는 어떤 사람인지, 어떤 옷을 입은 사람인지 알 수가 있어야지요!"

하고 그 전보를 책상 위에 놓으며,

"왜, 도망하는 계집이오?"

형식은 그만 실망하였다.

영채는 정녕 죽었구나 하면서,

"아니오, 자살할 염려가 있어요."

하고 자기가 전보를 놓을 때에 그 인상을 자세히 말하지 못하였던 것을 한하였다.

먼저 나왔던 순사가 나와서 책상 위에 놓인 전보를 보면서,

"평양에 몇 사람이나 내리는지 아시오? 하고많은 사람에 누가 누군지 이떻게 안단 말이오?"

한다.

58

형식과 노파는 아주 절망하여 경찰서에서 나왔다. 안개비에 길이 눅눅하게 젖었다. 아까보다 사람도 많이 다니고 구루마도 많이 다닌다.

상점에서는 널쪽 덧문을 열고, 어떤 사람은 길가에 나와 앉아서 세수를 하며 어떤 사람은 방 안에 앉아서 소리를 내어 신문을 본다. 찌국찌국 하고 오던 물지게들은 모로 서서 좁은 골목으로 들어간다. 우편 집배인이 검은 가죽 가방을 메고 손에 열쇠 뭉치를 들고 껑충껑충 뛰어온다.

노파는 형식의 손에 매어달려 걸음을 잘 걷지 못한다. 형식은 시장증이 난다. 노파더러,

"어디 들어가서 조반을 좀 사 먹고 찾아봅시다. 설마 죽었겠어요."

한다. 노파는 형식을 보며,

"아이구, 나도 대동강에나 가서 빠져 죽었으면 좋겠소."

하고 눈물을 씻는다.

형식은 어저께 우선이로 더불어 노파의 집에 갔을 때에 '뒷간에 있는데 야단을 하시구려.' 하며 치맛고름을 고쳐 매던 노파를 생각하였다. 형식은,

"어서 너무 슬퍼 마시오. 아직 아니 죽고 세상에 있는지 알겠어요? 자, 어디 가서 조반이나 먹읍시다."

하고 혼잣말 모양으로,

"장국밥이 있을까?"

하며 사방을 둘러보았다.

노파는 '아니 죽고 세상에 있는지…….' 하는 말에 얼마큼 위로를 얻으며,

"장국밥집을 어떻게 들어갑니까. 나 아는 집으로 가시지요."

한다.

노파가 '나 아는 집'이라면 기생집이리라 하였다. 그리고 어리고 고운 기생들의 모양이 눈에 얼른 보인다. 그리고 노파의 말대로 따라가고 싶은 생각이 난다. '예쁜 여자를 보기만 하는 것이야 상관이 있으랴. 아름다운 경치를 보는 모양으로 아름다운 꽃을 대하는 모양으로' 이렇게 생각하고, 다시 '그러나 한 핑계가 되기 쉽다.' 하면서 자기의 마음을 돌아보았다. 그리고 '내 마음은 깨끗하다.' 하면서,

"어디오니까? 그러면 그리로 가시지요."

하고는 그래도 노파의 뒤를 따라 기생집으로 들어가는 것이 모양이 흉하다 하여 노파를 거기 데려다 두고 자기는 어디든지 다른 데로 가리라 하였다.

형식은 노파의 뒤를 따라 어떤 깨끗한 기와집 대문 밖에 섰다. 아직 국태민안(國泰民安)이라고 쓴 대문은 열리지 아니하였다. 노파는 마치 자기 집 사람을 부르는 모양으로,

"얘들아, 자느냐. 문 열어라!"

하면서 문을 서너 번 두드리더니 형식을 돌아보며,

"영채가 여기 있으면 아니 좋겠어요."

하고 뜻 없이 웃는다.

형식은 속으로 '영채는 벌써 죽었는데' 하고 말이 없었다. 이윽고 방문 열리는 소리가 나더니 누가 신을 짤짤 끌며 나와서,

"누구셔요?"

하고 문을 연다.

형식은 한 걸음 비켜섰다. 어떤 얼굴에 분 흔적 보이는 십삼사 세 되는 계집아이가 노파에게 매달리며 반가운 듯이,

"아이구, 어머니께서 오셨네"

하고 '네' 자를 길게 뽑는다.

머리와 옷이 자다가 뛰어나온 사람이로구나 하고 형식은 두 사람이 반가워하는 양을 보았다. 어여쁜 처녀로다. 재주도 있을 듯하고 다정도 할 듯하다 하였다. 그러나 저도 기생이로구나 하고 형식은 불쌍히 여기는 마음이 생겼다. 아직 처녀의 모양으로 차렸건마는 벌써 처녀는 아니리다. 혹 어제 저녁에 어떤 사나이

의 희롱을 받지나 아니하였는가 하였다.

노파는 대문 안에 한 걸음 들어서면서 목을 내밀어,

"들어오시지요. 내 집이나 다름없습니다."

한다.

그 어린 기생은 그제야 문밖에 어떤 사람이 있는 줄을 알고 고개를 기울여 형식을 본다.

형식은 그 좀 두터운 듯한 눈시울이 곱다 하면서,

"나는 어떤 친구에게로 갈랍니다. 조반을 먹거든 이리로 오지요."

하고 모자를 벗는다. 노파는 문밖으로 도로 나오며,

"그러실 것이 있어요, 들어오시지. 내 동생의 집인데요."

하고 형식의 소매를 잡아당긴다.

그래도 형식은 굳이 간다 하는 것을 이번에는 그 어린 기생이 나와 그 고운 손으로 형식의 등을 밀고 아양을 부리며,

"들어오셔요!"

한다.

형식의 생각에 아무리 보아도 그 어린 기생의 마음에는 티끌만한 더러움도 없다 하였다. 저 영채나 선형이나 다름없는 아주 깨끗한 처녀라 하였다. 그리고 그 등을 살짝 미는 고운 손으로 따뜻한 무엇이 흘러들어오는 듯하다 하였다.

형식은 남의 처녀를 볼 때에 늘 생각하는 버릇으로 '내 누이'라고 생각하였다. 그래서 얼마를 더 사양하다가 마침내 마지못하여 그 집에 들어갔다. 그러나 한 팔을 노파에게 잡히고, 다른 팔을 그 어여쁜 기생에게 잡히고 들어가는 맛은 유쾌하다 하였다. 인도함을 받아 들어간 방은 영채의 방과 크게 틀림이 없었다. 그 어린 기생은 얼른 먼저 뛰어 들어가 자리를 갠다.

형식은 문밖에서 그 빨간 깃들인 비단 이불이 그 어린 기생의 손에서 번쩍번쩍하는 양을 보았다. 노파와 형식은 들어앉았다. 기생은 저편 방에 가서 기쁜 소리로,

"어머니, 서울 어머니께서 오셨어요!"

하는 소리가 들린다.

형식은 그 방에서 무슨 향내가 나는 듯이 생각하였다. 그리고 방바닥을 짚은 형식의 손은 따뜻한 맛을 깨달았다. 이는 그 기생의 몸에서 흘러나온 따뜻함이라 하였다. 이윽고 기생이 어린아이 모양으로 뛰어 들어오며,

"지금 어머니 건너오십니다. 그런데 아침차로 오셨어요?"

하고 말과 얼굴에 기쁨을 감추지 못하는 빛이 보인다.

형식은 '다 같은 사람이로구나.' 하였다. 따뜻한 인정은 사람 있는 곳에 아무 데나 있다 하였다. 그리고 담배를 내들고 조끼에서 성냥을 찾으려 할 제 그 기생이 얼른 성냥을 집어 불을 켜

들고 한 손으로 형식의 무릎을 짚으면서,

"자, 붙이시오!"

한다.

형식은 그를 깨끗한 어린아이 같다 하였다.

59

형식은 여자의 손에 담뱃불을 붙이기가 미안한 듯도 하고 수줍은 듯도 하여,

"이리 줍시오."

하였다.

'줍시오.' 하는 것을 보고 그 기생은 쌕 웃는다. 웃을 때에 윗앞니에 커다란 금니가 반짝 보인다. 그 기생은 형식의 무릎을 짚은 손을 한 번 꼭 누르고 어리광하는 듯이 몸짓을 하면서,

"자, 이대로 붙이셔요."

하고 '요' 자에 힘을 준다.

노파는 형식이 그지께 '월향 씨' 하던 것을 듣고 우습게 여기던 것을 생각하고 빙그레 웃는다. 형식이 사양하는 동안에 기생의 손에 있던 성냥이 다 탔다. 기생은,

"에그, 뜨거워라."

하고 그것을 방바닥에 떨어뜨리고는 살짝 엎디어 입으로 훅 불고 성냥을 잡았던 손가락으로 제 귀를 잡는다.

형식은 미안한 생각에 얼굴이 붉어진다. 그 귀를 잡는 손가락을 자기의 입에 대고 '호' 하고 불어 주고 싶다 하면서,

"아차, 뜨겁겠구려."

하였다.

기생은 손가락을 귀에 대고 잠깐 형식의 얼굴을 보더니 또 다른 성냥개비를 그어 아까 모양으로 한 손을 형식의 무릎 위에 놓으면서 숨이 찬 듯이,

"자, 이번에는 얼른 붙입시오."

하고 성냥개비가 반쯤 타는 것을 보고는 제 몸을 춤을 추이며 급한 듯이,

"자, 얼른, 얼른."

한다.

형식은 고개를 숙여 궐련에 불을 붙이고 첫 번 입에 빤 연기를 그 기생의 얼굴에 가지 않도록 '후' 하고 옆으로 뿜었다. 기생은 형식이 담뱃불을 다 붙인 뒤에도 여전히 형식의 얼굴을 쳐다본다. 형식은 눈이 부신 듯이 고개를 들어 마당을 내다보면서 '그 눈이 마치 꿈을 꾸는 듯하구나.' 하였다.

기생은 성냥개비가 다 타기를 기다리는 듯이 두 손가락으로 그 성냥개비를 돌린다. 형식은 그 기생의 머리와 등을 본다. 새까만 머리를 느짓느짓 땋고 끝에다 새빨간 왜증댕기를 드렸다. 그 머리채가 휘임하여 내려가다가 삼각형으로 접은 댕기 끝이 치마허리쯤 하여 가로누웠다.

형식은 그 댕기 빛이 핏빛과 같다 하였다. 기생은 성냥개비를 뱅뱅 돌리다가 잘못하여 형식의 다리 위에 떨어뜨렸다. 기생은,

"아이구머니!"

하면서 두 손으로 형식의 다리를 때린다.

그러나 그 불티가 형식의 무명 고의 주름에 끼어 고의에 구멍이 뚫어지고 넓적다리가 따끔거린다. 형식은 그 기생이 미안하여 하기를 두려워하여 두루마기로 얼른 거기를 가리고,

"불이 꺼졌소."

하였다. 기생은 형식의 무릎에서 손을 떼고 민망한 듯이 몸을 추이면서,

"에그, 고의가 탔지요? 뜨거우셨겠네."

하며 고개를 돌려 노파를 본다. 노파는 빙그레 웃으면서,

"계향아, 너는 그저 어린애로구나!"

하였다.

노파는 확실히 이 기생의 속에서 눈에 보이지 아니하는 깨끗

한 영혼을 보았다. 그리고 형식이 그 어린 기생을 보는 눈에는 조금도 더러운 욕심이 없다 하였다. 그리고 형식은 자기가 흔히 보지 못하던 종류의 사람이라 하였다. 그래서 형식이 이 어린 기생에게 대하여 '하시오.' 하고 존경하는 말을 쓰던 것이 처음에는 시골뜨기와 같고 무식한 듯하더니 도리어 점잖고 거룩하다 하였다.

형식은 그 어린 기생의 말과 모양을 보고 무슨 맛나는 좋은 술에 반쯤 취한 듯한 쾌미를 깨달았다. 마치 몸이 간질간질한 듯하다. 더구나 그 기생이 자기의 무릎에 손을 짚을 때와 불을 떨어뜨리고 그 조그마한 손으로 자기의 넓적다리를 가만가만히 때릴 때에는 마치 몸에 전류를 통할 때와 같이 전신이 자릿자릿함을 깨달았다.

형식은 생각하기를 자기의 일생에 그렇게 미묘하고 자릿자릿한 쾌미를 깨닫기는 처음이라 하였다. 그 어린 기생의 눈으로서는 알 수 없는 광선을 발하여 사람의 정신을 황홀하게 하고, 그 살에서는 알 수 없는 미묘한 분자가 뛰어나 사람의 근육을 자릿자릿하게 하는 것이라 하였다.

형식은 선형을 생각하고, 일전 선형과 마주 앉았을 때에 깨닫던 즐거움을 생각하고, 또 자기가 희경을 대할 때마다 맛보던 달콤한 맛과 기타 정다운 친구를 대할 때에 맛보던 즐거움을 생각하고, 또 차 속이나 배 속이나 길가에서 처음 보는 사람 중에도 말할 수 없는 즐거움을 주는 자가 있음을 생각하였다. 그러나 모든 그러한 즐거움 중에 지금 그 어린 기생이 주는 듯한 즐거움은 처음 본다 하였다.

그리고 그 이유는 그 어린 기생의 얼굴과 태도와 마음이 아름다움과 피차에 아무 욕심도 없고 아무 수단도 없고 아무 의심도 없고 서로서로의 영과 영이 모든 인위적 껍데기를 벗어 버리고 적나라하게 융합함에 있다 하며, 또 이렇게 맛보는 즐거움은 하늘이 사람에게 주신 가장 거룩한 즐거움이라 하였다.

각 사람의 속에는 대개는 서로 보고 즐거워할 무엇이 있는 것이거늘, 사람들은 여러 가지 껍데기로 그것을 싸고 싸서 흘러나오지 못하게 하므로 즐거워야 할 세상이 그만 냉랭하고 적막한 세상이 되고 맒이라 하였다. 그중에도 얼굴과 마음이 아름답게 생기거나 혹 아름다운 그림을 그리고 조각을 하며 시를 짓는 사람은 이 인생을 즐겁게 하는 거룩한 천명을 가진 자라 하였다.

이윽고 '어머니'가 나오더니,

"에그, 형님께서 오셨네."

하고 기쁨을 이기지 못하는 듯하나.

형식은 생각하였다.

'저들도 사람이로다.' 저들의 속에도 '참사람'이 있기는 있다.

사람의 붉은 피와 사람의 따뜻한 정이 있기는 있다 하였다. '어머니'는 얼른 형식에게 초면 인사를 하고 노파의 곁에 앉으며,

"그런데, 월향이 잘 있소?"

"에그 저런, 나는 형님의 안부도 묻기를 잊었네."

하고 두터운 듯한 눈시울을 잠깐 움직이며 형식을 본다.

형식은 '잊은 것이 아니라, 잊은 것보다 더욱 정답다.' 하였다.

60

노파는 새로이 눈물을 흘리면서 영채의 말을 하였다. 영채가 청량사에서 어떤 사람에게 강간을 당할 뻔한 일과, 그날 저녁에 집에 돌아와 입술을 물어뜯고 울던 일과, 그 이튿날 아침에 자기가 자는 데 들어와서 평양에 갈 말을 하던 것과, 차를 탈 때에 자기에게 편지 한 장을 주었고 그 편지에는 이러이러한 말을 썼던 것과, 오늘 아침에 평양 경찰서에 와서 물어보던 일을 말하고 나중에,

"그런데 그 이형식이라는 이가 이 어른이구나."

하고 손으로 형식을 가리키며 '어머니'의 어깨에 쓰러져 운다.

어머니와 계향도 이야기를 들을 때에 고이기 시작한 눈물이

이야기가 끝나매 솰솰 흐르기 시작하며, 눈물로 잘 보이지 아니하는 눈으로 물끄러미 형식을 본다.

형식은 의외로 생각하였다. 형식의 생각에 계향은 몰라도 '어머니'는 영채의 말을 들으면 와락 성을 내며 '미친 년! 죽기는 왜 죽어!' 할 줄로 생각하였다. 그랬더니 영채의 죽었단 말을 듣고 슬피 우는 양을 보매 그 따뜻한 인정은 자기와 다름이 없다 하였다. 그리고 지금껏 기생이라면 자기와는 전혀 정신 상태가 다른 한 짐승과 같은 하등 인종으로 알던 것이 부끄럽게 생각되었다.

어머니는 한참이나 울더니 코를 풀며,

"원래 월향이 마음이 꽁하였습니다. 게다가 처음부터 월화와 친해서 밤낮 월화의 말만 들었으니까, 꼭 마음이 월화와 같이 되었습니다. 그런데 형님은 그런 줄을 못 알아보고 월향더러 손을 보라 한 것이 잘못이지."

하고,

"지나간 일을 어찌하겠소. 울지 마오."

하며 형식을 본다.

형식은 눈물 흘리는 양을 아니 보이려 하여 고개를 돌리고 담배를 피운다. 노파도 코를 풀면서,

"내니 십 년이나 제 딸과 같이 기른 것을 미워서 그랬겠나. 저

도 차차 낫살이 많아 가고……, 평생 기생 노릇만 할 수도 없을 터이니까 어디 좋은 자리를 구하여 일생 편히 살 만한 곳에 보낼 양으로 그랬지. 그런데 김현수라는 이는 부자요, 남작의 아들이요, 하기로 그리로 보내면 저도 상팔자겠다 하고 그랬지."

하며 눈물을 씻는다.

형식은 혼자 놀랐다. 노파의 '평생 기생 노릇만 할 수도 없으니까' 하는 말을 듣고, 그러면 김현수에게 억지로 붙이려 한 것이 영채의 일생을 위하는 뜻이던가 하였다. 노파가 영채를 죽인 것이 다만 천 원 돈을 위하여 한 악의가 아니요, 영채의 일생을 위하여 한 호의인가 하였다.

그러면 영채를 죽인 노파의 마음이나 영채를 구원하려 하는 자기의 마음이나 필경은 같은 마음인가 하였다. 그러면 필경은 세상과 인생에 대한 표준과 사상이 다르므로 이러한 일이 생긴 것인가 하였다.

이때에 어머니가 형식에게 극히 은근하게,

"이 주사께선들 얼마나 슬프시겠소. 그러나 그것도 다 전생의 연분이지. 사람의 힘으로 어찌하나요. 세상이란 그렇지요."

하고 고개를 돌려 노파에게,

"자 울지 마오. 다 전생의 연분이오. 사람의 힘으로 어찌하나? 시장하시겠소. 조반이나 먹읍시다."

하고 벌떡 일어나면서 혼잣말로,

"어쩌나, 장국밥을 시켜 올까, 집에서 밥을 지으랄까."

하고 머뭇머뭇하더니 휙 밖으로 나간다.

형식은 생각하였다. 이것이 그네의 인생관이로구나. 인생 사회에 일어나는 모든 슬픈 일을 다 전생의 인연이라, 사람의 힘으로 어찌할 수 없는 일이라 하여 한참 눈물을 흘리고는 곧 눈물을 씻고 단념한다. 그네의 생각에 오랫동안 눈물을 흘리는 것은 미련한 자가 하는 일이니 잠깐 눈물을 흘리다가 얼른 눈물을 씻고 마는 것이 좋은 일이라 한다.

그러므로 그네는 모든 일의 책임을 다 '전생의 인연과 팔자'에 돌리지, 결코 사람에게 돌리지 아니한다. 영채가 기생이 된 것이나 김현수에게 강간을 받은 것이나, 또는 대동강에 빠져 죽은 것이나 다 그 책임은 전생의 인연에 있는 것이요, 결코 노파에게나 영채에게나 또는 김현수에게 있는 것이 아니라 한다.

따라서 영채가 정절을 지키는 것도 영채라는 사람이 특별히 좋아 그런 것이 아니요, 영채라는 사람의 전생의 연분이 그러하여 자연히 또는 아니하지 못하게 정절을 지킴이라 한다. 그러므로 그네가 보기에 특별히 좋은 사람도 없고 특별히 좋지 못한 사람도 없고, 다 전생의 인연과 팔자를 따라 살아가는 것이라 한다.

이렇게 말하면 그네의 인생관과 형식의 인생관이 얼마만큼 일치하는 듯하다. 그러나 두 인생관의 근본적인 차이점은 이러하다.

형식은, 사람은 다 같은 사람이라 하더라도 개인 또는 사회의 노력으로 개인이나 사회가 개선될 수 있고 향상될 수 있다 하고, 그네는 모든 일의 책임이 전혀 사람에게 있지 아니하니 다만 되는 대로 살아갈 따름이요, 사람의 의지로 개선함도 없고 개악함도 없다 한다.

형식은 이렇게 생각하다가 혼잣말로,

'옳지! 이것이 조선 사람의 인생관이로구나.' 하였다. 그러나 노파는 '어머니' 모양으로 잠깐 눈물을 흘리다가 얼른 눈물을 그치지 아니한다. 노파는 '세상'을 보는 외에 '사람'을 보았다. 영채의 따끈따끈한 입술의 피가 자기의 손등에 떨어질 때에 노파는 '사람'을 보았다.

노파는 이번 일의 책임을 전혀 인연과 팔자에 돌리지 못한다. 노파는 영채를 죽인 책임이 자기와 김현수에게 있는 줄을 알고 영채가 정절을 굳게 지킨 것이 영채의 속에 있는 '참사람'의 힘인 줄을 알았다. 노파는 이제는 모든 일의 책임이 사람에게 있는 줄을 깨달았다.

그러므로 노파는 '잠깐 울다가 얼른 눈물을 그치지'는 못한다. 노파의 이 눈물은 일생에 흐를 눈물이로다.

계향이 형식의 무릎에 몸을 기대고 눈물로 빨개진 눈으로 형식을 물끄러미 보며,

"형님이 죽었을까요?"

한다.

61

형식은 그 집에서 조반을 먹고 대문 밖에 나섰다.

노파와 어머니와 계향과 세 사람이 번갈아 형식을 권하므로 형식은 전보다 더 많이 먹었다. 더구나 그 밥이며 국이며 전골이며 모든 것이 평생 객줏집 밥만 먹던 형식에게는 지극히 맛이 좋았다. 그럴뿐더러 형식은 아직도 이렇게 여러 사람에게 정성스럽게 권함을 받으며 밥상을 대하여 본 적이 없었다. 더구나 계향과 같은 아름다운 처녀에게 '어서 더 잡수셔요.' 하고 정성스럽게 권함을 받은 적은 없었다.

계향은 형식의 밥상에 붙어서 숟수 구유 조기를 뜯었다. 아까 성냥개비에 덴 손가락에 누렇게 탄 자리가 보인다. 계향은 형식의 숟가락을 빼앗아 제 손으로 대접에 밥을 말았다. 형식은,

"그렇게 많이 못 먹는데."
하면서 그 밥을 다 먹었다.

계향은 형식이 밥을 다 먹는 것을 보고 기쁜 듯이 방그레 웃었다. 그 웃는 계향의 눈썹에는 아직도 눈물이 묻었다.

세 사람은 실로 진정으로 형식을 권하였다. 형식을 자기네의 아들 모양으로, 또는 오라비 모양으로 따뜻한 밥과 맛있는 반찬을 한 술이라도 많이 먹도록 진정으로 권하였다. 그리고 형식도 그 권하는 사람들을 어머니와 같이 또는 누이와 같이 정답게 생각하였다.

"아무것도 잡수실 것이 없어서."
하는 인사도 항용 말하는 형식적 인사와 같이 들리지 아니하고 진정으로 맛나는 반찬이 부족함을 한탄하는 말로 들었다.

형식은 대문을 나설 때에 말할 수 없는 기쁨을 깨달았다. 오랫동안 영채의 일로 근심하고 슬퍼하고 답답하여 하던 마음을 거의 다 잊어버리고 새로운 기쁨을 깨달았다. 아까 오던 안개비가 걷히고 안개 낀 듯한 하늘에는 보기만 하여도 땀이 흐를 듯한 햇볕이 가득히 찼다.

형식이 서너 걸음 걸어 나갈 때에 뒤에서,
"저와 같이 가셔요."
하는 소리가 들린다.

형식은 계향의 소리로구나 하면서 우뚝 서며 고개를 돌렸다. 계향은 형식의 곁에 뛰어와 살짝 형식의 손을 잡으려다 말고 형식을 보면서,

"저와 같이 가셔요."

한다. 형식은 칠성문 밖 죄인의 무덤 있는 데와 기자묘 저편 북망산과 모란봉을 넘어 청류벽으로 걸어갈 것을 생각하면서,

"나를 따라오려면 다리가 아플걸요."

하고 계향의 눈을 내려다보며 '같이 갔으면 좋겠다.' 하면서도 계향을 만류하였다. 그러나 계향은 몸을 한 번 틀면서,

"아니야요. 다리 아니 아파요."

하고 기어이 따라갈 뜻을 보인다.

"또 날이 더운데."

하며 형식은 계향을 뒤세우고 종로를 향하여 나온다.

길가 초가지붕에서는 가만가만히 김이 오른다. 벌써 사람들은 부채로 볕을 가리고 다닌다. 손님도 없는 빙수 가게에 아롱아롱한 주렴이 무거운 듯이 가만히 있다. 바람이 불면 살랑살랑 소리가 나려니 하고 형식은 쓸데없는 생각을 한다.

계향은 길가 가게를 가웃가웃 엿보면시 한 손으로 치밋자락을 걷어들고 형식의 뒤로 따라온다. 형식의 누렇게 된 맥고자를 보고 저 사람은 무엇을 하는 사람인가, 어떠한 사람인가 생각한

다. 그리고 자기가 날마다 만나는 여러 사람을 생각하고 그 사람들과 형식을 속으로 비교하여 본다.

그러나 계향은 아직도 자기가 만나는 사람이 어떠한 사람인 줄을 알 줄을 모른다. 다만 이 사람은 옷을 잘 못 입은 것을 보니 가난한 사람인가 보다 한다. 그리고 형식의 구겨진 두루마기를 본다. 계향은 '어젯밤 차에서 구겨졌구나. 왜 벗어서 걸지를 아니하였던고.' 한다. 그리고 형식의 발을 본다. '새 구두로구나.' 한다.

아까 담뱃불 붙여 주던 생각을 하고 그 데인 손가락을 보면서 '아직도 아픈 듯하다.' 한다. 그리고 형식이 불붙은 성냥을 보고 '이리 주시오.' 하던 것을 생각하고 자기더러 '하시오.' 하는 사람은 처음 본다 한다. 소가 끄는 구루마를 피하여 섰다가 얼른 형식의 뒤를 따라가서 형식의 손을 잡는다.

형식은 잠깐 고개를 돌려 계향을 보고 웃으면서 계향의 잡은 손은 활개를 아니 친다. 두 사람은 팔각 국숫집 모퉁이를 돌아 비스듬한 고개로 올라간다. 계향의 이마에는 땀방울이 솟는다. 형식은 그것을 보고 잠깐 걸음을 그치며,

"이마에 땀이 흐르는구려."

한다. 계향은 형식의 손을 잡았던 손으로 이마의 땀을 씻으며,

"덥지 않습니다."

하고 또 형식의 손을 잡는다.

형식은 일부러 걸음을 늦추었다. 벌거벗은 때 묻은 아이들이 머리를 긁적긁적 긁으며 두 사람을 보고 섰다. 치마 아니 입고 웃통 벗은 부인이 연기 나는 부엌으로 눈물을 흘리면서 뛰어나오더니, 연기가 펄펄 오르는 부지깽이로 머리를 긁고 섰던 사내아이의 머리를 때린다. 맞은 아이는 '으아.' 하고 울면서 길바닥에 흙을 집어 그 부인의 면상에 뿌린다.

형식은 영채가 숙천 어느 객주에 어떤 사람에게 업혀 가다가 그 사람의 얼굴에 흙을 뿌리던 생각을 한다. 계향은 우뚝 서며 우는 아이를 돌아보더니 두 손으로 형식의 손을 꼭 쥔다. 두 사람은 또 걷는다.

계향은 매 맞던 아이를 생각하다가 버리고 형식과 월향의 관계를 생각한다. 언제 '형님'이 이 사람을 알았던고. 평양서 서로 알았으면 내가 모를 리가 없는데 한다. 그런데 이 사람이 왜 형님을 버려서 형님을 죽게 하였는고, 하고 형식이 원망스럽다 하여 가만히 형식의 얼굴을 쳐다보기도 한다. 그러다가 형식의 걱정 있는 듯한 낯빛을 보고 이 사람이 형님을 생각하고 슬퍼하는구나 한다.

이때에 어떤 젊은 사람이 자행거를 타고 두 사람의 앞으로 지나다가 번쩍 고개를 돌리더니, 그만 자행거를 내려 형식의 앞으로 온다. 계향은 형식의 손을 놓고 한걸음 물러서서 지금 온 사람의 모양을 본다.

〈2권으로 이어짐〉